LA TERRE EN HÉRITAGE

Jean-Marie Pelt est né en 1933. Il est professeur émérite de biologie végétale et de pharmacognosie à l'université de Metz, président de l'Institut européen d'écologie. Il a effectué de nombreuses missions de recherche et d'enseignement (ministère de l'Éducation nationale, ministère des Affaires étrangères, C.N.R.S., O.R.S.T.O.M.) en Afghanistan, au Togo, au Dahomey, en Côte-d'Ivoire et au Maroc. Il est l'auteur de 35 ouvrages, notamment *L'Homme re-naturé* (1977), Grand Prix des lectrices de *Elle* — Prix européen d'écologie, *Les Plantes : amours et civilisations végétales* (1980) et *Le Tour du monde d'un écologiste*. Il a également publié une centaine de communications scientifiques et travaux généraux portant sur l'écologie végétale, l'ethno-botanique, les plantes médicinales. Jean-Marie Pelt a obtenu le Sept d'or 1987 du meilleur film documentaire pour *L'Aventure des plantes n° 2*. Il a publié dernièrement *De l'Univers à l'être, Les Langages secrets de la nature, La Terre en héritage* et *Les Nouveaux Remèdes naturels*.

Paru dans Le Livre de Poche :

LES LANGAGES SECRETS DE LA NATURE
PLANTES EN PÉRIL

JEAN-MARIE PELT
avec la collaboration de Frank Steffan

La Terre en héritage

FAYARD

© Librairie Arthème Fayard, 2000.

*Pour José, Sarah et Yannis,
et tous les enfants du monde.*

« Bienheureux les doux, car ils auront la Terre en héritage. »

MATTHIEU, V, 4

2048, un après-midi d'automne

Le vent hurlait avec rage. Zorg se précipita dans la première bouche de métro. Comme à chaque ouragan, les passants fuyaient la rue et s'engouffraient sous terre. Telles étaient les consignes du Human Safety Office (HSO). On avait fini par s'accoutumer aux caprices de la météo, complètement détraquée : tornades et cyclones faisaient désormais partie du quotidien.

Zorg ôta son masque, indispensable en plein air. Car l'air du métro était pur, étroitement contrôlé. Il sauta dans la première rame, ayant hâte de retrouver son petit deux-pièces. Le confort des transports souterrains, nombreux, rapides et bien ventilés, faisait un étrange contraste avec les flots de voitures qui envahissaient les rues, et surtout les tankers d'air pur qui patrouillaient en permanence dans les artères de la ville.

Quelques minutes plus tard, Zorg arriva chez lui. Il eut soudain une pensée pour l'e-mail qu'il avait envoyé à l'entreprise Extract-Air, en espérant que celle-ci aurait exécuté sa commande conformément aux consignes qu'il lui avait adressées.

Zorg consulta son courrier électronique parmi lequel il sélectionna un message de ses parents — qui l'incubèrent voici trente-sept ans — l'invitant pour *son anniversaire avec ses six clones. Puis il se servit un Coca avec une poignée d'alicaments salés.*

Comme chaque jour, il se réjouit de profiter de sa terrasse avec ses plantes tri-recombinées qu'il dorlotait avec amour. Il y apprécia les chants d'oiseaux préenregistrés et le bruit de la cascade artificielle qui lui rappelait non sans nostalgie sa tendre enfance.

Ce moment-là était très important pour Zorg. Après son travail, il avait besoin, pour « se retrouver » — comme il disait —, de se recueillir, de méditer. Mais, ce jour-là, il se sentait fatigué, nerveux, oppressé : ses yeux le picotaient, son nez coulait, sa gorge était irritée comme par une râpe...

Impossible, pourtant, qu'il s'agisse d'une angine, car il était définitivement immunisé contre toute forme d'infection microbienne et virale, comme la plupart de ses contemporains.

À présent, Zorg ressentait des vertiges, accompagnés d'un état nauséeux. Que se passait-il ? Il décida de vérifier son système Domotic, puis de contacter l'entreprise Extract-Air. Une voix métallique répondit à son appel.

« Une seconde, Zorg, nous contrôlons sur scanner l'air ambiant de votre habitation... En effet, vous êtes depuis ce matin directement branché sur l'extérieur, car vous n'avez ni réglé votre redevance, ni renouvelé vos contrats d'abonnement et d'entretien...

— Impossible !... Je vous ai tout réglé hier matin. Vous devez avoir reçu mon mail stipulant une commande de clean-air *pour six mois.*

— Nous n'avons rien reçu, Zorg. Attendez, nous vérifions.

— Je vous en prie, faites vite ! J'étouffe...

— De fait... nous avons reçu votre cyber-versement, mais nous n'avons aucune trace du mail que vous nous avez envoyé, indiquant le renouvellement de votre contrat.

— Impossible, vous dis-je !
— À l'heure actuelle, les systèmes informatiques sont infestés de virus en tous genres, et les interférences électromagnétiques ne cessent de dérégler les processeurs. Mais nous vous téléchargeons sur-le-champ dix unités de clean-air. *Nous vous adressons aussi l'équipe bionique d'intervention Rob-Air, "le robot qui libère", comme dit la pub... »*

Zorg prit son mal en patience. Les minutes lui paraissaient des heures. La conversation téléphonique qu'il venait d'avoir l'avait rendu très inquiet. Ingénieur, chercheur en informatique, il savait que si l'homme avait réussi à combattre à peu près toutes les formes de maladies d'origine infectieuse, il était vital qu'il pût aussi maîtriser les multiples perturbations qui infestaient le cyberespace.

Zorg se remémora alors son enfance, quand il pouvait respirer dehors malgré les pics de pollution annoncés par les administrations de l'époque. Aujourd'hui, les problèmes de pollution n'épargnaient plus personne. Dans les grandes villes, il était devenu impossible de vivre sans masque. Les jardins ? Ils étaient réduits à des plantes transgéniques de quatrième génération installées sur des terrasses fermées qu'on égayait par des gazouillis d'oiseaux et des cascades artificielles.

Oui, vraiment, le monde avait considérablement changé... en mal ! Abattu, Zorg se prit la tête à deux mains. Les larmes lui montèrent aux yeux. Il ne supportait plus cette vie-là...

L'aventure survenue à Zorg vous arrivera-t-elle, ou adviendra-t-elle à vos enfants ou petits-enfants ? Sachez en tout cas qu'un autre avenir est possible. Celui que voudrait évoquer ce livre...

1

Vers une grave révolution climatique ?

Le siècle allait entrer dans sa dernière année : celle des trois zéros. Déjà les grands médias donnaient de la voix, faisant monter la pression dans les palaces et les chaumières. L'atmosphère devenait électrique, comme le serait la nuit magique où la tour Eiffel, parvenue au terme de son long compte à rebours, afficherait enfin la date fatidique. Bref, le grand frisson approchait, le pays revêtait ses habits de fête et de lumière. Chaque capitale faisait de même, les roues dressées sur les Champs-Élysées tentant de rivaliser avec la très grande roue montée à Londres mais qui, pour raisons de sécurité, rata le rendez-vous du siècle.

Le naufrage de l'*Erika* dans les eaux froides de l'Atlantique, le 12 décembre 1999, ne fit d'abord que peu de bruit. Certes, en sombrant, le pétrolier avait déversé une notable partie de sa cargaison, mais l'éloignement relatif des côtes autorisait l'espoir que la nappe se détournerait du littoral sous la poussée de vents favorables qui la drosseraient plus au sud, dans le vaste réceptacle du golfe de Gascogne. Néanmoins, douze jours durant, on suivit avec appréhension sa progression, qui parut bientôt inexorable, vers les côtes bretonnes et vendéennes. Les superordinateurs de Météo-France simulaient et resimulaient, à mesure qu'on les gorgeait des résultats des nouvelles observations effectuées « sur zone », le parcours des flaques qui s'effilochaient en mer. Et ce qui devait arriver arriva : la marée noire aborda là où on ne l'attendait pas, à Belle-Île-en-Mer, la perle de l'Atlantique. D'où cette première question : comment est-il possible qu'on se soit trompé à ce point sur la localisation du site d'atterrissage ? Ici se dessine ce qu'on pourrait appeler la « culture » de Météo-France, pour qui le résultat des simulations sur ordinateur l'emporte toujours, *in fine,* sur les données en temps réel qui demandent un certain temps pour être dégluties par la machine. Ce décalage semble avoir été fatal et, dans un premier temps, l'île d'Yeu, où l'on s'attendait au pire, fut épargnée. Pour peu de temps, certes, puisque toute la façade nord-ouest de l'Atlantique et les îles finirent par s'emmazouter.

Quelques jours auparavant, un cosmonaute français avait réparé dans l'espace le télescope Hubble... Saisissant contraste entre l'extrême raffinement technologique requis pour une telle prouesse et la pénible impression de bricolage et d'improvisation que suscita l'affligeant spectacle d'une marée noire impossible à endiguer.

Puis le scénario habituel se mit en place : on sortit les seaux et les pelles dans un touchant élan de solidarité, action louable, formatrice et ô combien sympathique, mais si peu à la mesure du désastre ! Suivirent les inévitables images de volatiles mazoutés soignés avec une émouvante diligence par les militants de la Ligue de protection des oiseaux, toujours prompts à agir sur le terrain quand il faut sauver la vie. Me revenait en mémoire le bel aphorisme de cet écologiste américain du siècle dernier, Mac Millan, grand défenseur des condors, qui écrivait : « Ce qui compte vraiment, dans la sauvegarde des condors et de leurs congénères, ce n'est pas tant que nous avons besoin des condors ; c'est que nous avons besoin de développer les qualités humaines qui sont nécessaires pour les sauver ; car ce sont celles-là mêmes qu'il nous faut pour nous sauver nous-mêmes [1]. »

Un malheur, dit-on, n'arrive jamais seul. Déjà, quelques semaines auparavant, des inondations catastrophiques avaient dévasté le Languedoc, faisant pas moins de trente-cinq morts. Au Venezuela, des pluies torrentielles, provoquant inondations et glissements de terrain, en avaient fait près de mille fois plus : l'horreur absolue ! Et déjà l'œil des médias s'apprêtait à se braquer et à s'attarder sur celui de ce cyclone meurtrier, quand brutalement le cyclone fut parmi nous !

Le lendemain de Noël, puis le jour suivant, deux tempêtes d'une violence inouïe balayèrent le sol de France. Les vents dépassèrent un peu partout les 150 kilomètres/heure, avec des pointes à plus de 200 kilomètres/heure en Forêt-Noire : du jamais vu !

La Météo n'avait prévu ni l'intensité ni l'ampleur du phénomène. Elle s'en tint donc, dans ses premières prestations médiatiques, à un rituel bien rodé : un accident, si grave soit-il, ne saurait signifier un bouleversement du climat. Ce qu'elle rabâche inlassablement à chaque tornade, à chaque inondation, sans qu'aucun bilan d'ensemble ne soit jamais dressé. Pour la Météo, il s'agit d'une succession d'événements ponctuels sans aucune relation entre eux ; aucun enseignement à tirer de ces aléas tout à fait naturels du temps qui change et du temps qu'il fait. Car le temps, c'est son affaire à elle ; le climat est celle des climatologues. Deux métiers, deux cultures. Entre les deux, ces fameuses cloisons qui séparent si bien, en France, les disciplines, rendant difficile ou empêchant toute coopération féconde entre elles.

---

1. Cité par René Dubos dans *Les Dieux de l'écologie,* Fayard, 1973.

La catastrophe de Noël n'en eut pas moins des conséquences cataclysmiques : 87 morts en France, plus de 120 en Europe, plus de 50 000 oiseaux mazoutés, 300 millions d'arbres couchés à terre, de même que d'innombrables poteaux électriques (pour EDF, le plus grand séisme de son histoire), des milliers de toitures arrachées, près de 3 millions et demi de foyers privés d'électricité. Au total, des dégâts évalués à 75 milliards de francs, et ce juste au moment où l'on annonçait que le ministère des Finances ne savait plus trop quoi faire des milliards inattendus qui affluaient dans ses caisses grâce à un rendement exceptionnel de l'impôt. Alors que l'économie redevenait florissante, l'écologie manquait de souffle... ou n'en avait que trop ! Seule la Bourse demeura impavide, emportée par son élan. Car l'économie mondialisée n'a que faire des caprices de la nature ! D'ailleurs, nous dit-on en guise de réconfort, la reconstruction doperait le produit intérieur brut et la croissance. Mieux vaut, somme toute, une « bonne tempête » qu'une « bonne guerre [1] ».

Durant trois semaines, les journaux télévisés ne parlèrent plus que tempête et marée noire. Le mythique passage à l'an 2000 passa presque inaperçu. On se réjouit un instant, puis l'on reprit le compte à rebours, non plus cette fois des jours affichés sur la tour Eiffel illuminée, mais des foyers sans électricité ni téléphone, dont le nombre se réduisait de jour en jour, EDF et France Télécom déployant en l'occurrence un zèle et une compétence admirables. On ne pouvait que se féliciter que l'événement fût survenu avant une « dérégulation » du marché de

---

1. Encore que des historiens nous indiqueront pareillement que rien ne vaut une bonne guerre pour reconstruire à neuf les grandes agglomérations, voire doper une économie (et d'évoquer les « miracles » allemand et japonais d'après-guerre).

l'électricité. Un service public, celui de nos électriciens, administrait la preuve qu'il savait se montrer efficace et performant, n'en déplaise aux thuriféraires de l'ultralibéralisme.

Dispersé par la trêve des confiseurs, le monde politique fit d'abord entendre un grand silence. Puis l'on se donna rendez-vous sur le terrain. On attendait aussi une déclaration du propriétaire de la cargaison : la puissante compagnie pétrolière Total Fina. Elle vint, certes, mais tardivement, chiche et mesurée : d'abord une participation financière à la hauteur de celle de l'État ; puis une petite larme de commisération tombant des yeux glacés du grand capitalisme.

Président et Premier ministre rivalisèrent pour leur part de compassion et surent mettre rapidement la main au porte-monnaie. Mais les jours passèrent sans que personne ne songeât à évoquer le « principe de précaution » énoncé pour la première fois au Sommet de la Terre, à Rio, en juin 1992, justement à propos du dérèglement du climat planétaire que les émissions massives de gaz carbonique dans l'atmosphère semblaient bel et bien annoncer. Un dérèglement dont les effets désastreux étaient là brusquement sous nos yeux.

Puis, subitement, on prit conscience de la gravité de l'événement et, après quinze jours au cours desquels nul ne s'avisa qu'il pouvait s'agir des prémices d'une ère nouvelle — non pas seulement le troisième millénaire, mais l'ère de l'effet de serre —, on réalisa enfin ce qui se passait vraiment. Si la marée noire était une catastrophe, mais de celles que la nature et les hommes, marchant du même pas, peuvent finir par enrayer — car les bactéries adorent le pétrole et le consomment avidement —, les deux tempêtes de Noël étaient une calamité face à laquelle l'homme semblait impuissant.

Au moins fallait-il tenter de s'en protéger au mieux

à l'avenir : on décida donc de construire plus solidement les écoles, d'introduire moins de résineux — les plus vulnérables au vent — dans les stratégies de reboisement, et d'inciter les constructeurs automobiles à mettre sur le marché des véhicules moins polluants.

La tempête avait donc malgré tout produit ses effets : comme la « vache folle » nous avait donné à réfléchir en matière de sécurité alimentaire et avait conduit à l'adoption de nombreuses mesures de protection du consommateur, les tempêtes de Noël 1999 nous avaient enfin alertés sur cette évidence : le dérèglement climatique tant annoncé par les scientifiques semblait avoir déjà commencé. Il était plus que temps de se mobiliser et d'agir.

Des résultats d'une enquête récente [1], il ressort que le bouleversement climatique l'emporte, aux yeux d'un panel de chercheurs en environnement de toutes disciplines, sélectionnés dans le monde entier, sur toutes les autres préoccupations écologiques. Même les problèmes liés à la démographie, au génie génétique et à l'épuisement des ressources naturelles passent après les craintes qu'inspire au monde scientifique une modification prévisible du climat.

L'homme de la rue ne manquera pas de s'étonner qu'un changement climatique puisse inquiéter à ce point ces spécialistes, d'autant que le changement annoncé est un réchauffement, ce qui devrait plutôt réjouir les « consommateurs de soleil » que nous sommes. Car on voit mal, à première vue, en quoi un tel réchauffement pourrait constituer une grave menace pour la planète, *a fortiori* quand on sait que ledit réchauffement ne dépasserait pas, dans la pire des hypothèses, 2 à 3 °C à la fin de ce siècle.

---

1. « Mille chercheurs hiérarchisent les urgences », *La Recherche*, n° 306, février 1998, pp. 30-31.

Vers une grave révolution climatique ?

On sait le climat terrestre capricieux. Il y a 90 millions d'années, au crétacé, la température moyenne du globe était supérieure de 6 °C à ce qu'elle est aujourd'hui. Localement, cette différence pouvait même atteindre 14 °C. Une dense végétation tropicale couvrait alors pratiquement l'ensemble de la planète. Faut-il dès lors s'inquiéter d'une évolution qui, si elle devait se poursuivre, pourrait, dans quelques siècles ou quelques millénaires, aboutir à un résultat analogue ?

Aucun spécialiste ne retient pour l'instant cette hypothèse. Il est vrai que la température de la Terre, selon les meilleures estimations, n'a augmenté que de 0,75 °C en moyenne depuis 1900. Une augmentation qui est survenue après ce qu'on a appelé le « petit âge glaciaire », durant lequel l'Europe connut deux siècles très froids : on grelottait à Versailles à la fin du règne de Louis XIV par des hivers féroces où la Seine restait gelée des semaines durant. À l'inverse, au temps des cathédrales, sous Saint Louis, l'Europe connut une variante particulièrement chaude du climat qui ne fut peut-être pas étrangère à l'exceptionnel essor qui marqua ce XIIIe siècle.

On comprendrait que les hommes s'inquiètent d'une évolution inverse, débouchant sur un refroidissement climatique sensible, voire sur un nouvel épisode glaciaire. La perspective de retrouver le climat de l'« âge des cavernes » pourrait alerter à bon droit une opinion inquiète des effets d'un tel refroidissement sur les conditions de vie et les ressources alimentaires de l'humanité, puisque la banquise ne manquerait pas alors de redescendre, comme elle le fit il y a 20 000 ans, jusqu'à Londres ou Amsterdam. Mais pourquoi donc redouter un réchauffement qui ne pourrait qu'accroître la production des ressources végétales tout en améliorant les conditions de vie sur la planète ?

C'est qu'en fait, nul ne sait au juste quelles pourraient être les conséquences d'un tel réchauffement, ni les perturbations qu'il pourrait engendrer dans les zones climatiques actuelles. Doit-on s'attendre à des bouleversements multiples et brutaux qui défieraient les équilibres écologiques et économiques existants ? Peut-on imaginer une Côte d'Azur devenue subitement pluvieuse, sous un interminable crachin tiède ? Que resterait-il alors du puissant héliotropisme qui pousse vers la Méditerranée des populations toujours plus nombreuses ? Qu'en serait-il de telle autre région du globe aujourd'hui verte et prospère, soumise à une brusque aridification ? Voilà les questions auxquelles les scientifiques ne peuvent aujourd'hui répondre, et c'est justement pour cela qu'ils s'inquiètent : car tous pensent que le réchauffement ne sera en aucune manière un phénomène linéaire, mais qu'il entraînera au contraire des changements rapides, spectaculaires et dévastateurs, notamment en zone tropicale. Le rythme et l'intensité des inondations, des sécheresses, des tornades seront fortement accrus, comme on le constate déjà depuis une quinzaine d'années.

Ainsi, au cours de l'hiver 1997-1998, des superficies presque égales à la moitié de celle de la France ont brûlé des mois durant en Indonésie par suite d'une sécheresse exceptionnelle. Le ciel du Sud-Est asiatique fut alors recouvert d'un dense nuage de fumée et de cendres à travers lequel le soleil se laissait à peine deviner.

Quelques mois plus tard, la Chine devait connaître des inondations comptant parmi les plus sévères de ce siècle. Là encore, des surfaces presque égales à la moitié de la superficie de notre pays restèrent totalement submergées des semaines durant.

Puis la série de cataclysmes se poursuivit avec le cyclone Mitch — le quatrième dans l'ordre de la gravité depuis le début du XXe siècle — qui dévasta l'Amérique centrale avec une violence rarement égalée. À quoi vinrent s'ajouter des inondations dévastatrices sur la côte occidentale de l'Amérique latine et dans l'Est du continent africain.

Cette succession de catastrophes intervenait dans la foulée d'un phénomène climatique cyclique et périodique qui génère un puissant courant chaud traversant durant l'hiver boréal le Pacifique d'ouest en est. Ce phénomène est baptisé *El Niño* (« le petit enfant »), car il atteint ses effets maxima sur les côtes latino-américaines vers Noël, à une époque où les eaux anormalement chaudes obèrent lourdement le rendement de la pêche. Il connut au cours de l'hiver 1997-1998 une intensité exceptionnelle à laquelle furent imputés la plupart des débordements climatiques évoqués ci-dessus.

Existe-t-il un lien direct entre le réchauffement des températures de l'air et le réchauffement périodique de ce grand courant marin du Pacifique Sud ? Il est encore trop tôt pour l'affirmer avec certitude. Ce qui est certain, en revanche, c'est que la température moyenne à la surface de la Terre ne cesse d'augmenter, comme le montre la chute réitérée des records observés : 1999 a été l'année la plus chaude depuis que l'on relève régulièrement les températures (depuis la fin du siècle dernier) ; le précédent record était détenu par l'année 1998, qui avait battu le record de 1997... De fait, les six années les plus chaudes du siècle sont toutes postérieures à 1990. Les températures du mois de juillet furent, de ce point de vue, spectaculaires : avec une moyenne mondiale de 16,5 °C, juillet 1998 a dépassé de 0,7 °C la température moyenne des mois de juillet calculée depuis cent dix-huit ans. Le précédent record de chaleur pour un mois de juillet avait été établi en 1997 avec une moyenne mondiale de 16,25 °C.

Le réchauffement global n'est donc pas discutable :

il s'est fortement accentué au cours des vingt dernières années du XXᵉ siècle. Les chiffres ici avancés constituent des moyennes et il convient d'ajouter qu'il est plus accusé à la surface des terres que sur les océans.

En revanche, les scientifiques, tout en tombant d'accord sur ces chiffres, divergent sur leur interprétation. Pour les uns, minoritaires, il s'agit d'un de ces épisodes climatiques dont l'histoire de notre planète est fertile et que seules des variations des conditions naturelles — notamment dans la position de la Terre par rapport au Soleil, ou dans l'activité solaire elle-même — peuvent expliquer. Pour eux, les activités humaines ne sauraient influencer significativement le climat. Pour d'autres, beaucoup plus nombreux, le réchauffement climatique est à mettre au débit du fameux « effet de serre ».

En fait, il n'est pas impossible que les uns et les autres aient raison et que le réchauffement constaté soit le résultat de la combinaison de phénomènes jouant en synergie et se renforçant mutuellement.

Cet « effet de serre » dont on parle tant reste, pour beaucoup, une notion plus médiatisée qu'expliquée. Il évoque les conséquences d'une forte accumulation de certains gaz — le gaz carbonique en particulier — dans la haute atmosphère. Ces gaz forment autour de la planète une sorte de cocon protecteur qui empêche la chaleur solaire touchant le sol de se réfracter dans l'espace. Plus le cocon est épais, plus la chaleur solaire se trouve piégée comme dans une serre. Si ce cocon n'existait pas, la température moyenne au sol serait de – 18 °C au lieu des 15 °C actuels, et la Terre serait rendue quasiment inhabitable par le manque d'eau liquide. Mais, si le cocon vient à s'épaissir, la température au sol augmentera en proportion, ce qui se produit précisément avec l'accroissement constant des teneurs en « gaz à effet de serre » découlant des activités humaines.

Vers une grave révolution climatique ?

L'histoire de la planète nous rappelle certes que, de tout temps, elle a connu des variations climatiques spectaculaires. Pour en rester à la seule ère quaternaire, des épisodes de glaciation majeurs se sont succédé, entrecoupés de périodes chaudes qualifiées d'interglaciaires. La dernière glaciation a atteint son maximum il y a 20 000 ans ; le niveau de la mer était alors inférieur de 120 mètres au niveau actuel, de sorte qu'il était possible de traverser la Manche ou le détroit de Bering à pied, même en été... Nous vivons une période interglaciaire. Celle-ci connut, il y a 6 000 ans, une phase particulièrement chaude pendant laquelle le Sahara était encore très humide, pourvu en abondance d'une grande faune sauvage, et le nord de l'Europe plus chaud qu'aujourd'hui. Mais comment, dira-t-on, peut-on établir avec une telle précision la nature des climats anciens ? Il y a, pour ce faire, deux approches complémentaires.

La première consiste à reconstituer des zones de végétation ancienne par l'observation, dans la stratigraphie du sous-sol, des pollens qui permettent d'identifier avec précision les plantes qui les émettaient. Chaque espèce produit en effet des grains de pollen dont la forme et la structure sont aussi particulières à l'espèce que le sont les empreintes digitales ou génétiques en physiologie humaine. L'on peut ainsi, par l'identification des pollens, reconstituer avec précision la végétation d'une région à une époque donnée, et en déduire le climat qui y régnait alors.

Mais qu'en est-il lorsque, sur les banquises polaires, aucune trace de végétation n'est disponible ? C'est là qu'intervient un autre type d'observation qui devait se révéler fructueux et conforta l'hypothèse de l'« effet de serre ».

La technique mise en œuvre consiste à effectuer des carottages dans l'Antarctique afin d'étudier la composition de ses glaces ainsi que des bulles d'air emprisonnées en elles année après année, sur de très longues périodes, au fur et à mesure de la formation de la banquise à partir des chutes de neige. De tels carottages, sur le site de Vostok, à 3 500 mètres d'altitude, ont permis d'explorer une séquence climatique de 420 000 ans. L'on y dénombre quatre cycles faisant alterner périodes de glaciation et périodes interglaciaires. Il est aisé de mesurer les températures qui régnaient sur le site durant chacune de ces périodes grâce à la teneur en eau lourde de la neige condensée en glace, cette teneur dépendant étroitement de la température des nuages au moment des averses de neige. Les températures entre période glaciaire et période interglaciaire passent de − 67 °C à − 55 °C, soit une oscillation de 12 °C environ. Comme on le voit, l'Antarctique n'a connu que des épisodes interglaciaires modestes qui ne le rendaient guère plus hospitalier que de nos jours !

Les scientifiques se sont intéressés à la composition gazeuse de l'atmosphère durant ces millénaires en analysant la teneur en gaz carbonique des bulles d'air emprisonnées dans la glace. L'étude de ces bulles révèle que la concentration en gaz carbonique à « effet de serre » a beaucoup oscillé au cours de la période considérée de 420 000 ans, la concentration moyenne variant entre cent quatre-vingts parties par million en période froide et deux cent quatre-vingts parties par million en période chaude. En somme, plus il fait chaud, plus la concentration en gaz carbonique à « effet de serre » est élevée. De nos jours, la concentration de gaz carbonique dans l'atmosphère est de trois cent soixante parties par million, soit un taux très élevé qui ne s'est jamais rencontré durant les 420 000 ans explorés à Vostok. Durant les deux périodes les plus chaudes recensées, il y a 130 000 ans et 230 000 ans, cette teneur n'a jamais dépassé les trois cents parties par million.

Cette montée irrésistible de la teneur de l'air en gaz carbonique est évidemment liée au développement constant des combustions à la surface du globe : immenses incendies de forêts d'origine humaine, mais aussi combustion dans les foyers industriels et domestiques, et surtout dans les moteurs des engins de transport dont le nombre a crû et continue de croître de manière exponentielle. Par là, en moins de deux siècles, une part considérable des ressources en charbon et en pétrole accumulées au sein de la Terre durant des millions et des millions d'années s'est trouvée dissipée sous forme de gaz carbonique dans l'atmosphère. Un tel bouleversement écologique ne peut pas ne pas avoir, on s'en doute, des conséquences sur la composition de cette atmosphère.

Mais le gaz carbonique n'est pas le seul à induire un « effet de serre ». Même s'il est à lui seul responsable de 55 % de l'effet global, d'autres gaz agissent de même. Le méthane joue un rôle significatif, avec des teneurs plus de deux fois supérieures à celles détectées durant les deux périodes étudiées les plus chaudes, il y a 130 000 et 230 000 ans. Directement lié à l'expansion de l'agriculture, il provient de la panse des ruminants, mais aussi des rizières et de quelques autres sources moins importantes. À égalité avec le méthane, les chlorofluorocarbones, ces gaz jadis utilisés dans les processus de réfrigération et les bombes vaporisatrices, qui s'accumulent dans la haute atmosphère : leur effet destructeur sur la couche d'ozone qui nous protège des excès du rayonnement ultraviolet solaire a entraîné leur interdiction.

Depuis le cri d'alarme lancé au Sommet de la Terre, à Rio en 1992, un accord s'est dégagé, au sein de la communauté internationale, sur le principe d'une réduction des émissions de gaz à « effet de serre ». Mais, sur les moyens d'y parvenir, de vives oppositions se sont fait jour au cours des trois sommets internationaux de Kyoto (décembre 1997), de Buenos Aires (novembre 1998) et de Bonn (octobre 1999), entre le Japon et les États-Unis, d'une part, l'Europe et les pays en voie de développement, d'autre part.

Pour les États-Unis, premiers émetteurs de gaz carbonique et champions de l'ultralibéralisme, la loi du marché, subtilement mise en œuvre, doit permettre la réduction de ces émissions. Aussi préconisent-ils l'organisation d'un marché de « droits à polluer ». En effet, le coût de la réduction de l'émission d'une tonne de gaz carbonique dans un pays peu développé est sensiblement inférieur à ce qu'il est dans les grands pays industrialisés où des technologies antipollution performantes ont déjà souvent été mises en œuvre. De sorte qu'une entreprise américaine qui investirait dans l'amélioration technologique d'installations très polluantes, diminuant de la sorte de manière substantielle le niveau de pollution dans un pays peu développé, acquerrait du même coup une sorte de bonus, un « droit à polluer », lequel pourrait, de surcroît, être négocié sur le marché. Naturellement, le système fonctionnerait dans un cadre international visant à réduire la pollution globale. Pour l'heure, après bien des réticences, la France s'est ralliée à ce principe, mais seulement dans le cadre national.

Car les pays de l'Union européenne réclament plutôt qu'un effort soit fourni par chaque État, appelé à réduire chez soi les émissions de gaz à « effet de serre ». Le débat, on le voit, est typiquement idéologique : le marché ou l'État. Réglera-t-on les problèmes planétaires par la seule voie libérale ou par un strict contrôle étatique ? La conférence de Kyoto (décembre 1997) a fixé des objectifs de réduction des émissions de gaz à « effet de serre » pour les pays développés qui ont commencé à s'industrialiser depuis 150 ans et sont donc responsables pour l'essentiel de l'accumulation actuelle de ces gaz dans l'atmosphère. Ces pays devront réduire leurs émissions des six gaz visés — gaz carbonique, méthane, oxyde d'azote et trois dérivés des chlorofluorocarbones — de 5,2 % entre 2008 et 2012 par rapport à leur niveau de 1990.

Mais les réductions à consentir varient en volume selon les pays : l'Union européenne a accepté une réduction de 8 %, les États-Unis de 7 %, le Japon de 6 %. Malheureusement, aucun accord n'a pu être conclu, en novembre 1998, à Buenos Aires, sur les modalités d'action à mettre en œuvre pour obtenir ces résultats ; et pas davantage à Bonn, en octobre 1999. Les États-Unis insistent — pour le moment sans résultat — sur les efforts à consentir par les pays en voie de développement eux-mêmes, en particulier par l'Inde et la Chine, ce dernier pays étant déjà le second émetteur mondial de gaz carbonique dans l'atmosphère.

La réduction des gaz à « effet de serre » s'inscrit dans la perspective du « développement durable » auquel devraient désormais se plier, selon les instances internationales, l'ensemble des processus économiques. Ce mode de développement plus économe devrait notamment contenir la voracité énergétique dont les États-Unis se sont faits les champions, en imposant aux pays en voie de développement un autre modèle de croissance moins dispendieux en gaz à « effet de serre ». Mais ces pays, refusant d'hypothéquer unilatéralement leur propre développement, insistent pour que les États-Unis donnent l'exemple. C'est sur ce point crucial qu'a achoppé la conférence de Buenos Aires. L'Europe, pour sa part, donne ici une bonne image d'elle-même : de 1990 à 1997, ses émissions de gaz carbonique n'ont cessé de décroître, grâce notamment à l'Allemagne qui a fermé ses centrales thermiques les plus polluantes, et au Danemark qui développe puissamment son parc d'éoliennes.

Mais si aucun accord international n'intervient, le processus de réchauffement global risque de se poursuivre et même de s'amplifier par des effets de rétroaction positive. Ainsi, par exemple, la toundra arctique, qui contient des milliers de tonnes de méthane, verrait ses émissions dans l'atmosphère s'accentuer fortement avec la fonte du permafrost découlant du réchauffement du climat. D'autres évoquent les effets imprévisibles de l'accumulation dans l'atmosphère de la vapeur d'eau liée à l'évaporation accrue des océans, laquelle pourrait, elle aussi, entraîner de fortes hausses des températures. Le processus du réchauffement s'aggraverait alors rapidement, et les spécialistes se préoccupent déjà d'une probabilité alarmante : le « saut » climatique. Rien ne prouve en effet que la réaction de l'atmosphère à l'accroissement des polluants se fasse de manière régulière, donc aisément prévisible. Beaucoup s'inquiètent du franchissement d'un seuil de non-retour dont la conséquence serait la mise en place de caractéristiques climatiques nouvelles, imprévisibles.

C'est bien ce qui explique la difficulté de prévoir les variations et le devenir du climat en Europe. Les innombrables simulations et modélisations par ordinateur aboutissent à des prévisions souvent contradictoires, qu'on ne peut donc avancer que sous toute réserve. Ainsi faut-il s'attendre à une augmentation de la couverture des nuages, de la pluie et du vent sur l'Europe septentrionale (hélas aussi sur la France du Nord !). Le sud de la France bénéficierait d'une nette augmentation des températures sans qu'il soit possible de dire si celles-ci s'accompagneraient d'une augmentation de la pluviométrie ou, au contraire, d'un surcroît d'aridité. La première hypothèse prévaut pour le Sud-Ouest où les cultures massives de maïs attestent déjà d'un réchauffement notable et où l'on pourrait bien un jour cultiver la banane ! Pour le Sud-Est, on hésite entre l'aridification — hypothèse d'une super-Côte d'Azur — et, à l'inverse, l'humidification liée à une forte hausse de la pluviométrie et débouchant sur la réinstallation d'un couvert végétal à feuilles caduques.

Bref, l'évolution climatique sous nos latitudes risque d'être particulièrement néfaste aux personnes dites « météosensibles », qui ne supportent pas ces ciels perpétuellement couverts où le soleil ne fait que de timides apparitions tout au long de l'automne, de l'hiver et du printemps, et qui sont enclines à broyer du noir, comme le temps. À celles-ci, on recommandera de ne pas hésiter à éclairer et égayer au maximum leurs pièces d'habitation par le choix de peintures vives et claires et par l'installation de spots suffisamment puissants pour compenser la grisaille extérieure. On sait en effet combien un apport substantiel de lumière est de nature à réduire les tendances dépressives.

Mais comment lutter contre l'aggravation de l'« effet de serre » et ses conséquences climatiques prévisibles ? Ici, les stratégies sont multiples. La réduction des émissions de gaz carbonique peut être obtenue en multipliant les plans d'isolation des immeubles et des appartements, ce qui diminue d'autant la consommation d'énergie tout en réduisant du même coup le bruit, autre nuisance de plus en plus intolérable dans nos environnements urbains. En résulterait de surcroît une forte stimulation de l'emploi dans le génie civil, le bâtiment et les travaux publics. Il conviendrait d'autre part de réorienter les investissements vers les transports collectifs, vers le transport ferroviaire et fluvial des marchandises en particulier. Tout aussi urgent, réduire la pollution des véhicules routiers et du transport aérien, ce qui est techniquement possible : des progrès considérables ont déjà été réalisés en ce domaine ; de plus importants peuvent l'être encore. Les technologies les plus avancées permettent en outre d'exploiter des centrales thermiques fort peu polluantes et bien plus avares qu'autrefois en dégagements gazeux.

Toutes ces voies ont été maintes fois citées. Elles sont à mettre en œuvre dès demain. Il n'y faut qu'une forte et réelle volonté politique.

Mais il existe une autre voie, moins communément évoquée. On sait qu'une forêt en croissance consomme plus de gaz carbonique atmosphérique par photosynthèse qu'elle n'en émet par respiration. D'où l'idée d'un reboisement massif, chaque arbre constituant un « puits de carbone », autrement dit de gaz carbonique atmosphérique stocké dans la matière végétale. Œuvrant dans ce sens, la Chine a développé depuis une vingtaine d'années d'ambitieux programmes de reboisement qui joueront un double rôle dans l'équilibre écologique de ce pays. Premier avantage : le sous-sol forestier retient les eaux de pluie et réduit la vitesse d'écoulement vers les grands fleuves, entraînant une limitation de l'ampleur des inondations. Reboiser les bassins versants des grands fleuves chinois représente à l'évidence un travail titanesque qui suppose des moyens techniques et financiers colossaux ; n'a-t-on pas été jusqu'à imaginer de planter de jeunes arbres en les larguant du ciel par avion ? Deuxième avantage des replantations : précisément la fixation du gaz carbonique atmosphérique pendant tout le temps de la croissance des arbres, c'est-à-dire pendant des décennies, période nécessaire à la mise en œuvre de l'ensemble des stratégies destinées à réduire les émissions de gaz à « effet de serre » dans l'atmosphère terrestre.

Récemment, la société française PSA (Peugeot-Citroën) a mis en œuvre une action de mécénat d'un montant de 65 millions de francs qui vont être investis dans l'afforestation de 12 000 hectares de terres au Brésil ; 183 000 tonnes de gaz carbonique seront ainsi « stockées » chaque année pendant quarante ans. Les auteurs du projet, travaillant en accord avec l'Office national des forêts, entendent bien reconstituer la biodiversité dans les zones replantées, en évitant les peuplements monospécifiques et en respectant au contraire la très riche variété des forêts équatoriales. Exemple à suivre... sans omettre d'intéresser à la réalisation de tels projets les instances directement concernées des pays « récipiendaires », ce qu'on oublie trop souvent !

En fait, si les scientifiques accordent une telle importance au problème du réchauffement climatique, c'est qu'ils en perçoivent déjà les conséquences multiples, probablement irréversibles. Au Sud comme au Nord, les banquises se désagrègent à une rapidité encore jamais connue. Dans l'Antarctique, on évalue à 2,5 °C le réchauffement intervenu au cours des cinquante dernières années — chiffre qui fait de cette région du monde la championne de vitesse dans le processus global de réchauffement. Pour le pôle Nord, les choses sont moins claires ; d'aucuns prétendent même qu'il se refroidit ! Mais, au Groenland, la température a néanmoins augmenté d'un degré depuis 1979 ; la fonte des glaces y est très perceptible sur les photos prises par satellite en 1978 puis en 1996, et on estime qu'au total 37 000 kilomètres carrés de banquise fondent chaque année, soit une surface égale à celle de la Belgique et du Luxembourg réunis !

Même type de constatations en Méditerranée où le réchauffement de la mer de quelques dixièmes de degré, renforcé par une série d'hivers très doux, serait à l'origine de bouleversements écologiques considérables. Ainsi la faune de la mer Rouge s'y infiltre massivement par le canal de Suez, au point que 55 nouvelles espèces, représentant 14 % du peuplement piscicole initial de la Méditerranée, sont actuellement répertoriées.

Même phénomène dans l'Atlantique où les espèces tropicales remontent toujours plus vers le nord. D'où aussi la crainte de voir les moustiques tropicaux atteindre le bassin méditerranéen et y réinstaller le paludisme, si laborieusement éradiqué au cours des derniers siècles.

Au même titre que l'urbanisation des littoraux, ce mouvement climatique affecte également les récifs coralliens, très sensibles aux variations de température et dont 30 % des surfaces globales ont déjà disparu, tandis que 30 % risquent encore, selon l'Institut international d'études des récifs, de mourir au cours des dix prochaines années. Or ces récifs protègent les côtes que leur régression fragilise par rapport aux colères de la haute mer, et représentent des écosystèmes d'une extrême richesse.

Une mer qui risque bien d'être toujours plus haute avec la fonte des banquises, péril que redoutent pardessus tout les trente-quatre petits pays insulaires, atolls des Caraïbes, du Pacifique ou de l'océan Indien, qui émergent à peine au ras de l'eau. Ces minuscules États se sentent ainsi particulièrement menacés par une double submersion, due à la montée du niveau de la mer, certes, mais également au dérèglement de leurs frêles économies du fait de la mondialisation...

Certes, les écosystèmes terrestres et marins n'ont cessé d'évoluer au fil des millions d'années. Ce qui est nouveau, en revanche, c'est la rapidité avec laquelle le réchauffement en cours risque d'accélérer ces phénomènes et de mettre en péril, dans des laps

Vers une grave révolution climatique ? 35

de temps très brefs, les grands équilibres de la planète. L'accroissement rapide de la population mondiale et l'accroissement plus rapide encore de sa consommation énergétique — première cause ou à tout le moins l'une des causes principales de ce réchauffement — apparaîtraient alors comme les causes d'un de ces cataclysmes écologiques tels que la Terre en a déjà connu : par exemple sous la forme d'éruptions volcaniques massives ou de chutes de météorites comme celle qui, il y a 65 millions d'années, entraîna la disparition des dinosaures. Mais, cette fois, ce sont les activités humaines qui seraient à l'origine des désastres à venir. On conçoit mieux, dès lors, l'angoisse des scientifiques face au réchauffement de la planète, puisqu'on sait que les fluctuations climatiques se déroulent sans que nous détenions les moyens de les contrôler, encore moins de les infléchir. Pas plus que nous n'avons la moindre prise sur la météo dont les caprices s'égrènent de bulletin en bulletin au fil des jours.

Des évolutions irréversibles en matière climatique pourraient modifier profondément nos conditions de vie sur la planète et aggraver l'ampleur et la fréquence des catastrophes météorologiques, déjà en forte augmentation, comme on a pu le voir au nombre et à la force des cyclones et inondations ayant sévi dans toute la zone intertropicale du globe, et, depuis peu, dans nos régions tempérées. Or, à ce jour, aucune mesure appropriée au problème n'a été prise. Pourtant, si les pays riches ne corrigent pas le tir, en 2010, selon l'ONU, ils rejetteront dans l'atmosphère 29 % de carbone de plus que l'objectif fixé à Kyoto en 1997.

Mais, de conférence internationale en conférence internationale, les Américains ne cessent de bloquer toute décision, craignant sans doute l'impact d'une limitation des émissions de gaz à « effet de serre » sur leur économie pourtant florissante. Façon particulièrement tragique de sacrifier l'avenir au présent et d'obérer lourdement le sort des générations futures. La raison finira-t-elle par l'emporter à la conférence de La Haye, prévue en novembre 2000 ? Ou faudra-t-il attendre que se mette en place, sous la pression d'événements climatiques encore plus dramatiques, un véritable gouvernement mondial, à même de prendre les mesures d'urgence qui s'imposent, ce qui donnerait enfin un contenu écologique au concept de « mondialisation », réduit pour l'instant à ne faire fructifier que des préoccupations économiques à court terme ?

2

La Terre : une planète qui souffre

Le diagnostic est unanime : jamais l'espèce humaine, à travers sa longue histoire, n'a exercé un effet aussi dévastateur sur la nature. Ravages qui ne cessent de s'aggraver, même en Europe, comme le constatait, le 24 juin 1999, Domingo Jimenez-Beltran, directeur de l'Agence européenne de l'environnement, devant les ministres de l'Environnement des Quinze réunis à Luxembourg. Et François Ramade, l'un des meilleurs spécialistes, de surenchérir :

« En dépit des propos officiels "rassurants" quant à l'état de l'environnement tenus par les pouvoirs publics des diverses nations développées du monde ou par les représentants des organisations internationales spécialisées, les scientifiques concernés peuvent aujourd'hui affirmer catégoriquement que la crise écologique globale atteint une ampleur jamais égalée. Fait encore plus préoccupant, elle présente décennie après décennie une inexorable aggravation [1]. »

Affirmation étayée par une multitude de données et de chiffres singulièrement inquiétants, rapportés par l'auteur et dont s'inspirent les développements qui suivent.

---

1. François Ramade, *Le Grand Massacre*, Hachette, 1999.

Même tonalité dans les propos de Jean-Pierre Haigneré, cosmonaute français qui fit partie du dernier équipage franco-russe de *Mir* et passa plus de six mois à bord de cette station orbitale, du 20 février au 28 août 1999 :

« Les déforestations, les incendies volontaires, éventuellement l'assèchement de zones comme la mer d'Aral, l'opacité systématique de certaines atmosphères comme celle qui est au-dessus de la Chine orientale, inspirent une grande crainte par rapport à notre capacité de gérer les ressources de la planète... »

De fait, la biosphère, cette fine peau vivante qui enveloppe la Terre, ne cesse de se détériorer à un rythme croissant : les incendies de forêts, les déboisements massifs pour l'exploitation des essences tropicales, la désertification par surexploitation et surpâturage sont des maux bien connus qui, loin de s'atténuer, ne cessent de s'amplifier. Chaque année, environ 250 000 kilomètres carrés de forêts tropicales sont détruits, soit une surface représentant approximativement la moitié du territoire français. Les arbres disparus, le sol est mis en culture, mais généralement de façon provisoire. Car plus de 100 millions de personnes vivent encore dans le monde de l'agriculture itinérante, mode d'exploitation archaïque qui consiste à brûler la végétation et à cultiver ensuite les sols ainsi défrichés durant trois ou quatre années, c'est-à-dire jusqu'à leur épuisement. On connaît en effet la pauvreté des sols forestiers tropicaux et leur extrême sensibilité à l'érosion dès lors que la couverture forestière qui les protège a été détruite. Après quelques saisons, les sols épuisés sont abandonnés, et le même processus se reproduit indéfiniment : 100 000 kilomètres carrés de forêt amazonienne — soit une superficie supérieure à celle de l'Autriche — sont ainsi rayés de la carte chaque année, avec de très faibles possibilités de régénération. Au rythme actuel de la déforestation, la plupart des pays du Sud-Est asiatique n'auront plus aucune forêt d'ici quarante ans.

Mais la surexploitation des champs et le surpâturage sont aussi des facteurs redoutablement dévastateurs pour la couverture végétale. Mis à nu, les sols sont exposés aux effets du vent et de la pluie qui emportent la terre. De plus, des épandages d'engrais et de pesticides surdosés tuent la vie biologique des sols et les dégradent de manière irréversible, altérant gravement leur fertilité.

C'est ainsi que, partout dans le monde, la désertification progresse. Le Sahara, par exemple, continue de s'étendre vers le sud, ainsi qu'en témoigne l'ensablement de nombreuses zones d'habitation et de culture à sa périphérie. Tous ces faits sont connus, dûment analysés, repérés par satellite, et font l'objet d'innombrables conférences internationales. Pourtant, rien ne les arrête. Comme un épiderme malade, la surface de la Terre se desquame et s'exfolie.

Or le monde tropical, plus gravement atteint par ces phénomènes de déforestation et de désertification, recèle à lui seul plus des deux tiers des espèces vivantes. Celles-ci subissent directement le contrecoup de ces pratiques et régressent à une vitesse que tous les spécialistes considèrent comme quasi exponentielle. Lorsque, en 1998, la forêt tropicale brûle en Indonésie pendant plusieurs semaines et sur une superficie égale à la moitié de notre territoire, combien d'espèces auront disparu dans la fournaise — espèces connues des scientifiques, mais aussi espèces encore inconnues et qui n'auront jamais été repérées par l'homme ?

Une estimation apportée par François Ramade est hautement significative : alors que le rythme naturel d'extinction des espèces (qui, on le sait, ne sont pas éternelles) est fixé en moyenne à une tous les vingt-sept ans en l'absence de toute intervention humaine, chaque jour verrait s'éteindre à jamais cinq espèces de plantes propres aux forêts tropicales. À ce rythme, plus de 20 % des 270 000 espèces végétales peuplant la planète pourraient disparaître d'ici 2050.

Le bilan n'est pas plus encourageant pour ce qui concerne les animaux : on estime que 15 % des espèces d'oiseaux et 25 % des espèces de mammifères sont, dès à présent, elles aussi menacées de disparition. La population des éléphants d'Afrique, par exemple, est tombée depuis le début des années 1960 de 2 millions à 600 000 individus. Pis encore : la population de rhinocéros noirs est passée de 70 000 à moins de 2 000 ! De même, les océans ne comptent plus guère que 2 000 grandes baleines bleues — le plus grand animal au monde avec ses 30 mètres de long — contre au moins 200 000 pour le seul océan Glacial antarctique au début des années 1920, quand débuta la chasse à cette espèce.

Certes, le nombre ne garantit pas nécessairement la survie d'une espèce. C'est ce qui a été vérifié à propos de l'extinction des pigeons migrateurs américains dont les effectifs sont passés en un siècle de 5 milliards à 0 ! « Plus j'avançais, plus je rencontrais de pigeons, l'air en était littéralement rempli, la lumière du jour en plein midi s'en trouvait obscurcie. La fiente tombait, semblable à des flocons de neige fondue, et le bourdonnement continu des ailes m'étourdissait et me donnait envie de dormir... », écrit James Audubon alors qu'il se trouve au bord de l'Ohio, en 1813. Séjournant à Louisville, le célèbre peintre naturaliste américain d'origine française précise encore : « Les pigeons passaient toujours en grand nombre et continuèrent ainsi pendant trois jours, sans cesser. Tout le monde avait pris les armes. » Un siècle plus tard, le 1er septembre 1914, le dernier pigeon vivant, une femelle âgée de 29 ans, s'éteignait au zoo de Cincinnati. Ainsi disparaissait une des espèces les plus prolifiques d'Amérique du Nord. On imputa alors cette disparition à la chasse aux pigeons qui avait pris une extension extraordinaire. Mais un autre facteur a sans doute joué et continue d'intriguer les biologistes : à partir du moment où la densité des colonies a commencé à baisser, le comportement des volatiles s'est modifié ; ils ont perdu l'aptitude à se reproduire. On sait en effet aujourd'hui que la perpétuation d'une espèce exige souvent un nombre minimum d'individus, seuil en deçà duquel elle peut être irrémédiablement condamnée. (Ce pour quoi il serait hautement improbable qu'un seul couple humain se révèle à même, après un cataclysme, de repeupler à lui seul la Terre!)

Ainsi, par sa seule responsabilité, l'espèce humaine inscrit à son passif une phase d'extinction massive telle que notre planète en connut durant les temps géologiques, notamment à la fin de l'ère primaire et à celle de l'ère secondaire. Deux périodes qui engendrèrent des désastres écologiques d'une ampleur sans précédent puisque la première conduisit à l'extinction de 96 % des espèces vivantes existant à l'époque, et la seconde, on le sait, emporta à jamais les dinosaures.

Quel est le rythme exact des extinctions actuellement en cours ? Impossible de le dire avec précision, mais on estime en général que la planète compte entre 1 500 000 et 1 800 000 espèces connues par la science [1]. Une fourchette assez large, on le voit, du fait des fréquentes synonymies mais aussi des définitions variables du concept d'espèce, large pour certains, beaucoup plus étroit pour d'autres. Ainsi, selon les critères retenus pour faire la coupure entre espèces et sous-espèces, on peut évaluer la population mondiale d'oiseaux à 8 500 ou à 30 000 espèces. Dans un

---

1. *Pour la science,* n° 182, décembre 1992.

cas extrême, les espèces du genre *Taraxacum* (c'est-à-dire pissenlit) présentes en Grande-Bretagne peuvent être, selon le point de vue des spécialistes, réduites à 4 ou, au contraire, étendues à 132; les pissenlits appartiennent en effet à la famille des astéracées dont les genres et les espèces sont souvent très difficiles à délimiter.

Mais nombreuses encore sont les espèces qui n'ont jamais été récoltées ni décrites par l'homme, en particulier parmi les herbes de petite taille ou les insectes dont on ne connaît que 950 000 espèces mais qui en comportent sans doute quatre fois plus. Actuellement, les meilleures estimations du nombre global d'espèces s'inscrivent dans une fourchette comprise entre 7 millions et 12 millions et demi. C'est ce qu'on appelle aujourd'hui, d'une expression fort répandue mais pas toujours comprise, la biodiversité totale. Ce concept exprime la riche diversité du monde vivant dans la multiplicité de ses espèces. Il s'est imposé à la conférence des Nations unies sur l'environnement et le développement, qui s'est tenue à Rio en juin 1992 et a adopté une convention sur la préservation de cette biodiversité.

Le rythme des extinctions, qui ont débuté dès la Préhistoire, n'a cessé de s'amplifier avec l'extension de la population et le développement de ses techniques. La déforestation, accompagnée de la perte des espèces liées aux habitats boisés, n'a cessé de s'étendre, en particulier dans les foyers de civilisation ancienne tels que la région méditerranéenne ou l'Empire du Milieu, dont les habitants se sont longtemps comportés comme les pires ennemis des arbres — d'où, on l'a vu, les formidables inondations qui ont sévi en Chine.

La faune n'a pas été davantage épargnée, comme le révèlent les mosaïques de l'Antiquité ou les laques de la Chine antique où figurent des spécimens d'une grande faune sauvage aujourd'hui entièrement disparue de ces régions. Rappelons que c'est en Afrique du Nord que les Romains capturaient les animaux destinés aux jeux du cirque. Hannibal prit ses fameux éléphants dans le Sud tunisien encore recouvert de forêts à cette époque.

Avec les Temps modernes, le processus s'accélère : 21 espèces de vertébrés disparaissent au cours du XVIIe siècle, 38 au cours du XVIIIe, 84 au cours du XIXe, plus d'une centaine au cours du XXe...

L'Union internationale pour la conservation de la nature (UICN) publie des « listes rouges » d'espèces animales et végétales menacées d'extinction. Pour le seul bassin méditerranéen, plus de 8 500 espèces figurent sur ces listes.

Mais, dira-t-on, qu'importe que des espèces disparaissent si elles ne nous concernent en rien ! De fait, sur les 270 000 plantes à fleurs, les cinq plantes les plus cultivées — blé, riz, maïs, pomme de terre et orge — assurent à elles seules 53 % de l'alimentation mondiale, et les vingt premières espèces cultivées plus de 80 %. Il suffirait donc de pousser un peu plus loin encore ces chiffres pour que, du même coup, toutes les autres plantes paraissent « inutiles ». Au reste, face à la multiplicité des périls qui menacent les humains, il est souvent de bon ton, fût-ce dans les milieux de l'écologie politique, de se défendre de ne se préoccuper que de la « protection des fleurs et des petits oiseaux ».

C'est que les raisons qui militent en faveur de la protection de la biodiversité sont souvent mal connues ou mal comprises. À la différence de périls imminents tels que le dérèglement climatique ou la pollution génétique due aux organismes génétiquement modifiés (OGM), la sauvegarde de la biodiversité ne mobilise guère la conscience populaire, peut-être simplement parce que le mot n'a pas su véritablement s'imposer dans le langage courant. Parler de « protection de la nature » est autrement plus éloquent et mobilise bien davantage les énergies. Mais la « nature », c'est précisément dans sa biodiversité qu'elle se révèle à nous, dans sa richesse de multimillionnaire en espèces.

Le développement de l'agriculture productiviste n'a cessé de faire diminuer cette biodiversité. Ainsi, par exemple, toute la production américaine de soja est assurée par la descendance de six plantes importées voici un siècle de la même région d'Asie. Il en résulte une pauvreté et une uniformité génétiques portant en elles-mêmes des risques graves au cas où une maladie très dévastatrice attaquerait ces cultures monovariétales. Tel fut le cas, au milieu du XIXe siècle, en Irlande, lorsque le mildiou dévasta les champs de pommes de terre et déclencha la pire des famines à avoir jamais frappé le continent européen : on dénombra pas moins d'un million de morts, cependant que 50 000 Irlandais émigraient aux États-Unis et y essaimaient des patronymes tels que Kennedy, Kelly, Clinton, etc. La destruction du vignoble français par le phylloxéra, venu des États-Unis vers 1865, illustre pareillement le risque des monocultures. Seule la diversité de ses cultures peut mettre l'homme à l'abri de tels périls.

On comprend pourquoi tant d'efforts sont aujourd'hui déployés pour la conservation et la revalorisation des variétés anciennes ou des espèces sauvages voisines des plantes cultivées. Celles-ci représentent des réservoirs de gènes auxquels il est possible de faire appel en cas de besoin.

C'est ce qui s'est produit pour le manioc, atteint il y a une trentaine d'années par plusieurs maladies cryptogamiques. Dans toute l'Afrique, cette culture vivrière, essentielle dans l'économie alimentaire du continent noir, a pu être sauvée grâce au croisement du manioc cultivé avec une espèce voisine sauvage pourtant devenue rare dans la nature [1]. Cette espèce présentait en effet une résistance spontanée aux deux affections cryptogamiques les plus graves qui s'attaquent au manioc. Sans elle, la culture de cette plante se fût trouvée gravement compromise. Bien plus, à la suite de ce croisement, les rendements furent accrus dans des proportions considérables.

En Asie, un exemple similaire concerne le riz, dont des variétés très productives, issues de la « révolution verte », ont acquis une meilleure résistance à diverses affections phytopathogènes grâce à leur croisement avec une espèce de riz sauvage [2] peu vulnérable à ces maladies.

Dans ces deux cas rapportés par François Ramade [3], que serait-il advenu si ces espèces sauvages avaient disparu, rendant du même coup impossible le sauvetage de l'espèce cultivée ?

Le troisième exemple appartient au continent américain où fut découverte il y a une vingtaine d'années, au Mexique, une espèce de maïs sauvage [4]. La population naturelle de ce maïs occupait une localisation très restreinte : une station de 10 hectares dans la sierra de Guadalajara. Elle fut épargnée des feux allumés par les habitants de cette région montagneuse grâce à des botanistes américains qui venaient de la récupérer. On découvrit alors que cette espèce manifeste une forte résistance au charbon, maladie causant d'amples ravages dans les cultures de maïs. De plus, cette espèce est vivace alors que le maïs cultivé est une plante annuelle. Aussi l'a-t-on précieusement conservée afin de la croiser avec des variétés de maïs

---

1. *Manihot glaziovii.*
2. *Oryza nivara.*
3. François Ramade, *op. cit.*
4. *Zea diploperenis.*

cultivé pour leur conférer une meilleure résistance à la maladie du charbon et en augmenter les rendements.

La distinction entre plantes sauvages et plantes cultivées n'est jamais définitive, car bien des espèces sauvages peuvent être considérées comme candidates au statut de plantes cultivées. Parmi les 3 000 espèces de plantes sauvages comestibles officiellement répertoriées figure par exemple le haricot ailé de Nouvelle-Guinée [1], dont les parties aériennes — gousses et graines, mais aussi pousses et feuilles — sont comestibles et dont la croissance peut atteindre 50 centimètres par jour. De même, les fruits d'un palmier sauvage [2] présentent des rendements en oléagineux supérieurs à ceux du palmier à huile, et ce avant même toute sélection variétale.

L'élevage pourrait lui aussi bénéficier de nouvelles ressources puisées dans le monde animal sauvage. Il n'est pas certain que l'élevage des bovins en Afrique, encouragé par la colonisation puis par les gouvernements des pays ayant accédé à l'indépendance, soit des plus judicieux. Buffles et antilopes possèdent des potentialités zootechniques bien supérieures, en raison de leur meilleure adaptation aux écosystèmes locaux : ils utilisent mieux l'ensemble des plantes herbacées et ligneuses qui constituent le couvert végétal, alors que les bovins se contentent de seulement quelques espèces, en général des graminées. Les premiers sont de surcroît mieux adaptés, par résistance spontanée, aux affections parasitaires endémiques telles que la maladie du sommeil du bétail. Ainsi, l'élan de Derbi [3] manifeste un rythme de croissance pondérale et un taux d'augmentation de sa

---

1. *Psophocarpus tetragonolobus.*
2. *Orbigna phaderata.*
3. *Taurotragus derbianus.*

production laitière supérieurs à ceux des zébus élevés dans toutes les régions tropicales du monde. Pourtant, la sous-espèce de cette antilope propre à l'Afrique occidentale figure déjà sur la « liste rouge » des animaux en danger d'extinction, puisqu'elle ne compte plus actuellement que 2 000 individus au maximum.

D'autres espèces d'antilopes, notamment l'addax du Sahara [1], aujourd'hui en voie de disparition, sont particulièrement adaptées aux pâturages désertiques, là où aucune espèce domestiquée actuelle ne saurait survivre. Les anciens Égyptiens élevaient l'Oryx dammah et l'avaient introduit dans les pâturages désertiques inadaptés aux bovins : un savoir-faire aujourd'hui perdu... En Amérique latine, voici quelques décennies, on est parvenu à sauver *in extremis* la vigogne [2], espèce sauvage voisine du lama, dont la laine est réputée pour sa finesse ; elle survit aujourd'hui grâce à la création de plusieurs parcs nationaux andins, en Bolivie et au Pérou.

Les espèces végétales sont par ailleurs devenues un enjeu crucial pour la recherche pharmaceutique. Dans le but de constituer des banques de gènes, de grandes multinationales comme Monsanto [3] écument littéralement les savoirs et traditions des peuples indigènes ; elles collectent systématiquement les plantes qu'ils utilisent en vue de réemployer les gènes intéressants à l'élaboration de nouvelles plantes transgéniques. Une vive polémique se développe actuellement, on le verra, sur la brevetabilité des espèces vivantes ainsi collectées, dont les bénéfices de l'exploitation ne seraient réservés qu'à ces seules multinationales. Un point de vue qu'aucun naturaliste ne peut évidemment soutenir !

1. *Addax nasomaculatus.*
2. *Vicuna vicuna.*
3. *Cf. infra*, chap. 10.

Faut-il en effet rappeler que 80 % de la population mondiale n'a pas accès aux médicaments conventionnels, faute de ressources suffisantes ? Les soins leur sont prodigués par les tradi-praticiens ou les chamans grâce aux plantes médicinales propres à chaque ethnie, chaque tradition, chaque culture. Ces plantes représentent des dizaines de milliers d'espèces dont le repérage est en cours grâce aux recherches des ethnopharmacologues. À notre époque où la chimie de synthèse est devenue moins productive en remèdes inédits et où l'intérêt pour les ressources naturelles s'est brusquement réveillé après quelques décennies d'oubli ou de discrédit, chacune de ces espèces représente potentiellement un nouveau médicament.

Les ethnologues observent de leur côté les plantes utilisées par les indigènes à de multiples fins ; ce qui ressort de leurs observations, c'est justement l'extrême diversité des ressources auxquelles ont recours les populations locales pour se soigner ou se nourrir. Il n'est pas rare que, dans une région de l'Inde ou de l'Amérique latine, des femmes dépositaires de traditions millénaires aient recours à des centaines d'espèces sauvages poussant à proximité de leurs gîtes et dans lesquelles la rationalité occidentale aurait tendance à ne voir que de mauvaises herbes.

Il faudrait, pour être complet, noter aussi l'intérêt particulier de certaines espèces dans le domaine de la recherche. C'est ainsi, par exemple, que le tatou est la seule espèce de mammifère — hormis l'homme — sur laquelle peut se développer le bacille de la lèpre...

Mais la sauvegarde de la biodiversité n'a pas pour seul objectif de servir les besoins directs de l'homme en matière alimentaire, médicale ou autre. Elle représente également un facteur d'équilibre indispensable à la survie des écosystèmes. On connaît les ravages causés parmi les insectes pollinisateurs par l'épandage intempestif d'insecticides, qui se traduisent par une réduction de la production fruitière. En Thaïlande, par exemple, la diminution des populations de chauves-souris intoxiquées par les insecticides a entraîné de fortes baisses de production dans les vergers de durians [1] dont les fruits sont pollinisés par ces seuls mammifères nocturnes. Naturellement, les pertes de biodiversité sont d'autant plus rudement ressenties qu'elles perturbent plus directement une activité économique ou la production d'une ressource.

Les écologues ont longuement débattu sur le point de savoir s'il existe un lien entre le niveau de biodiversité et le volume de la production des écosystèmes en matière vivante (la biomasse). La thèse soutenue était que la richesse en espèces présentes sur un territoire donné favorise sa productivité. Restait à le démontrer, d'autant plus que l'agriculture moderne semblait infirmer cette idée : certaines monocultures atteignent en effet des rendements proprement stupéfiants. L'on décida donc de suivre sur trois ans la productivité végétale de 480 parcelles de prairies, disséminées sous tous les climats d'Europe [2]. Les résultats furent éloquents : ils montraient que la productivité baisse de 80 grammes au mètre carré en moyenne quand le nombre d'espèces est divisé par deux.

Les mécanismes expliquant ces résultats demeurent encore mystérieux : on parle de « niches complémentaires », d'« interactions positives mutuelles », de « synergies ». Ainsi, telle espèce pompant ses nutriments à une profondeur supérieure à celle de sa voisine limite par là sa concurrence avec elle. De même, sous un climat chaud et sec, des architectures aériennes complémentaires imbriqueraient les plantes

---

1. *Durio zibethinus* : fruit bardé d'épines, comme un gros hérisson. Il présente à maturité l'odeur d'un fromage passé, délicieuse pour les uns, répugnante pour les autres...
2. *Science*, 5 novembre 1999.

de telle manière que les plus sensibles au soleil se trouvent protégées par d'autres qui leur font de l'ombre — dans le meilleur sens du terme — et ainsi les protègent.

Déjà, les chercheurs envisagent une autre hypothèse qu'ils se proposent d'expérimenter : la biodiversité ne jouerait-elle pas un rôle d'assurance contre les changements climatiques ? On va donc manipuler les conditions extérieures, par exemple imposer une sécheresse, un gel, un incendie, et regarder comment les parcelles considérées réagissent en fonction de leur richesse en espèces, c'est-à-dire de leur biodiversité.

D'où il ressort en tout cas que l'écologie est bel et bien une science, n'en déplaise à certains de ses détracteurs qui n'y voient que discours passéistes ou arrivismes politiques !

Mais la biodiversité est aussi génératrice de ressources par un tout autre biais, par exemple dans les parcs nationaux ou les réserves qui accueillent des flux touristiques de plus en plus importants, pas toujours faciles à limiter et à réglementer. Dans les pays fortement développés, l'intérêt des citadins pour la nature — on le voit par les *rushes* des départs en week-ends ou en vacances — ne cesse de croître. La découverte des milieux naturels et des êtres qui les habitent — leur biodiversité, précisément — est devenue aujourd'hui une des grandes ressources du tourisme international, mais aussi de ce tourisme « vert » qui représente une part grandissante dans les pratiques contemporaines. Les classes « vertes », les petits jardins égayant la cour des maternelles (qui deviennent ainsi de véritables « jardins d'enfants ») font désormais partie du paysage urbain...

Pour toutes ces raisons, les actions de protection de la biodiversité se développent à l'échelle planétaire. En 1998, l'Union internationale pour la conservation de la nature dénombrait dans le monde 12 754 aires protégées, couvrant une superficie cumulée de 12 millions de kilomètres carrés, soit environ 6 % de la surface totale des terres émergées. Mais une chose est de décréter une protection, une autre de faire appliquer les mesures décidées. Ainsi n'est-il pas rare de constater des attributions de concessions forestières dans les aires protégées de nombreux pays du tiers-monde...

Au demeurant, les libertés prises en matière de protection de la nature ne sont pas l'apanage du tiers-monde. Il suffit parfois de comparer l'attitude originelle des pays anglo-saxons à leur position actuelle et à celle des pays latins.

N'est-ce pas aux États-Unis que fut fondé le premier parc national, celui de Yellowstone, dans le Wyoming, en 1872 ? Le Sierra Club, qui eut l'initiative de cette création, la première des Temps modernes, avait déjà conduit le Congrès américain à voter dès 1864 une loi de protection de la vallée de Yosemite et du boisement de séquoias géants de Mariposa, réserve qui devint ultérieurement et par extension le Parc national de Yosemite. Aussi n'est-ce pas un mince paradoxe que de voir les États-Unis batailler avec acharnement contre l'application des directives de la Convention de Rio sur la biodiversité. Paradoxalement, dans ce pays, le sens de la nature est particulièrement développé, mais le sens des affaires l'est aussi, et les deux font souvent mauvais ménage...

Même paradoxe en Europe où la France est à la traîne de tous ses partenaires pour l'application de la directive européenne en matière de protection de la nature, plus connue sous le sigle de « NATURA 2000 », votée par le Conseil des ministres de l'Union européenne le 21 mai 1992. « NATURA 2000 » doit devenir la grande aventure de préservation de la nature en Europe grâce à un réseau ambitieux de zones de protection et de conservation qui devra être mis en place à l'échelle de l'Union en 2004. En France, le Muséum d'histoire naturelle a recensé 1 316 sites, couvrant environ 15 % du territoire national. Mais, sur la plupart d'entre eux, s'imbriquent les nombreux intérêts contradictoires des exploitants de ces sites (chasseurs, agriculteurs, etc.). Les fonctionnaires du ministère de l'Environnement et les associations concernées doivent déployer des trésors de patience et d'ingéniosité, au fil de longues et difficiles négociations, pour parvenir à convaincre et à vaincre les réticences qui se manifestent de toutes parts. En définitive, un peu plus de 1 000 sites ont été conservés, qui ne couvrent plus que 5 % du territoire. Notre vieux pays, latin et jacobin, apparaît ainsi comme la « lanterne rouge » de l'Europe, peut-être aussi parce que la chasse y a acquis un statut proprement unique au monde : ne représente-t-elle pas, aux yeux des Français, l'ultime héritage de la Révolution et de la mort des privilèges, tout en devenant du même coup le privilège de chaque Français ?

La France, un pays qui, décidément, comme les États-Unis, manie le paradoxe ! C'est en effet sur son territoire que vit le jour la première réserve naturelle des Temps modernes, établie sous la pression d'un groupe d'artistes qui obtinrent en 1853 la protection d'une partie de la forêt de Fontainebleau. C'est à l'École de Barbizon qu'on doit, dès 1861, la création des fameuses « séries artistiques » de cette hêtraie qui couvrait au total 124 hectares. Depuis des années, de nombreuses voix s'élèvent pour réclamer la transformation de la forêt de Fontainebleau en authentique réserve naturelle, protégée par le statut de parc national. Cette revendication, commune à toutes les organisations de protection de la nature, se heurte à des objectifs économiques visant la production ligneuse : n'est-on pas allé jusqu'à introduire des essences de conifères exotiques dans ce milieu dont la biodiversité naturelle est suffisamment exceptionnelle pour justifier sa préservation en l'état ?

Ce qui est vrai en métropole l'est tout autant dans les départements d'outre-mer. Depuis des années, naturalistes et biologistes plaident en faveur de la création d'un parc national en Guyane, plus précisément au nord du territoire, là où la biodiversité de la forêt est la plus importante. Mais les intérêts de la nature se heurtent ici à ceux des orpailleurs, qui forment un lobby suffisamment efficace pour avoir pu jusqu'ici entraver ce projet. Des orpailleurs qui viennent d'ailleurs en grande majorité du Brésil ou du Surinam voisins et qui utilisent le mercure, contribuant ainsi à polluer gravement les cours d'eau et à empoisonner le poisson, traditionnel aliment de base des Indiens. La Guyane française est pourtant le seul territoire sous administration européenne qui soit recouvert d'une forêt tropicale humide d'une très riche biodiversité. Aussi peut-on imaginer — et devrait-on même exiger — que l'Europe prenne directement en charge ce dossier afin de faire de cette zone un laboratoire exemplaire de protection de la biodiversité et de gestion des forêts tropicales humides. Un grand projet que ne devraient pouvoir durablement retarder les intérêts locaux, y compris ceux qui n'osent s'avouer.

Malgré les retards, les difficultés, il n'en reste pas moins qu'une prise de conscience mondiale s'est aujourd'hui développée, rendant possibles des actions qui, hier encore, eussent pu paraître utopiques. La création d'un parc naturel en Guyane en est une parmi d'autres. De même, à travers le monde entier, la Convention de Washington sur la protection des espèces menacées semble appliquée avec plus de rigueur, grâce à l'engagement des pouvoirs publics, tant dans les pays développés que dans le tiers-monde.

Mais on ne sauvera pas la biodiversité sans une participation plus importante et un accroissement des pouvoirs des Nations unies. Les espèces vivantes ne connaissent pas de frontières, et la définition d'« espaces protégés » ne devrait en aucune façon signifier que les espaces qui ne le sont pas peuvent être purement et simplement livrés à l'appétit de tous ceux qui se soucient de la protection de la nature comme d'une guigne. C'est, en fait, la biosphère entière qu'il convient de protéger ! Alors que la dernière décennie a vu l'émergence, dans le droit international, du droit d'ingérence à motifs humanitaires, ne pourrait-on imaginer que les dix prochaines années voient émerger un droit d'ingérence à motifs écologiques ? Ainsi pourrait s'organiser sous l'égide des Nations unies un corps d'« écologues humanitaires » susceptibles d'être dépêchés sur le terrain en cas de catastrophe majeure. Par exemple, le déboisement dramatique de l'Indonésie ou de Madagascar exigerait la présence sur le terrain de spécialistes scientifiquement compétents et humainement compatissants, capables de mettre en œuvre, en collaboration avec les pouvoirs locaux et les habitants, les bonnes pratiques de gestion des milieux naturels, comme celles qui voient le jour avec l'émergence d'un nouveau savoir-faire qualifié de « génie écologique ». S'il n'en est encore qu'à ses balbutiements, gageons qu'il constituera la véritable « force de frappe » de l'écologie planétaire.

Génie écologique, qu'est-ce à dire ? Simplement la mise en œuvre de pratiques adaptées au terrain, fondées sur une fine observation du fonctionnement des écosystèmes fragiles ou menacés, suscitant des interventions judicieuses et appropriées. Car le temps presse ! Il n'est plus au laisser-faire. Le destin de l'humanité est parfaitement inséparable de celui de la nature dont elle a besoin pour subsister. Sans elle, point de nourriture, point de vie. La nature, à l'inverse, n'a nul besoin de l'homme : qu'il vienne à disparaître et elle rebondira aussitôt, dans sa diversité et sa luxuriance que seul pourra interrompre un cataclysme cosmique majeur comme, par exemple, l'ultime transformation du Soleil qui grillera la Terre... dans quelque 5 milliards d'années seulement ! Donc, puisque l'homme a besoin de la nature et que la nature n'a apparemment pas besoin de lui, il convient de revoir du tout au tout la distribution des rôles et des partitions : le fameux « principe de précaution » exige que l'homme approche désormais la nature avec respect et humilité.

L'homme, jardinier et gardien de la Terre : c'est de cette mission que se sentent investis depuis la nuit des temps les Indiens U'wa qui vivent au nombre d'environ 5 000 sur un très modeste territoire du nord-est de la Colombie : « La mère-Terre possède une tête, des bras et des jambes, disent-ils, et le pays des U'wa est le cœur qui porte l'Univers. S'il devait être blessé, il deviendrait incapable de donner la vie au reste du monde. » Tel est le message de leur porte-parole, Berita KuwarU'wa. Les U'wa avaient jadis vaillamment résisté aux conquistadores espagnols, mais, en janvier 1995, le gouvernement colombien a autorisé une compagnie pétrolière américaine à prospecter chez eux. Ce qui revenait à les condamner à mort ! Car, avec l'or noir, jaillit partout l'argent, mais aussi l'alcool et la drogue. Pour les U'wa, le pétrole est le sang de la mère-Terre, et doit pour cette raison être protégé. Ils entamèrent donc en Colombie un marathon juridique qu'ils perdirent, bien évidemment. En avril 1997, les 5 000 Indiens menacèrent alors le gouvernement colombien d'un suicide collectif : ils ne feraient ainsi que répéter celui qui, selon le mythe fondateur de leur tribu, aurait eu lieu lors de l'arrivée des Espagnols, un demi-millénaire auparavant. Au premier forage, par conséquent, ils sauteraient du haut d'une falaise de 500 mètres. La menace fut prise très au sérieux et le grand pétrolier finit par renoncer à violer le territoire de ce petit peuple courageux.

Étrangement, le Web est devenu aujourd'hui l'allié des ethnies indiennes les plus isolées. La lutte des peuples indigènes est soutenue par une ONG fondée à Londres en 1969, Survival International. Son site, Native Web Ressources, abrite 200 nations. Les Indiens savent qu'ils ne peuvent compter que sur eux-mêmes pour protéger leurs terres et leur culture. L'UNESCO, qui recense 300 millions d'indigènes répartis à travers 70 pays, tente depuis des années de faire signer aux gouvernements du monde une Charte mondiale sur le droit des peuples indigènes — toujours en vain. Pourtant, on ne sauvera pas la nature sans la participation de ceux qui l'habitent et qu'on appelait jadis les « naturels ». Protéger la première, c'est sauver ces derniers. Un même objectif, un même combat.

3

La pollution de l'air : oser respirer à Bangkok...

Quand l'actualité se languit dans la canicule des vacances, les « pics de pollution » à l'ozone font une heureuse diversion. Il ne se passe point de jour sans qu'un « pic » ne soit signalé ici ou là. Et le téléspectateur de s'interroger sur l'irruption brutale de cette nouvelle pollution dont on ne parlait guère voici quelques années, tout au moins sous forme de « pics ». À propos d'ozone, on ne parfait alors que de « trou »... de trou dans la couche d'ozone !

On l'a vu, l'ozone forme une couche mince, un film ténu protégeant la haute atmosphère. Cet ozone est détruit par des molécules agressives : les chlorofluorocarbones issus de nos dispositifs de réfrigération et de nos bombes aérosols. Que n'a-t-on parlé de cette fameuse couche aujourd'hui menacée au risque de nous exposer plus qu'il ne faut aux dangereux rayons ultraviolets du soleil, générateurs de cancers de la peau ! Grâce à des mesures internationales rapides et courageuses — le protocole de Montréal en particulier, signé en 1987 par 43 pays —, les émissions de chlorofluorocarbones sont aujourd'hui à peu près maîtrisées. Du même coup, la couche d'ozone a cessé de faire la « une » de l'actualité. Mais tout se passe en fait comme si elle était subitement descendue du ciel pour nous atteindre au ras du sol, à l'instar des pollutions ordinaires qui mettent notre appareil respiratoire en danger.

Cet ozone qui nous menace directement résulte de l'action des rayons ultraviolets sur un ensemble complexe de polluants émanant pour l'essentiel des gaz de combustion des voitures et des camions. En France, la loi sur l'Air de 1997 prévoit des mesures d'urgence en cas de pics de pollution par divers polluants — dont l'ozone —, ces derniers se manifestant surtout par temps ensoleillé. Plus les pics sont élevés, plus sévères sont les dispositions mises en œuvre : pour le premier niveau de pollution (150 microgrammes/mètre cube en moyenne sur une heure), les administrations sont informées ; dès le deuxième niveau (180 microgrammes/mètre cube), les populations sont prévenues à leur tour par les médias et invitées à prendre des mesures de précaution (réduire la vitesse des automobiles ; éviter le sport et les efforts violents, grands consommateurs d'oxygène mais du même coup aussi de gaz polluants ; préférer les transports en commun et l'atmosphère des appartements à celle de la rue, afin d'inhaler le moins de pollution possible, etc.) ; lorsque les teneurs en ozone dépassent les 360 microgrammes/mètre cube, ou les 400 microgrammes/mètre cube pour le dioxyde d'azote (niveau 3 sur l'échelle des pollutions), des mesures drastiques sont prises, en particulier la circulation alternée dont Paris a fait l'expérience pour la première fois le 1er octobre 1997. Seules les voitures à numéro impair ont eu ce jour-là l'autorisation de circuler, ce qui réduisit le trafic de 15 % à Paris intra-muros, et de 35 % sur le périphérique, sans augmenter toutefois sensiblement la clientèle des transports en commun, pourtant gratuits ce jour-là. L'expérience n'a pas été renouvelée depuis lors, le niveau 3 n'ayant plus été atteint ; en revanche, les niveaux 1 et 2 sont régulièrement annoncés dès que le beau temps et la chaleur s'en mêlent.

Si les niveaux de pollution font désormais partie de l'information diffusée par les médias au même titre que les bulletins météo, c'est d'abord parce que des instruments de mesure performants ont été mis en place, maillant le territoire de 2 000 stations automatiques d'analyse de la qualité de l'air. Celle-ci n'est d'ailleurs pas fondamentalement plus mauvaise qu'elle ne l'était il y a quelques années ; elle est même bien meilleure pour ce qui est des oxydes de soufre dont les émissions, surtout dues à la combustion des fuels domestiques et industriels, ont été sévèrement réduites grâce à la mise en œuvre de technologies visant à la désulfurisation de ces carburants. La pollution de l'air est aujourd'hui mieux connue, mieux évaluée, ce qui permet de définir et d'appliquer des stratégies et des moyens de protection appropriés. Certaines mégalopoles comme Londres ou Los Angeles, qui connurent voici quelques décennies des pollutions catastrophiques, ont même amélioré sensiblement leur qualité de l'air. On est loin, aujourd'hui, de ces *smogs,* mélanges de brouillard et de fumées riches en oxyde de soufre, qui tuèrent, en décembre 1952, 1 500 personnes à Londres. Mais ce sont là de notables exceptions. D'autres mégalopoles détiennent en revanche de tristes records : Bangkok, par exemple.

Au plus fort du boom économique, de 1993 à 1996, 150 000 à 170 000 nouveaux véhicules étaient mis en service chaque année dans la capitale thaïlandaise. Ce chiffre est tombé à 130 000 en 1997 avec la crise économique. La pollution moyenne d'un véhicule y est sensiblement supérieure à celle que l'on relève dans un pays comme le nôtre. Les transports publics déglingués, les navettes sillonnant les canaux légendaires dégagent d'imposants nuages de fumée. Rien d'étonnant, dans ces conditions, à ce que les piétons, se sentant menacés, se protègent le visage d'un masque ou d'un mouchoir. D'après une étude de l'ONU diffusée en septembre 1998, 70 000 enfants de Bangkok risquent de perdre au moins quatre points de coefficient intellectuel par suite de l'inhalation de trop fortes doses de plomb. Enfants et adultes, de surcroît, se nourrissent mal : partout la nourriture est proposée par des légions de vendeurs de soupe, de fruits de mer, de sucreries, de boissons installés autour de petites cuisines roulantes en bordure des routes ; tous consomment ainsi une nourriture fortement contaminée par les émissions des véhicules. Les dégâts ne sont pas moindres pour les agents de la circulation : une étude parue en 1996 a montré que 60 % d'entre eux souffraient de problèmes de santé (affections pulmonaires en particulier). À Bangkok, les allergies sont légion, et la fréquence des cancers du poumon trois fois supérieure à ce qu'elle est dans le reste du pays. Sont aussi particulièrement exposées les cohortes d'enfants et de jeunes gens qui, aux carrefours, le temps d'un feu rouge, vendent à la sauvette des journaux ou essuient les pare-brise en se faufilant entre les rangées de voitures à l'arrêt. Ce sont des victimes toutes désignées pour la pollution qu'ils subissent massivement.

Mexico, première mégalopole du monde avec ses 17 millions d'habitants, dispute à Bangkok le triste privilège d'être la ville la plus polluée de la planète. La municipalité combat la pollution par tout un ensemble de stratégies dont aucune, semble-t-il, n'atteint vraiment son but. Le contrôle technique des véhicules est une mesure semestrielle obligatoire, assurée par des garages agréés par les autorités. Pour obtenir le « feu vert », il faut dépenser des sommes souvent considérables en réparations. Le propriétaire contrôlé plaque sur la vitre de son véhicule une sorte de décalcomanie que l'on peut aussi acquérir... au marché noir ! De surcroît, des « spécialistes » offrant des contrôles préalables à la vérification officielle ont proliféré dans l'immense cité à proximité immédiate des 96 centres agréés de la zone métropolitaine. Ces petits garagistes ambulants offrent leurs services pour une somme modique : leur travail consiste à améliorer la carburation des moteurs avant qu'ils ne soient soumis au contrôle officiel. À cette fin, ils installent sur le carburateur un filtre destiné à réduire l'arrivée d'essence et par conséquent les émissions de polluants à la sortie du pot d'échappement. Une fois la révision officielle passée avec succès, on ôte le filtre pour redonner au moteur toute sa puissance... Les employés des garages agréés ferment les yeux dès lors que leur ordinateur ne signale rien d'anormal.

À ces contrôles draconiens mais largement contournés et donc peu efficaces s'ajoute une autre mesure : la circulation alternée pour tous les véhicules antérieurs à 1993. La seule façon d'y échapper est de se procurer un second véhicule, généralement plus ancien, et, pour cette raison même, plus polluant. Autre mesure habilement déviée de ses objectifs...

Mexico vit ainsi en permanence sous un véritable dôme de pollution. En 1997, la norme maximale d'ozone autorisée par l'OMS a été dépassée... durant 337 jours ! La situation s'aggrave bien entendu pendant la saison sèche, entre janvier et mai : d'après les estimations officielles, la moitié des habitants de la capitale ont ressenti des malaises respiratoires, des picotements oculaires et des irritations de la gorge lors de la « crise » de mai. La pollution est rendue directement responsable de 5 000 décès par an, chiffre modeste qui ne semble pas intégrer les milliers d'enfants, de personnes fragilisées et âgées dont la pollution abrège les jours. L'époque est loin où la silhouette majestueuse et les neiges éternelles du Popocatépetl dominaient la capitale mexicaine de leurs 5 452 mètres ! Il y a bien longtemps qu'il a disparu à jamais dans l'énorme nuage de pollution qui surmonte cette ville empoisonnée.

Et puis au hit-parade des villes les plus polluées du monde figure désormais Pékin, dernière venue. Fini, les nuits bleutées de la capitale de l'Empire céleste ! Les montagnes qui se dessinaient à l'horizon de la Ville impériale sont désormais occultées par une brume suspecte. Sur l'avenue Wanfujing, l'une des grandes artères commerciales du centre, il a fallu abattre des arbres d'alignement qui n'avaient pas 15 ans et qui ont succombé à une pollution insupportable. Signe qui ne trompe pas ! Partout les voitures qui défilent en nappes compactes ont remplacé les cyclistes mythiques de la capitale transformée en immense chantier. La fameuse cour carrée, jadis prisée par les Occidentaux fortunés et les hauts dirigeants du régime, qui cachait derrière ses murs de superbes maisons basses et de somptueux jardins, ne sera bientôt plus qu'un souvenir : les bulldozers et le béton en auront eu raison. Car la capitale chinoise connaît une profonde mutation : avec sa banlieue, elle devrait couvrir 1 000 kilomètres carrés d'ici à dix ans en raison de la croissance exponentielle de sa population. Converge vers elle de tout l'empire un afflux sans précédent de nouveaux habitants, séduits et attirés par le miracle économique, qui transforme Pékin à un rythme d'enfer. Comme à São Paulo, Bangkok ou Mexico, les maladies respiratoires y occupent désormais la quatrième place parmi les causes de mortalité. Si les émissions d'oxydes de soufre sont largement maîtrisées en Occident, elles prennent ici des proportions redoutables, dues pour une très large part à la combustion du charbon qui y demeure la principale source d'énergie et de chauffage. Lorsque les nuages de sable que le vent drosse depuis le désert de Gobi se mêlent à la poussière des chantiers, soulevant les myriades de sacs de plastique qui jonchent les décharges, l'atmosphère devient irrespirable.

Les pouvoirs publics semblent avoir pris conscience du péril. Des milliards de francs viennent d'être affectés à l'amélioration de l'environnement dans le cadre du IXe Plan quinquennal. On prévoit de transférer en lointaine banlieue les usines qui polluent le centre, de promouvoir des systèmes de chauffage moderne, moins polluants que les vieux poêles à charbon indissociables des us et coutumes de la vieille Chine. On vient aussi de renforcer le misérable réseau d'autobus obsolètes et toujours bondés qui sillonnent la métropole, incapables de drainer les populations des nouveaux quartiers. Mesures d'urgence prises en catastrophe. Reste à savoir si le régime de Pékin saura maîtriser ce problème colossal qui le menace au cœur même de son empire et qu'il a jusqu'ici totalement négligé. On se prend à en douter tant les problèmes de tous ordres, notamment ceux posés par la construction de l'énorme barrage des Trois-Gorges, le plus grand du monde, ou par l'explosion rapide des grandes mégalopoles comme Shanghai, semblent dépasser les capacités des urbanistes, inaptes à maîtriser leur gravité.

La pollution de l'air n'est pas un phénomène propre aux grandes villes sillonnées par des flots incessants de voitures. La pollution par l'ozone, par exemple, est aisément repérable en rase campagne, et jusqu'en zones forestières. On a découvert il y a peu que les conifères émettent des hydrocarbures spécifiques, les terpènes, qui, dans des conditions atmosphériques particulières, génèrent une forte pollution à l'ozone. D'où cette odeur caractéristique des forêts de conifères après un fort orage, par exemple. Les pins de la forêt landaise en émettent beaucoup, que les vents d'ouest dominants rabattent sur Toulouse : la Ville rose peut alors se couvrir d'un nuage d'ozone comparable à celui de Paris alors que la circulation automobile y est dix fois moindre. Bien entendu, l'ozone des campagnes n'est pas moins irritant pour les voies respiratoires que celui des villes...

Les océans n'échappent pas davantage à la pollution atmosphérique. Un énorme nuage de pollution pèse actuellement sur 10 millions de kilomètres carrés de l'océan Indien (superficie égale à celle des États-Unis). Il résulte des rejets atmosphériques cumulés de l'Inde et de la Chine, et constitue actuellement la plus grosse pollution du monde. Telle est la conséquence des graves négligences constatées dans ces deux pays depuis des décennies : les usines y sont très polluantes, de même que les transports, tandis que les brûlis anarchiques de forêts dégagent d'énormes quantités de gaz carbonique. Faut-il rappeler que huit des dix villes les plus polluées au monde sont chinoises ? Quant à Delhi, le niveau des particules en suspension dans l'air du fait des diesels, fort abondants en Inde, y est sept fois supérieur aux normes admises. Or ces émissions sont particulièrement redoutables : riches en carbures, les microparticules qui les composent se fixent sur les bronches et sont considérées comme responsables d'un grand nombre de cancers du poumon [1].

Le trafic automobile est responsable dans une proportion de 73 % de la pollution urbaine de l'air. Les représentants des pays européens réunis à Londres en juin 1999 ont fait son procès sans ménagement : maladies dues à la pollution, nuisances générées par le bruit, diminution de l'activité physique, agressivité des conducteurs, pollution des eaux et des sols — telles sont quelques-unes des retombées négatives de l'expansion sans frein de la sacro-sainte voiture. Aux-

---

1. Certes, le tabac fait pire encore : en France, il tue 60 000 personnes par an, soit *la moitié* de ceux qui ont commencé à fumer durant leur adolescence et qui n'arrêtent pas par la suite.

quelles s'ajoute, hélas, l'effrayant bilan des accidents : chaque année, dans les pays de l'OCDE, *124 000 personnes* — l'équivalent d'une ville comme Metz — meurent et 2,5 millions sont blessées au cours d'un accident de la route. Parmi les victimes, 35 % sont des piétons ou des cyclistes. À titre de comparaison, selon des statistiques *mondiales* valant pour 1996, le trafic ferroviaire n'aurait fait cette année-là que 936 décès, les accidents d'avion de vols réguliers 916, les naufrages en mer 690. L'automobile, on le voit, est une idole qui exige de bien lourds sacrifices de ses zélateurs !

Les effets de la pollution de l'air sur la santé ont longtemps été négligés ; ils sont pris très au sérieux depuis qu'un certain nombre d'études convergentes ont mis en évidence le taux des décès anticipés qui lui sont imputables. Une récente étude épidémiologique effectuée dans neuf grandes villes de France, concernant une population urbaine et suburbaine de 10 millions d'habitants, a répertorié 265 décès anticipés directement imputables à la pollution de l'air. Les personnes à risques sont les enfants, dont le nombre d'alvéoles pulmonaires est en pleine croissance, les « insuffisants respiratoires », les asthmatiques et les cardiaques, particulièrement vulnérables aux émissions d'oxyde de carbone et aux particules diffusées par les moteurs diesel. Les personnes âgées sont également plus sensibles, donc plus directement atteintes.

Ces chiffres peuvent sembler modestes, comparés aux méfaits du tabac, et l'on entend de temps à autre, dans les médias, tel éminent praticien nier purement et simplement ou considérer comme négligeables les dégâts occasionnés par la pollution de l'air. La médecine, il est vrai, a du mal à prendre en considération les facteurs environnementaux et à se positionner dans des stratégies de prévention sanitaire, ce qui n'a jamais été sa préoccupation première. Traditionnellement, elle n'intervient que lorsque les maladies sont déclarées. Cet état d'esprit évolue cependant peu à peu grâce au développement des grandes enquêtes épidémiologiques et à la multiplication des colloques relatifs aux effets des pollutions sur la santé.

En ce qui concerne la lutte contre la pollution automobile, trois stratégies sont avancées : réduire les trajets en voiture au profit des déplacements en transports collectifs, à pied ou à vélo ; favoriser le transport des marchandises par voie ferrée au détriment des poids lourds, dont le trafic en France a augmenté de 8,7 % pour la seule année 1998 (triste record !) ; améliorer les performances des moteurs et des carburants.

Les agglomérations de plus de 100 000 habitants ont été invitées par la loi sur l'Air de 1997 à concevoir et à mettre en place des plans de déplacements destinés à limiter au maximum la pollution urbaine. Celle-ci menace particulièrement des villes comme Strasbourg, Grenoble et Lyon dont le site en cuvette forme un véritable réceptacle pour l'air pollué ! Lyon a donné l'exemple en se dotant d'un plan ambitieux comportant par exemple des « zones à circulation apaisée » (30 kilomètres/heure), deux lignes de tramway en site propre, et, en prévision, le doublement des déplacements à vélo. Mais, pour la plupart des agglomérations concernées, l'élaboration de plans de déplacements urbains a pris du retard et la modestie des résultats de la lutte contre l'omniprésence de la voiture en ville semble décourager les meilleures volontés...

C'est une tout autre stratégie qu'a développée la ville de Denver, au Colorado. Au cœur de l'Amérique profonde, il ne saurait être question de préconiser le recours aux transports en commun au détriment de l'automobile, chère, comme on sait, au cœur de tous les Américains. Denver, ville de 800 000 habitants, compte environ un million de véhicules : un vrai record qui en a fait la ville la plus polluée des États-Unis, loin devant Los Angeles. L'hiver, la ville baignait dans un inquiétant nuage jaunâtre ; les enfants des écoles restaient enfermés dans leur classe pendant les récréations, et les cadres travaillant dans les gratte-ciel se plaignaient de ce *smog* omniprésent. Plusieurs associations prirent le problème à bras-le-corps et contraignirent le gouverneur du Colorado à créer une commission d'enquête. Durant toute l'année 1986, les auditions se poursuivirent dans un climat tendu, les militants exigeant des pétroliers une modification de la composition de leurs carburants. C'est dans ces conditions que l'essence « reformulée », contenant plus d'oxygène et moins de carbures aromatiques (benzène, notamment), vit le jour. Elle est distribuée à la pompe depuis le 1er janvier 1995. L'augmentation du prix s'est révélée négligeable comparativement aux résultats obtenus : une réduction moyenne de 27 % des émissions toxiques ! Une loi fédérale impose aujourd'hui la vente de cette essence « reformulée » dans les régions les plus urbanisées des États-Unis.

La Californie, pays du soleil éternel... et des « pics » d'ozone, est allée plus loin. Elle produit une essence aux normes encore plus sévères, si bien qu'en 1996, première année d'utilisation de ce nouveau carburant, les capteurs d'air californiens ont mesuré le plus faible taux de pollution à l'ozone depuis quarante ans. Dans la foulée, le même État a édicté des normes tout aussi sévères pour ce qui concerne les émissions de dioxyde de soufre.

Ainsi, les villes américaines, conçues et tracées pour la voiture, ont investi précisément dans les véhicules et les carburants pour améliorer la qualité de l'air. Non sans succès.

Mais, en Europe, les mêmes multinationales qui fournissent aux Américains ces nouveaux carburants moins polluants traînent les pieds pour en produire. Seules 12 des 103 raffineries européennes seraient aujourd'hui en mesure de fabriquer une essence « reformulée »... Ce retard désastreux requiert une politique audacieuse et volontariste d'investissement. Bruxelles s'est impliquée dans l'affaire et prévoit, à l'horizon 2005, une réduction de 60 % de la pollution par rapport à son niveau actuel, ainsi que la disparition, dès l'an 2000, de l'essence plombée.

D'autres stratégies se dessinent, comme la voiture électrique qui ne semble cependant pas devoir connaître un très grand succès, en raison de sa faible autonomie, de son coût relativement élevé, du manque de bornes d'alimentation électrique en ville, ainsi que du temps nécessaire pour recharger les batteries. Visiblement, cette solution n'est pas mûre, et l'on conçoit que la vente de ces véhicules non polluants stagne encore à des niveaux confidentiels.

Se dessinent d'autres évolutions technologiques comme celles qui feraient tendre vers zéro les niveaux de pollution automobile. Il en est ainsi des diesels « zéro pollution » équipant les voitures haut de gamme de PSA. Ces automobiles sont pourvues d'un filtre susceptible de retenir des particules faisant jusqu'à 0,01 micromètre de diamètre. La difficulté réside dans l'encrassement des filtres ; la nouveauté consiste à brûler automatiquement, tous les 500 kilomètres, les particules recueillies par injection de carburant. Résultat : aucun entretien du filtre n'est nécessaire pendant 80 000 kilomètres. Au-delà, il doit être nettoyé par un professionnel. Un dispositif révolutionnaire, quand on connaît les risques pour la santé imputables aux particules émises par les diesels.

Très prospectif aussi, le moteur à hydrogène : il ne pollue pas, puisqu'il ne rejette que de l'eau (sous forme de vapeur). Reste à maîtriser industriellement cette filière, ce qui ne semble pas être pour demain.

Plus extraordinaire encore : le moteur « zéro pollution », invention d'une équipe d'ingénieurs français protégée par une vingtaine de brevets. Il s'agit d'un moteur à air comprimé qui ne dégage aucun gaz. Une voiture expérimentale a été équipée de ce moteur hors normes, et la Ville de Mexico se dit intéressée...

À défaut de vaincre la voiture, réussira-t-on à vaincre la pollution ? Cela n'éliminerait pas pour autant les autres inconvénients spécifiques à la voiture automobile, déjà cités : bruit, accidents, agressivité, encombrements... Autant de problèmes qui exigent — quelles que soient les solutions techniques apportées au problème de la pollution — des plans d'aménagement urbain appropriés. Le temps n'est plus où le président Pompidou prétendait adapter les villes aux voitures : c'est bien entendu tout l'inverse qu'il convient de faire ! À moins d'accepter une destruction totale du tissu urbain, encore plus catastrophique dans les villes historiques du Vieux Continent, en les livrant au percement de larges pénétrantes dédiées à Sa Majesté l'Auto.

On verra plus loin que l'écologie urbaine se fait une tout autre idée de l'aménagement des villes...

4

Vers des guerres de l'eau ?

Si les dangers de la pollution de l'air continuent d'être débattus entre scientifiques, certains tendant à les minimiser à l'extrême, les désastres causés par l'eau contaminée ne sont niés par personne et représentent la plus ancienne et la plus grave des pollutions. Chaque jour, dans les pays en voie de développement, 25 000 personnes, dont 10 000 enfants, sont victimes d'une maladie transmise par l'eau. Chiffre accablant qui illustre les méfaits de la plus classique des pollutions : l'eau corrompue — un péril redouté des bactériologistes et des hygiénistes bien avant que le mot « pollution » ait été utilisé pour le désigner.

Mais le problème de l'eau est aussi d'ordre quantitatif : l'insuffisance des ressources en eau douce est l'un des grands défis écologiques du XXIe siècle. L'eau douce est très inégalement répartie sur la planète et un cinquième de l'humanité n'a toujours pas d'accès direct à l'eau potable. Tandis que l'Amazonie possède 15 % des ressources mondiales pour 0,3 % de la population du globe, l'Asie, qui héberge près de 60 % de la population mondiale, ne dispose que de 30 % des ressources en eau. Dans un triangle dont les sommets sont la Tunisie, le Soudan et le Pakistan, le manque d'eau est un problème vécu au quotidien.

Mais il n'est pas nécessaire d'aller chercher aussi loin des exemples de pénurie : proche de nous, Barcelone manque gravement d'eau.

Toutes les zones arides voient se succéder des périodes de sécheresse et d'inondations qui font alterner les années de vaches maigres — les plus fréquentes — et les années de vaches grasses. D'où le souci, pour ceux qui disposent de peu d'eau, de la conserver jalousement pour leur propre consommation, certes, mais surtout pour l'irrigation. On ignore souvent, en effet, que l'agriculture reste, et de loin, la plus grosse consommatrice d'eau, avec 70 % de la consommation mondiale contre 20 % pour l'industrie et 10 % pour les usages domestiques. Or les irrigations mal conduites laissent se perdre des quantités énormes par évaporation. C'est là, évidemment, que des économies substantielles peuvent être envisagées grâce à des projets mieux étudiés, bénéficiant de technologies plus adaptées.

Sera-ce le cas pour les grands travaux d'irrigation entrepris dans la partie orientale de la Turquie ? Un vif débat oppose depuis des années cette région, où prennent naissance les deux grands fleuves mésopotamiens, le Tigre et l'Euphrate, aux pays situés en aval, notamment la Syrie et l'Irak. La ville historique turque de Harran, où vivait jadis Abraham et qu'il dut quitter pour répondre à l'appel de Yaveh, symbolise bien cette situation. Ce n'est plus aujourd'hui qu'un misérable hameau et c'est par manque d'eau que la prestigieuse et antique cité s'est éteinte. Mais voici qu'elle reprend aujourd'hui espoir. Déjà, la vaste plaine caillouteuse qui l'entoure se couvre d'une maigre végétation. Elle bénéficie en effet, avec tout le Sud-Est anatolien, du gigantesque projet Gap, entreprise pharaonique qui prévoit l'aménagement de vingt-deux barrages sur le Tigre et l'Euphrate, destinés à irriguer plus de 7 000 kilomètres carrés. Mais l'eau ainsi retenue fera défaut aux deux pays situés en aval ; ceux-ci se souviennent en la circonstance des miracles de l'irrigation qui firent d'eux, voici des millénaires, du temps où ils formaient la Mésopotamie, le grenier à blé, puis à orge, du Moyen-Orient. Mais cette irrigation, mal conduite, entraîna des remontées de sel en surface, qui finirent par les stériliser totalement [1]. Un risque qu'on ne saurait éliminer avec le projet Gap car, çà et là, après des périodes d'inondation, une épaisse couche de sel recouvre déjà la terre, rendant toute culture impossible. Bref, dans l'Est anatolien, il semble qu'on reproduise imprudemment un scénario qui a valu au Moyen-Orient de devenir l'une des zones les plus arides du globe par salification et stérilisation des sols.

Dans un climat très conflictuel, les Syriens reprochent aux Turcs de ne leur laisser que le reste des eaux utilisées pour l'irrigation de leurs propres terres. Les miettes, en quelque sorte ! Or la Turquie n'a pas ratifié la Convention internationale sur le droit des rivières, adoptée par les pays de l'ONU le 27 mai 1987. Elle entend donc gérer ses ressources sans trop se préoccuper de ce qui se passe en aval. Ainsi l'eau turque fait-elle bien des envieux dans la région. Mais la Syrie ne soutient-elle pas les Kurdes, ennemis invétérés d'Ankara ? Belle occasion, pour les Turcs, de rendre la pareille à Damas en faisant la sourde oreille à ses appels à négocier le partage des eaux du Tigre et de l'Euphrate ! Mais la tension ainsi créée ne risque-t-elle pas de dégénérer en conflit armé ?

Le conflit larvé qui oppose en permanence le monde arabe à Israël n'est pas moins sérieux, et les

---

[1]. Sur l'histoire de l'irrigation, puis de la désertification de la Mésopotamie, on se reportera à mon ouvrage *Le Tour du monde d'un écologiste,* Fayard, 1990.

problèmes d'approvisionnement en eau n'y sont pas pour rien. L'État hébreu est accusé de détourner à son profit les importantes nappes phréatiques du plateau de Golan, annexé à la Syrie et véritable château d'eau de la région : un problème qui n'est sans doute pas étranger aux visées d'Israël sur ces hauts plateaux et aux vives tensions qui en résultent. Mêmes difficultés entre Israël et la Jordanie à propos des eaux du Jourdain. Et mêmes revendications contre les autorités locales israéliennes, souvent enclines à trop mesurer l'eau aux enclaves palestiniennes, totalement dépendantes de cet approvisionnement.

L'Égypte, de son côté, souhaiterait augmenter sa quote-part des eaux du Nil, fixée par traité en 1959, pour irriguer le désert du Sinaï, ce que l'Éthiopie et le Soudan voient d'un très mauvais œil.

Toutes ces tensions risquent de s'aggraver avec l'augmentation de la population des pays de la région, qui croît à une vitesse nettement supérieure à la moyenne mondiale, alors que leurs ressources en eau sont déjà inférieures à 1 000 mètres cubes par an et par habitant, seuil fixé par l'ONU pour un niveau de vie décent.

Connaîtrons-nous à l'avenir des « guerres de l'eau » ? Au cours du dernier demi-siècle, divers conflits mineurs ont bien été liés à ce problème ; mais 140 accords ont déjà été passés entre les États sur le partage des eaux transfrontalières. L'autorité internationale veille à ce que de tels litiges ne s'enveniment pas et à ce que des pourparlers soient ouverts et des accords conclus à temps, avant toute dangereuse montée des enchères.

En fait de conflits dus à l'eau, on observe bien ici ou là des « guéguerres » locales qu'illustre par exemple la querelle opposant la petite ville estonienne frontalière de Narva à sa voisine russe d'Ivangorod. Narva approvisionne en eau potable son homologue russe, sise sur l'autre rive du fleuve frontalier. Mais, après la chute du communisme, voici que les Russes n'ont plus les moyens de payer l'eau à leurs voisins estoniens. Ceux-ci ont donc fermé les robinets. Vif émoi à Ivangorod dont les 12 000 habitants russes lorgnent avec envie la population russophone de Narva qui a réussi sa reconversion libérale. La preuve : un McDonald's s'y est installé ! Les Russes privés d'eau ont répliqué de la plus méchante manière : au lieu de continuer à envoyer leurs eaux usées à l'usine d'épuration de Narva, ils ont ouvert les vannes en guise de représailles contre leurs voisins coupables d'avoir fermé leurs robinets. Ainsi, chaque jour, 3 000 mètres cubes d'eaux usées se déversent dans le fleuve Narva dont la pollution a brutalement augmenté. Mais les Estoniens de Narva n'en font pas vraiment un drame : comme, de toute façon, les usines d'Ivangorod ne fonctionnent plus, la pollution se maintient à un niveau raisonnable, même si l'odeur des excréments russes flatte désagréablement les narines de ces populations perdues aux confins du golfe de Finlande. À Ivangorod, du haut de l'ancienne forteresse d'Ivan le Terrible, on observe la vie moderne des habitants de Narva, et comme on aimerait également bénéficier du paradis capitaliste, on en est venu à signer des pétitions pour que la ville soit purement et simplement détachée de la Russie et rattachée à l'Estonie ! Certes, à l'Ouest, on ne rase pas gratis. Du moins l'eau y est-elle distribuée de façon abordable...

Le problème des ressources en eau concerne aussi les nappes phréatiques dont certaines peuvent susciter à terme de graves inquiétudes : la nappe de Californie se vide dangereusement, et la grande nappe qui va du Texas au Dakota sera tarie dans trente ans, condamnant du même coup l'agriculture hyperproductiviste du Middle-West. C'est que, depuis des années, l'utilisation de pompes géantes pour extraire les eaux profondes n'a cessé de se développer au profit de l'agriculture. Ces systèmes de pompage, peu visibles, à la différence des barrages, font rarement l'objet de controverses. Leurs effets négatifs n'en commencent pas moins à se manifester. Bangkok et Mexico — toujours eux — commencent ainsi à s'enfoncer à cause du drainage excessif des eaux souterraines. Par réaction, de nouvelles techniques d'irrigation sont aujourd'hui mises en œuvre, notamment le système du « goutte à goutte » qui injecte l'eau directement aux racines des plantes — système qui tend à se développer en Inde, en Israël, en Égypte et aux États-Unis.

En dehors des problèmes liés aux volumes des ressources se posent aussi, bien sûr, des problèmes de qualité. Jusqu'à ces toutes dernières années, ceux-ci ne visaient que les eaux polluées et non traitées du tiers-monde, responsables d'énormes et terribles dégâts du fait des maladies qu'elles véhiculent. En revanche, dans les pays technologiquement avancés, de grands efforts ont été déployés depuis environ quatre décennies pour la purification des eaux potables et l'épuration des eaux usées. La France aligne même en ce domaine deux « majors » de la mondialisation : Suez-Lyonnaise des Eaux et Vivendi.

Les ressources considérables affectées à la politique de l'eau sont collectées en vertu du principe « pollueur-payeur », les pollueurs versant aux Agences de l'eau des redevances réinvesties dans des installations d'épuration. Moyennant quoi, si son prix n'a cessé de s'élever, la potabilité de l'eau au robinet a pu être garantie. Ce qui n'a d'ailleurs pas empêché les Français, plus soucieux que leurs voisins de la qualité de leurs eaux de boisson, de se ruer sur les eaux de source et les eaux minérales dont la consommation n'a cessé d'augmenter. Il n'en reste pas moins que la potabilité de l'eau du robinet doit être considérée comme une exigence absolue. Même si beaucoup de nos rivières ne sont plus recommandées pour la baignade du fait de leur pollution, la qualité de l'eau distribuée ne saurait, elle, faire l'objet d'aucune transaction : potable elle est, potable elle doit rester !

En réalité, elle ne l'est pas toujours, et on assiste non sans inquiétude à l'augmentation, ici ou là, des teneurs en nitrates qui, lorsqu'elles dépassent le seuil fatidique de 50 milligrammes/litre, entraînent, conformément aux normes de l'OMS [1], un constat de non-potabilité. Les nitrates sont les premiers signes — et les plus visibles — de la pollution de l'eau par l'agriculture. Signes visibles mais aussi prévisibles, du fait de l'utilisation massive d'engrais azotés. Les experts du ministère de l'Agriculture étudient avec précision les excédents d'azote non utilisés par les plantes : ils se sont accrus de 9 à 11 % entre 1995 et 1997. Ainsi, 400 000 tonnes d'azote non utilisées rejoignent chaque année les eaux potables et les nappes souterraines qui se contaminent lentement mais sûrement. Par là, la qualité des eaux souterraines se détériore au fur et à mesure que les rendements agricoles s'améliorent.

L'épandage massif de lisier dans les élevages intensifs, abondants surtout dans l'ouest de la France, aggrave encore le problème. De ce fait, la menace de pollution par les nitrates des eaux potables pèse désormais sur tous les pays développés à forte vocation agricole. Or, l'impact de ces nitrates sur la santé commence à être bien connu : ils diminuent l'oxygénation des tissus par le sang, ce à quoi les bébés sont hypersensibles (des accidents de ce genre ont été maintes fois signalés) ; on évoque aussi les effets cancérigènes des nitrosamines générés dans l'organisme par les nitrates.

---

1. Organisation mondiale de la santé.

Et que dire des pesticides dont l'infiltration insidieuse dans les nappes souterraines témoigne de leur usage massif depuis des décennies ? Un phénomène qui possède un fort taux d'inertie, de sorte que, même si l'on devait interrompre brutalement leur utilisation dans l'agriculture, les nappes continueraient à se polluer pendant encore des décennies. Pour l'instant, c'est bel et bien ce qui se produit !

Depuis 1994, la France a déjà consacré 5 milliards de francs à la lutte contre la pollution par les nitrates. Mais ce « Plan nitrates » a échoué, les investissements *réellement* effectués étant demeurés insuffisants. Face à ces menaces qui se précisent et que dénoncent avec une belle unanimité toute une série de rapports récents, seules des mesures préventives sont de nature à limiter les dégâts. C'est naturellement dans la modification des pratiques agricoles que réside la solution du problème : dans une autre approche de la terre, d'autres concepts et d'autres méthodes de culture. Bref, par une agriculture plus soucieuse de se conformer aux grandes lois de l'écologie, et partiellement déconnectée du poids écrasant que la grande industrie chimique fait peser sur elle (avec la complicité tacite ou manifeste de multiples organismes, conseillers et techniciens en tous genres qui semblent avoir oublié la fameuse leçon de la « poule aux œufs d'or »). On parle aujourd'hui d'agriculture *raisonnée,* mettant en œuvre des pratiques qui visent à réduire le plus possible l'épandage des intrants chimiques : engrais et pesticides. Un premier pas peut ainsi être fait vers une agriculture *raisonnable* qu'incarne davantage, à nos yeux, l'agriculture biologique, sans intrants chimiques.

Des progrès considérables ont été apportés à la qualité des eaux grâce à l'application du principe « pollueur-payeur » à l'industrie. C'est aujourd'hui au tour de l'agriculture d'assumer sa part des efforts collectifs à consentir pour maintenir la qualité si profondément symbolique de l'eau. Car, à la différence de tous les autres pollueurs, l'agriculture ne s'acquittait pas, jusqu'ici, de la moindre redevance destinée à financer des ouvrages de protection et d'épuration des eaux.

On conçoit que, dans ces conditions, le ministre de l'Environnement ait tenu à étendre le principe des écotaxes aux pollutions diffuses d'origine agricole, aux extractions de granulats, tout comme aux lessives phosphatées.

L'histoire récente a illustré avec éclat les violents conflits d'intérêts que peuvent susciter la dénonciation et la prise en charge de ce type de problèmes. Il s'agit en l'occurrence de la pollution par les phosphates, qui a opposé l'un de nos meilleurs écologues, le professeur Roland Carbiener, à l'une de nos « majors » de l'industrie chimique, Rhône-Poulenc, aujourd'hui Avantis.

Rhône-Poulenc défendait l'innocuité des lessives phosphatées en matière de pollution des eaux. Ces lessives représentent, selon les saisons, de 25 à près de 50 % de la quantité totale du phosphore relâché dans l'eau. Or, le phosphore est un nutriment qui dope puissamment les productions végétales aquatiques. Plus les teneurs augmentent, plus les rivières se couvrent d'une épaisse masse végétale : on dit qu'il y a eutrophisation. C'est alors que se mettent en mouvement les bactéries de la décomposition, qui entreprennent de minéraliser cette masse énorme de matière organique. Mais cette action exige plus d'oxygène encore que les plantes n'en produisent par photosynthèse, si bien que l'eau des profondeurs voit sa teneur en oxygène décroître et disparaître. Dans ces eaux devenues asphyxiques, les poissons meurent, et les rivières elles-mêmes deviennent impropres à tout usage.

Or les phosphates rejetés dans les rivières sous forme de lessives phosphatées jouent dans ces processus un rôle déterminant, comme l'a prouvé le professeur Carbiener, chargé par le ministère de l'Environnement d'une étude sur la question. Principal producteur de ces lessives, Rhône-Poulenc ne cessa pas pour autant d'affirmer que les phosphates éliminés ne jouaient aucun rôle dans l'eutrophisation des rivières. L'absolution des phosphates, si l'on peut dire, valait bien la chandelle : un marché évalué à plusieurs milliards de francs en Europe pour ces seules lessives !

C'est en Suisse que débute l'affaire. Les écologistes réussissent dès 1986 à y faire interdire les phosphates dans les lessives. Rhône-Poulenc riposte par une énorme campagne publicitaire ayant pour objectif d'éviter que le marché français ne soit peu à peu contaminé par cette demande de lessives sans phosphates. Mais c'est à ce moment que le groupe Le Chat lance pour sa part une campagne en faveur de sa propre lessive, exempte de phosphates. Brice Lalonde, alors ministre de l'Environnement, est amené à trancher et confie l'étude à Roland Carbiener, écologiste engagé, professeur de botanique et d'écologie végétale à l'université Louis-Pasteur de Strasbourg. Sa conclusion est que l'excès de phosphore entraîne bel et bien des phénomènes d'eutrophisation des eaux, avec toutes leurs conséquences : perte de ressources piscicoles ; prolifération des algues qui encrassent les filtres des prises d'eau ; émission par certaines algues de substances qui modifient la saveur de l'eau et la rendent imbuvable ; pourrissement de ces mêmes végétaux qui dégagent des composés soufrés à odeur d'œuf pourri ; trop fortes teneurs en chlore en raison du traitement requis par la quantité des algues présentes dans les eaux à traiter ; formation de dérivés organochlorés toxiques, etc. En résultent des surcoûts de traitement considérables, qui ne sont pas faits, on s'en doute, pour gêner Vivendi, la Lyonnaise ou la Saur-Bouygues, qui tirent de substantiels profits de la mise en œuvre des nouvelles technologies de traitement des eaux... Mais plus on trafique l'eau pour la rendre potable, plus on risque de générer des substances douteuses, éventuellement mutagènes, conséquence inévitable de ces traitements sophistiqués (même si les procédés tout récents de nanofiltration appliqués par les grands groupes tendent à les éviter). Toujours est-il qu'il faut proscrire à tout prix l'eutrophisation, et par conséquent l'utilisation des lessives aux phosphates, puisqu'il est désormais possible de faire mieux sans.

Tandis qu'il menait à bien son étude, le professeur Carbiener a fait l'objet de pressions insupportables, et l'affaire illustre bien comment, parfois, de puissants lobbies n'hésitent pas à calomnier et mettre en cause l'honorabilité de chercheurs, leur compétence et la qualité de leurs travaux. Lui-même écrit :

« J'ai réalisé, en écrivant mon rapport, qu'il existait en France un réseau de très haut niveau, rassemblant des scientifiques et des fonctionnaires, dont le but est de faire de la désinformation pour le grand bien des industriels. Il ne s'intéresse d'ailleurs pas seulement aux phosphates. Je ne souhaite pas être plus précis, mais sachez tout de même qu'on a parfois des surprises, même au ministère de l'Environnement ! Comment fonctionne ce réseau ? De bien des manières. Ce peut être un article dans un journal à vocation scientifique, télécommandé, où l'auteur, éventuellement anonyme, va sonner la charge contre la science soi-disant péremptoire, catégorique, en citant comme par hasard l'exemple des phosphates [...].

« Le résultat de tout ce tintamarre est que le public a été la victime d'une authentique désinformation. Le lobby des phosphates a gagné en créant un maximum de confusion ; aujourd'hui, beaucoup de gens ne savent plus quoi penser du rôle des phosphates. Pourquoi les scientifiques se laissent-ils entraîner dans de telles dérives ? C'est une très grave question, et je ne veux pas m'engager sur un terrain où nous ne disposons guère que d'intuitions. On dit — je ne l'ai pas vérifié personnellement — que 50 % des rapports scientifiques aux États-Unis sont biaisés par l'action des grands groupes économiques... Quelle est la proportion en France [1] ? »

Roland Carbiener aura eu raison trop tôt. Aujourd'hui, les lessives aux phosphates ne représentent plus que 40 % du marché français. Mais beaucoup de pays font mieux. Il en ira sans doute de même chez nous avec l'application d'une écotaxe à ces lessives (dans le cadre de la taxe générale sur les activités polluantes, TGAP, dont les ressources doivent être affectées... au financement des 35 heures !). Le taux de cette écotaxe a d'ailleurs été réduit par les députés sous la pression du lobby, toujours très actif, des industriels concernés...

Des conflits de cette nature, l'écologie en engendre sans cesse, et il n'est pas rare de voir des écologues s'affronter « vertement » sur tel ou tel dossier scientifique émergeant, comme ce fut le cas en 1984 pour l'apparition en Méditerranée de la fameuse *Caulerpa taxifolia,* encore baptisée « algue tueuse ». Cette algue a l'étonnante propriété de faire le vide autour d'elle. Les fonds marins qu'elle occupe sont promptement débarrassés de toute concurrence végétale ou animale, car elle y développe des populations pures, protégées par des émissions toxiques encore imparfaitement connues mais qui éliminent toute microfaune, et donc toute alimentation pour les poissons.

---

1. Cité par Fabrice Nicolino dans *Le Tour de France d'un écologiste,* Seuil, 1993.

Ainsi de vastes surfaces des fonds méditerranéens deviennent-elles stériles par l'ardeur conquérante extraordinaire de cette algue qui étouffe les « herbiers à posidonies », étranges plantes sous-marines (qui ne sont pas des algues) au sein desquelles règne une intense activité biologique et qui forment notamment d'excellentes frayères pour les poissons. Ces « herbiers », spécifiques de la Méditerranée, sont à la base d'une pyramide alimentaire qui nourrit toute la faune marine. Sans eux, plus de ressources piscicoles. Or la caulerpe poursuit sa progression à une vitesse impressionnante. Qu'on en juge : un mètre carré en 1989, un hectare en 1990, 3 hectares en 1991, 30 hectares en 1992, 427 hectares en 1996, 3 000 hectares fin 1997, et déjà plus de 5 500 hectares occupés en 1999 ! Soit, pour la France, pas moins de 70 colonies, essentiellement réparties sur les littoraux des Alpes-Maritimes et du Var. L'algue se propage aussi ailleurs : l'Italie, l'Espagne et la Croatie sont touchées.

Une violente querelle d'experts, dans laquelle s'illustra courageusement le professeur Alexandre Menesz, s'est développée autour de l'origine de cette algue. Certains estimèrent qu'elle avait passé le canal de Suez pour remonter la Méditerranée et réussir ses implantations au large des côtes françaises et monégasques. Des travaux approfondis en génétique ont finalement mis en cause sans contestation possible le Musée océanographique de Monaco qui aurait malencontreusement contaminé la mer par ce végétal prolifique et conquérant qui ne se connaît aucun prédateur et pratique le « Ôte-toi de là que je m'y mette » avec une rare énergie. La polémique scientifique qu'a suscitée cette algue a certainement contribué à l'imbroglio juridico-administratif dont elle est l'objet. Tandis que pêcheurs et plongeurs ne cessent de revendiquer des mesures d'éradication — fort aléatoires, au demeurant, vu les moyens actuels disponibles —, l'algue tueuse a engendré une étrange alchimie politique : elle peut au moins se targuer d'avoir réussi à faire signer une proposition de loi à trois députés dont l'un est vert, l'autre socialiste et le troisième RPR... Ces trois parlementaires ont décidé d'agir conjointement par amour des fonds marins et ont regroupé autour d'eux un large nuancier de leurs confrères prêts à l'action. Malheureusement, comme l'algue ne menace pas la santé humaine, mais seulement l'environnement marin, il semble difficile de faire bouger les choses [1]...

Diverses stratégies ont été évoquées pour mettre un terme à la prolifération de la caulerpe : l'arracher naturellement ou encore la recouvrir de plastique pour obscurcir son milieu et bloquer sa photosynthèse ; utiliser des substances chimiques (sel de cuivre) ; avoir recours à certaine limace qui s'en repaîtrait... Mais aucune de ces suggestions n'est vraiment convaincante.

L'histoire de cette « algue tueuse » est hautement représentative de ce qui pourrait advenir d'une dissémination intempestive des plantes transgéniques dans la nature : que l'une ou l'autre d'entre elles présente des effets compétitifs de cette ampleur, et des zones entières seront contaminées par des populations végétales denses, éliminant tout sur leur passage. Il ne poussait plus un brin d'herbe là où passait Attila ? Plus rien ne pousse non plus sous les caulerpes !

Revenons-en au problème global de l'eau. Assurer à toute la population du monde de l'eau en quantité

---

1. La polémique fait aussi rage en Italie où les pêcheurs du port d'Imperia viennent de demander à leur gouvernement que les dégâts causés par la caulerpe soient reconnus comme catastrophe naturelle.

suffisante, et de bonne qualité, tel va être l'un des grands défis du XXIᵉ siècle. Il implique : de réduire le nombre des décès constatés dans le tiers-monde du fait des innombrables maladies contractées par la consommation d'eau corrompue; d'approvisionner en eau courante les 20 % de la population mondiale qui en sont encore à vivre au régime des porteurs d'eau (et d'eau souvent non potable); dans les mégalopoles, de limiter au contraire la consommation d'eau, ruineuse par le coût des installations de purification et d'épuration que ses excès impliquent.

Car la double spécificité du problème de l'eau est l'inégalité de sa répartition à la surface du globe et l'inégalité de sa qualité. De nombreuses stratégies sont envisagées pour corriger ces déséquilibres. L'une, essentielle, vise à dessaler l'eau de mer à des coûts compétitifs; on sait en effet que plus de 80 % de la population mondiale vit à moins de 200 kilomètres de l'océan. D'autres projets visent à recycler les eaux usées, domaine dans lequel le Japon donne l'exemple. Sur cet archipel volcanique, on s'évertue depuis toujours à puiser le moins d'eau possible dans les nappes phréatiques et à recycler au maximum. Ainsi, par exemple, l'eau des toilettes et celle des bornes d'incendie n'est pas la même que celle du robinet. Pour tout nouveau bâtiment dont la surface corrigée dépasse les 30 000 mètres carrés, la municipalité de Tokyo exige aujourd'hui la création d'une installation de recyclage interne : après une filtration appropriée, des bactéries fort gloutonnes réussissent ainsi à redonner en 24 heures une eau propre, bien que non potable, qui ira alimenter les toilettes. Le coût de cette eau est plus de deux fois inférieur à celui de l'eau potable dans la capitale japonaise.

Pour l'avenir, un constat s'impose : le prix de l'eau ne cessera d'augmenter et il faudra s'accoutumer à en dépenser moins. Ainsi, une « bonne douche » ne consomme que 60 litres d'eau, alors qu'un bain en consomme au moins 150 litres : une économie substantielle, à la portée de tous. Tout comme les petits ruisseaux font les grandes rivières, chacun peut, grâce à sa manière de consommer, contribuer aux économies souhaitables, écologiquement et économiquement parlant. Car consommer moins, c'est gâcher moins et économiser du même coup. Ce qu'on appelle, dans le monde de l'écologie, « agir localement », et qui va de pair avec l'impérieuse nécessité de « penser globalement ».

5

L'industrie nucléaire : fin du feu plutonien ?

« Tout-électrique, tout-nucléaire ! » Telle fut, il y a un quart de siècle, la fière devise d'EDF, largement relayée par l'appareil d'État. Au nom de l'indépendance énergétique de la France, un développement sans précédent de l'énergie nucléaire allait amoindrir notre dette pétrolière et, partant, notre dépendance envers les pays producteurs.

C'était le temps où, d'après le discours officiel, non seulement le nucléaire visait à produire de l'électricité, mais celle-ci allait servir aux usages les plus divers : promue à grand renfort de publicité, elle allait bientôt alimenter voitures et bus non polluants, et surtout permettre le développement massif du chauffage électrique — véritable hérésie thermodynamique, puisque la retransformation de l'électricité, énergie noble, en chaleur s'effectue au prix d'un formidable gaspillage énergétique ! En effet, il faut déjà beaucoup de chaleur pour produire de l'électricité d'origine thermique ou nucléaire, et les deux tiers de cette chaleur sont rejetés dans l'environnement sous forme d'eau chaude, soit directement dans les fleuves ou la mer, soit indirectement, après refroidissement dans ces gigantesques tours qui marquent le paysage français au côté des réacteurs nucléaires. Retransformer cette électricité qui coûte si cher en calories (en chaleur) est le parti déraisonnable que ne cesseront pourtant de soutenir les pouvoirs publics sans se soucier, à l'époque, de récupérer l'eau de refroidissement des centrales, rejetée dans l'air, les rivières ou la mer. Précieuse eau chaude gaspillée chez nous alors que d'autres pays la récupèrent et la recyclent selon le concept de « cogénération ». Leurs centrales, moins dispendieuses en calories, « cogénèrent » à la fois de l'électricité et de l'eau chaude servant à sa fabrication, laquelle est destinée au chauffage urbain au lieu d'être dissipée dans l'environnement.

Vingt-cinq ans plus tard, 58 réacteurs jalonnent le territoire national, mais le fier slogan des années 1975 a disparu du vocabulaire officiel. Il ne viendrait plus à l'idée de personne, pas même à EDF, de défendre aujourd'hui l'idée selon laquelle l'électricité nucléaire remplacera demain toutes les autres formes d'énergie.

En effet, les centrales vieillissent et commence désormais à se profiler à l'horizon la question de leur éventuel remplacement. Du point de vue de la sécurité nucléaire, une centrale est vieille à l'âge de 30 ans [1]. Elle doit alors subir une révision générale qui, dans le meilleur des cas, devrait lui permettre de « vivre » quelques années encore. Ainsi, en 2007, la centrale de Fessenheim, dans le Haut-Rhin, mise en service en 1977, aura atteint cet âge fatidique. À partir de 2010, plus d'une trentaine de réacteurs devront à leur tour faire la preuve de leur bon fonctionnement et de leur capacité à vieillir au-delà de trente ans. On entrera alors dans une période d'incertitudes : des coûts très élevés devront en effet être consentis pour prolonger de quelques années — mais de combien au juste ? — la vie de telle ou telle centrale. Puis sonnera

---

1. L'Allemagne, qui a renoncé au nucléaire, a fixé à trente-deux ans la longévité de ses centrales qui seront fermées les unes après les autres, la dernière en 2021.

pour toutes l'heure de la mise « à la retraite ». Il faudra alors, centrale après centrale, envisager leur démantèlement, qui n'interviendra — tout au moins pour ce qui est du cœur des réacteurs — qu'après une période de latence de cinquante ans, lorsque la radioactivité y aura substantiellement baissé. Tel est en tout cas l'aveu des responsables d'EDF, qui a le mérite de la franchise et vise à transférer sur les générations futures — dans cinquante ans ou plus — la tâche ruineuse du démantèlement du parc nucléaire français. Dans un demi-siècle, d'autres seront aux commandes, et nul n'est à même de prévoir quel sera l'état du monde, de la société et des technologies à un horizon aussi lointain.

L'énergie nucléaire présente en effet la particularité d'être en même temps la plus propre et la plus sale de toutes. La plus propre, en vertu des efforts quasi héroïques déployés par nos ingénieurs pour assurer la sûreté, la sécurité et la propreté radioactive des centrales. La sophistication technologique mise en œuvre dans ce but est sans précédent et doit être inscrite à l'actif de ceux qui surent promouvoir et gérer le nucléaire. Mais, paradoxalement, l'énergie nucléaire est aussi la plus sale, ses effets redoutables se prolongeant sur des générations : non seulement les problèmes du démantèlement, mais ceux du devenir des déchets ne sont toujours pas maîtrisés et exigeront des sommes colossales. Pour la France, le chiffre fabuleux de 1 080 milliards de francs a été avancé [1]. Des zones entières de la planète sont d'ores et déjà contaminées, de Hanford, dans l'Ouest américain, à Mourmansk, sur la mer de Barents. Car, à la différence de la plupart des autres activités humaines, il est encore plus difficile d'arrêter le nucléaire que de

---

1. Gérard Pouradier, *À propos de l'argent public et de ceux qui le dilapident,* Éditions de l'Archipel, 1999.

le mettre en place. On le voit aux débats qu'engendre la décision de « sortie du nucléaire » prise par le gouvernement allemand et qui n'entrera dans les faits que dans une vingtaine d'années.

En ce domaine, les Américains donnent le ton. Les premiers et les seuls à avoir utilisé l'arme nucléaire, ils ont aussi été les premiers à subir les retombées des essais effectués dans l'air — notamment celles de l'iode 131, qui entraîne une montée des cancers de la thyroïde (certains experts ont avancé le chiffre de 10 000 cancers de plus sur le territoire national). Plus avancés que les Européens et que les Russes en matière d'études épidémiologiques, ils ont pu également évaluer la montée des cancers du poumon et des leucémies chez les personnes vivant sous le vent de la centrale de Three Miles Island, en Pennsylvanie, lors de l'accident survenu le 28 mars 1979, qui devait mettre un terme au développement nucléaire civil aux États-Unis, aucun réacteur civil n'ayant plus été construit depuis lors. Parmi cette population, le nombre des cas relevés a augmenté de deux à dix fois selon l'irradiation subie.

À l'autre pôle du développement nucléaire mondial, l'accident de Tchernobyl, survenu le 26 avril 1986, a entraîné lui aussi un important accroissement des cancers de la thyroïde et des leucémies. Mais l'insuffisance des enquêtes épidémiologiques et du suivi — en particulier chez les milliers d'employés et de techniciens chargés du traitement de la centrale et du site après l'accident — ne permet pas d'évaluer correctement le nombre des victimes. Cependant, les experts s'accordent pour considérer que les cancers ainsi générés se chiffrent par milliers (le chiffre de 15 000 est souvent avancé).

Tchernobyl, la plus grande catastrophe technologique de l'histoire, la plus dévoreuse aussi en vies humaines, aura lourdement « plombé » l'avenir du nucléaire. Comme le font aussi les incertitudes touchant au démantèlement et aux déchets, ce qui explique que sont de plus en plus nombreux les pays qui cherchent désormais à s'en dégager. Ces toutes dernières années, la Suède, la Suisse, l'Autriche et l'Allemagne ont décidé de « sortir » du nucléaire. D'autres pays, comme le Danemark ou l'Italie, n'ont jamais adopté cette ressource énergétique. Les centrales nucléaires en fonctionnement aux États-Unis ne fournissent que 21,9 % de la production totale d'électricité de ce pays, contre 80 % pour la France — proportion qui devrait décroître dans les prochaines années, du fait de l'arrivée en fin de vie d'une cinquantaine de sites dont le renouvellement reste pour l'instant problématique, car il suscite l'hostilité radicale des Verts. D'ores et déjà, un recours plus important au gaz naturel semble envisagé.

À l'est, la situation est plus confuse. On essaie tant bien que mal d'y maintenir en fonctionnement les centrales existantes, voire de fermer les plus vétustes. Plusieurs tranches en construction ont été interrompues en raison de problèmes techniques ou de la situation économique des pays concernés. Seuls le Japon et la France continuent au moins partiellement à miser pour l'avenir sur le nucléaire, même si l'un et l'autre envisagent désormais — mais trop timidement — un recours aux énergies nouvelles.

Deux exemples illustrent l'ampleur des problèmes à affronter pour la dépollution des sites nucléaires militaires et pour le démantèlement des centrales civiles.

Le premier concerne le site de Hanford, au sud-est de l'État de Washington, tout à l'ouest des États-Unis, là où sont nées les premières bombes atomiques américaines. Pour reconquérir un territoire hautement contaminé de 1 500 kilomètres carrés, plus de 10 000 personnes travailleront pendant cinquante ans pour un coût minimum de 5 milliards de francs dépensés chaque année pendant tout ce demi-siècle. C'est le plus grand chantier de génie civil jamais engagé, avec des travaux pharaoniques au coût exorbitant, destinés à mettre hors d'état de nuire 1 400 décharges radioactives, 2 100 tonnes de combustible irradié contenant 7 tonnes de plutonium, 1 760 milliards de litres de liquide radioactif et de produits chimiques hautement toxiques déchargés directement à même le sol, sans oublier le démantèlement définitif de huit réacteurs et de six usines de retraitement. Ainsi, 204 000 mètres cubes de déchets radioactifs devront être vitrifiés — seul processus permettant de réduire au maximum la diffusion de la radioactivité dans l'environnement — puis stockés pour des milliers d'années dans des galeries souterraines du Nevada. Il faudra aussi enlever la terre contaminée sur 15 mètres d'épaisseur ; ces millions de mètres cubes seront déposés dans des fosses géantes au fond recouvert d'une épaisseur de 2,50 mètres d'argile et de plastique. Ces fosses sont conçues pour durer dix mille ans. Il faudra encore pomper 2 milliards de litres de la nappe phréatique pour les décontaminer. Et comme il est impossible de démonter les réacteurs, les bâtiments en béton qui les contiennent seront abattus et remplacés par des constructions en béton autrement plus ambitieuses, conçues pour protéger le cœur des réacteurs pendant soixante-quinze ans : on sera alors en 2075 ! Tel sera le coût à payer pour assainir l'une des plus vastes poubelles nucléaires du monde ! Coût monstrueux, à la mesure de la superpuissance américaine.

Pendant ce temps-là, la Russie attend passivement : la flotte atomique de l'Arctique se désagrège lentement du fait de la corrosion par l'eau de mer, libérant insidieusement une radioactivité qui va déjà croissant dans cette région du monde. Ainsi, 21 000 mètres cubes de déchets radioactifs et 24 000 tonnes de combustible irradié sont stockés sans aucune sécurité dans la région arctique, non loin des côtes norvégiennes. On trouve aussi dans la péninsule de Kola, concentrés sur quelques centaines de kilomètres carrés, le plus grand nombre de réacteurs nucléaires au monde : 67 sous-marins nucléaires dénombrés en 1996, 2 croiseurs à propulsion nucléaire, sans oublier 52 autres sous-marins nucléaires déjà retirés du service. Une véritable armada laissée en complète déshérence du fait de la crise majeure qui a atteint de plein fouet la marine russe. Les sous-marins désarmés sont stockés en l'état, ce qui laisse craindre une réaction atomique incontrôlée de tel ou tel réacteur, ou encore l'apparition de fuites radioactives importantes.

Les dépôts de déchets radioactifs, nombreux autour de Mourmansk, ne sont plus entretenus. C'est donc une formidable bombe à retardement qui gît dans les eaux de la mer de Barents, région arctique dont on sait de surcroît que le niveau moyen d'exposition à la radioactivité est cinq fois supérieur à celui observé dans les régions tempérées, en raison de la concentration près du pôle des radioéléments issus des expériences nucléaires effectuées dans l'atmosphère il y a trois décennies. Pour les écologistes norvégiens de la Fondation Bellona, la presqu'île de Kola serait une sorte de « Tchernobyl au ralenti ».

La France, pour sa part, a entrepris résolument le démantèlement du surgénérateur Superphénix. Ainsi se vérifie l'adage selon lequel « le XXe siècle aura vu l'avènement de l'énergie nucléaire et le XXIe siècle son démantèlement ». Il conviendra d'abord de décharger les 4 800 tonnes de sodium fondu dont la destination reste encore à préciser : ce chantier devrait durer dix ans. Alors seulement on pourra détruire les installations annexes, tandis que le bâtiment du réacteur — tout comme ses cousins, les

58 autres réacteurs répartis sur l'ensemble du territoire — devra attendre que le taux de radioactivité baisse un peu. Combien d'années ? Cinquante, soixante-quinze, davantage encore ? Qui saurait le dire ? Quant au coût de ce gigantesque chantier, la seule certitude est qu'il représentera au moins la moitié du coût de son installation, soit 16,5 milliards de francs. Prévision qui ne manquera naturellement pas d'être dépassée lorsque l'opération aura été menée à son terme. Ainsi les installations nucléaires coûtent-elles presque aussi cher à la destruction qu'à la construction.

Reste l'angoissant problème des déchets. Après un quart de siècle consacré au développement de l'industrie nucléaire civile, aucune stratégie cohérente n'a pu voir le jour concernant le sort des déchets stockés jusqu'ici à proximité des sites de production. Entre l'enfouissement à grande profondeur, la création de dépôts en surface et en subsurface, et une très hypothétique transmutation qui transformerait les déchets à longue vie en déchets à courte vie et en éléments stables, aucune solution n'est encore parvenue à s'imposer. Chacune se heurte à des risques spécifiques liés à l'évolution à long terme des déchets ou, dans le cas de la transmutation, à d'insurmontables problèmes de faisabilité. Les risques engendrés par cette phase de l'histoire industrielle de l'humanité continueront ainsi de peser sur des centaines de générations qui devront gérer, surveiller sans relâche, et surtout ne jamais oublier le sinistre cadeau que nous leur aurons légué.

Toutes ces raisons font que le XXIe siècle marquera la fin des espoirs démesurés mis dans le nucléaire civil à la fin de la Seconde Guerre mondiale. Seul argument plaidant en sa faveur : l'absence de dégagement de gaz carbonique par les centrales, qui a pour effet de limiter l'« effet de serre » et n'est certes pas un élément négligeable au moment où la menace d'un dérèglement climatique se précise. Mais l'énormité des investissements à consentir, le surdimensionnement des équipements, les exigences en matière de sûreté et de sécurité, le coût de la gestion des déchets et celui du démantèlement limitent l'installation des centrales nucléaires aux seuls pays riches, susceptibles de maîtriser ces technologies, à l'exclusion de la grande majorité des autres, technologiquement moins avancés. D'après les évaluations les plus optimistes, les équipements nucléaires ne devraient en aucune manière fournir plus de 10 % — plus vraisemblablement 5 % — de l'énergie consommée à l'horizon 2025. Contribution fort modeste à l'approvisionnement énergétique, mais aussi à la réduction de l'« effet de serre », qu'il convient donc de rechercher par d'autres moyens. Ces autres voies résident bien évidemment dans le recours rapide et massif aux énergies renouvelables et dans le déploiement d'efforts « vertueux » pour développer les économies d'énergie.

Car la sobriété énergétique s'impose de toute urgence, pourchassant les gaspillages dans les pays développés tout en améliorant l'accès des pays en voie de développement aux ressources dont ils ont besoin. Elle peut aisément être atteinte par l'amélioration de l'efficacité énergétique grâce à des appareils et à des procédés à haut rendement. Par exemple, les lampes à fluorescence permettent de diviser par cinq la consommation d'électricité des lampes à incandescence. Il en va de même des appareils ménagers dont les consommations énergétiques n'ont cessé de décroître.

Le recours aux énergies durables et renouvelables, qui représentent aujourd'hui 11 % des ressources mondiales, apparaît comme une ardente nécessité. Il constitue l'une des premières priorités de l'écologie. Mais les nécessaires reconversions sont toujours entravées par la concurrence des énergies fossiles — du pétrole, en particulier — dont nous savons pourtant les ressources vouées à s'épuiser à la fin du prochain siècle et dont une pénurie pourrait bien déjà se dessiner d'ici une quarantaine d'années. Il faudra alors que les énergies renouvelables aient déjà largement pris le relais. Or, en matière énergétique, l'inertie est énorme, ainsi qu'en attestent ces deux chiffres : après un siècle d'investissements massifs, la production hydroélectrique mondiale des barrages représente moins de 6 % des quelque 9,5 milliards de tonnes d'équivalent-pétrole représentant les besoins totaux en énergie primaire, tous usages confondus ; de même, après cinquante ans d'investissements encore plus massifs dans l'énergie nucléaire, celle-ci ne couvre que 5 % de ces 9,5 milliards de tonnes d'équivalent-pétrole. Comme on le voit, les reconversions, dans le domaine énergétique, s'étalent sur plusieurs générations. Raison de plus pour agir — et agir vite ! — afin de stimuler la production d'énergies renouvelables aussi bien dans les pays en développement que dans les pays développés.

Dans les premiers, il convient de remplacer d'urgence la consommation sauvage du bois de chauffe, l'une des premières causes de la désertification galopante, par des formes modernes et rationnelles d'utilisation du bois avec rendement énergétique accru et déboisement réduit. Car actuellement, 95 % de l'énergie du bois est gaspillée dans l'atmosphère. Les techniques sont au point ; manquent encore les prises de conscience nécessaires et la volonté politique des gouvernants.

Dans les pays industrialisés, des réseaux de production, de commercialisation et de distribution de nouveaux services énergétiques devront se mettre en place avec rapidité et efficacité. Quelques-uns nous fournissent des exemples intéressants.

En quelques années, l'Inde est parvenue à se hisser au troisième rang mondial de la production électrique d'origine éolienne, derrière l'Allemagne — premier producteur mondial d'énergie éolienne — et les États-Unis. Une puissance de 1 000 mégawatts est déjà en place dans ce pays, soit l'équivalent de celle d'un réacteur nucléaire; elle pourrait passer à 3 000 en 2010. La croissance de la production d'énergie éolienne est également très rapide en Californie et au Danemark, qui ont commencé à s'équiper à grande échelle dès 1980. Elle a démarré en Allemagne, où sa montée en puissance est très rapide, aux Pays-Bas et, très modestement, en France où EDF s'est engagée à produire 500 mégawatts à l'horizon 2007... Une ambition bien réduite pour un pays qui se trouvera à ce moment-là devant l'impérieuse nécessité de redéfinir entièrement sa politique nucléaire. Un net développement du recours au gaz, tel qu'on l'envisage actuellement, ne saurait exclure un effort plus accentué en faveur des énergies durables, celle résultant de l'action du vent, en particulier, qui a le mérite de respecter l'environnement, de ne produire aucun déchet, fort peu de bruit et aucun gaz à « effet de serre ». Encore faudra-t-il avoir soin de choisir des sites qui ne génèrent pas une trop forte pollution visuelle, mais respectent au mieux l'harmonie des paysages. Dans certains cas, les implantations en mer, *off shore,* peuvent y contribuer.

De son côté, le Japon mise sur l'énergie solaire. Les toitures se couvrent de piles photovoltaïques qui permettent de transformer directement le rayonnement solaire en énergie électrique. Soixante-dix mille maisons devraient être équipées et reliées au réseau électrique dans les cinq prochaines années. Le Japon s'offre en outre le luxe d'évaluer toutes les options technologiques afin de prendre en temps voulu le leadership sur le marché des énergies renouvelables.

Cette ambition s'appuie sur une démarche citoyenne, les adeptes de ces équipements se révèlent des consommateurs d'énergie vertueux, utilisant sobrement l'électricité. On y teste dès à présent la « trigénération », système qui produit électricité, chaleur et froid (pour la climatisation) à partir de petites unités décentralisées fonctionnant au gaz naturel, fort peu polluantes.

L'utilisation de la biomasse — la matière végétale — représente une ressource très importante en énergie renouvelable, qu'il s'agisse de biocombustible comme le bois, de biogaz comme le méthane, ou de biocarburant. Le gaz carbonique dégagé par la combustion de ces ressources sera refixé par les plantes lors de leur croissance, à condition que soit prise la précaution d'équilibrer les prélèvements à usage énergétique par des plantations appropriées à grande échelle. Le cycle du gaz carbonique sera ainsi régulé, et l'« effet de serre » maîtrisé. De surcroît, les plantes ne contenant que peu de soufre comparativement au pétrole, la pollution de l'air par le dioxyde de soufre s'en trouvera diminuée. Certes, au fur et à mesure que la biomasse sera davantage sollicitée, la compétition se fera plus vive entre les usages alimentaires des plantes et leurs usages non alimentaires. Elle supposera des efforts de reconquête végétale et des replantations significatives.

À ces ressources énergétiques renouvelables viendront s'ajouter l'énergie des marées, l'énergie hydroélectrique et la géothermie. Aucune ne connaît actuellement le développement qui pourrait être le sien si des stratégies « musclées » étaient mises en œuvre, assorties d'une baisse des coûts et donc d'une meilleure aptitude à concurrencer le prix des produits pétroliers. Faudra-t-il attendre une grave pénurie pétrolière, telle qu'elle se profile au terme de ce siècle, pour se tourner résolument vers les énergies nouvelles ?

Telle est l'inconséquence de l'économie contemporaine qui décide des investissements d'après des considérations strictement conjoncturelles (le prix du baril de pétrole) sans tenir compte des évolutions à long terme. Comme la cigale de la fable, notre économie est imprévoyante, qui dilapide sans compter des ressources pourtant limitées sans même prendre le soin de prévoir les relais nécessaires, ce souci étant laissé en toute immoralité aux générations futures.

Un autre modèle de développement s'impose, moyennant d'autres scénarios. D'après de nouvelles perspectives bien exposées par Benjamin Dessus [1], le monde peut se développer au même rythme, mais en recherchant le meilleur usage possible de chaque type d'énergie. Par exemple, plus du tout de chauffage électrique, mais davantage de « cogénération ». De même, des progrès considérables peuvent être réalisés en matière d'économies d'énergie ; on sait en effet *qu'il est moins coûteux d'économiser une tonne de pétrole ou un kilowatt que de les fabriquer.* Ce type de scénario est désormais appliqué par la Chine qui combine des taux de croissance élevés avec une efficacité énergétique sans cesse améliorée. Selon le même auteur, grâce à la mise en œuvre de technologies efficaces qui ne cessent de progresser, la consommation mondiale d'énergie pourrait n'augmenter que de 50 % d'ici à 2050. Une telle manière de voir réduirait les risques d'une rupture d'approvisionnement et d'une crise gravissime à l'horizon 2040, lorsque le prix du pétrole doublera ou triplera brutalement.

Selon le même scénario, le charbon, qui sera encore beaucoup utilisé, en Chine notamment, ainsi que le gaz devront bénéficier d'importants progrès technologiques pour limiter au maximum les dégage-

---

1. Benjamin Dessus, *Le Monde,* 23 mars 1999.

ments de gaz carbonique, donc l'« effet de serre », et permettre une meilleure intégration de ce gaz par les écosystèmes : d'où, à nouveau, l'absolue nécessité de reboiser.

Toujours selon ce scénario, les énergies renouvelables représenteraient environ 40 % de la consommation énergétique mondiale en 2050. L'énergie hydraulique, dont les États-Unis et l'Europe sont déjà équipés à 90 %, connaîtra d'ici là une forte expansion en Amérique latine, en Afrique et en Asie.

Pourtant, aucune de ces perspectives ne se traduira dans les faits sans une volonté collective affirmée. Dans le domaine de l'énergie comme en matière de santé publique, l'heure est à la prévention. Celle-ci coïncide ici avec le développement du concept d'efficacité énergétique ou de bon usage des diverses formes d'énergie. L'exact opposé du slogan stupide « Tout-électrique, tout-nucléaire », synonyme d'un effroyable gâchis énergétique et qui, pour autant, ne garantit nullement à la France, à l'avenir, cette fameuse indépendance dont on nous a rebattu les oreilles. L'Italie, après tout, ne possède pas une seule centrale nucléaire et n'est pas, que l'on sache, moins indépendante que nous ! Gageons que le siècle qui commence verra la fin du nucléaire civil et militaire. Celui-ci restera alors, dans l'histoire de l'humanité, comme une parenthèse promptement refermée, mais dont les conséquences — fait unique dans cette même histoire — se feront néanmoins encore sentir dans des millénaires.

6

L'écologie urbaine

La Seconde Guerre mondiale n'ayant laissé qu'un champ de ruines, on allait devoir relever la vieille Europe. Pour ce faire, il fallait de l'acier. Beaucoup d'acier pour reconstruire les grandes infrastructures, les ports, les ponts, les voies ferrées et, bien sûr, les immeubles à l'âge du béton roi. La Lorraine, vieille terre de charbon et d'acier, se sentit pousser des ailes. Le 9 mai 1950, le Lorrain Robert Schuman et Jean Monnet créaient la Communauté européenne du charbon et de l'acier, la fameuse CECA, premier jalon dans l'histoire de l'Union européenne. L'acier ne servirait plus désormais à fabriquer des armes ou à fondre des canons : la Haute Autorité du charbon et de l'acier, organe de gestion et de contrôle, y veillerait. C'en serait donc fini des guerres en Europe. L'acier renouerait en revanche avec une vocation moins belliqueuse et plus noble : devenir le... fer de lance de la reconstruction !

La Lorraine sut faire face à la demande et connut une période d'expansion exceptionnelle. Mines de fer, mines de charbon, fonderies, aciéries tournaient à plein tandis que rougeoyait le ciel des cités à chaque coulée de fonte. Épicentre de la production des matières premières indispensables à la reconstruction et à la réindustrialisation, la Lorraine devint le

« Texas français ». Et puisque celle-ci était un nouveau Texas, Metz, sa capitale, se devait de faire la pige à Dallas ! On allait donc construire au bord de la Moselle une métropole à l'américaine digne de ces vastes ambitions.

C'est ainsi que des plans audacieux virent le jour, qui n'hésitèrent pas à défier — et à défaire — le tissu historique de la vieille ville gallo-romaine et médiévale, capitale historique du royaume d'Austrasie. Son économie florissante tendait la ville tout entière vers le futur, dans l'oubli d'un passé pourtant prestigieux. On allait raser les vieux quartiers — entendre par là une bonne moitié de la ville ! — en s'inspirant de la charte d'Athènes [1] qui régissait alors l'urbanisme linéaire et fonctionnel des « Trente Glorieuses ». Des barres et des tours se substitueraient au tissu dense et finement maillé des quartiers historiques. De grandes pénétrantes urbaines, à deux fois deux voies, amèneraient les flux automobiles jusqu'au cœur de la cité qu'elles découperaient à la manière d'un gigantesque damier. On dégagerait le trop-plein par des voies sur berges aux emprises non moins ambitieuses, qui remplaceraient avantageusement les modestes cheminements longeant entre les broussailles les bords de la Moselle et de ses multiples bras. Le nouvel urbanisme permettrait ainsi de faire face à une demande accrue de bureaux et de logements, accompagnée de l'expansion sans frein de l'automobile en ville.

Le nouveau Messin serait logé dans des quartiers « modernes » ; il circulerait en voiture et oublierait bien vite les « taudis » de l'ancienne cité, désormais rayés du paysage urbain. L'on envisagea même de

---

[1]. La charte d'Athènes posait les bases de l'urbanisme contemporain. L'œuvre de Le Corbusier est parfaitement représentative des préceptes et concepts de cette charte, adoptée entre les deux guerres dans un esprit de modernité.

créer, à proximité immédiate, la ville nouvelle de Semécourt, nouveau maillon, créé *ex nihilo,* de la nébuleuse et mythologique « métropole lorraine » qui devait s'étirer sur une centaine de kilomètres de Nancy jusqu'à Thionville...

Ces plans dûment arrêtés et avalisés par les autorités de tutelle, l'on passa aux actes. Les bulldozers entrèrent en action et, bien vite, la ville se couvrit de ruines, à tel point que les visiteurs s'étonnaient qu'un quart de siècle après la guerre, celles-ci n'eussent point encore été relevées. Ils ignoraient que ces ruines « civiles » n'étaient que le premier témoignage d'ambitieux projets qui allaient faire de Metz une « ville moderne ». Ce processus de destruction en vue d'une rénovation ultérieure atteignit son paroxysme en 1970. Cinq des quartiers les plus importants du centre-ville — le Pontiffroy, les îlots des Piques et des Roches, les Tanneurs, le quartier Saint-Jacques et l'Outre-Seille — n'étaient plus que champs de décombres. Leurs habitants avaient été massivement déplacés à la périphérie, dans les banlieues où surgissaient, là comme ailleurs, les ZUP et autres grands ensembles caractéristiques de cette époque. On ne saura jamais combien d'entre eux — les vieillards en particulier — ne parvinrent pas à s'adapter à ce déracinement et disparurent prématurément, victimes de cette sorte de « crime écologique » si allégrement perpétré, aujourd'hui encore, un peu partout.

Pourtant le vent tournait. Pour accroître sa compétitivité, la sidérurgie décidait de s'installer en bord de mer : ce fut l'aventure — sans grand lendemain, il est vrai — de l'industrialisation de Fos-sur-Mer, puis de Dunkerque. Et l'on commença à s'interroger sérieusement sur les chances durables d'une sidérurgie continentale. Des chances que prolongea cependant miraculeusement la canalisation de la Moselle, l'une des toutes premières réalisations de la jeune Europe.

Parallèlement, les mines de fer et de charbon manifestaient des signes d'essoufflement. Bref, c'en était déjà fait du « Texas français » !

Avec la révolution culturelle de Mai 68, des idées nouvelles avaient atteint le Vieux Continent ; elles venaient d'outre-Atlantique, et surtout de Californie. Parmi elles, l'écologie.

Grâce au fructueux travail de plusieurs associations, la conscience collective des Messins s'éveilla et de violentes protestations s'élevèrent contre le massacre de la ville et de son patrimoine ancien. De nouveaux concepts émergèrent avec une rapidité étonnante et portèrent au pouvoir, dès 1971, une nouvelle municipalité, bien décidée à renverser la vapeur, à sauver et à mettre en valeur tout ce qui pouvait l'être encore. On se mit à panser le tissu spatial et social endommagé par ces aventureuses opérations de rénovation urbaine — concept désormais remplacé par ceux de restauration et de réhabilitation. On parla désormais d'urbanisme à l'échelle humaine, de restauration du bâti ancien, de réhabilitation du patrimoine historique, etc. C'est ainsi que naquit le concept d'« écologie urbaine » qui allait, en l'espace de trois décennies, modifier radicalement le visage de la ville. Mais il fallut du temps pour amorcer ce qui devait constituer une véritable révolution urbaine ; car, à l'instar d'un grand paquebot qui change de cap, il faut du temps et de l'espace à une ville pour prendre un si grand virage.

La nouvelle municipalité créa et installa dans un couvent franciscain du XIVe siècle, premier bâtiment historique à être entièrement restauré, l'Institut européen d'écologie. En relation étroite avec la Ville, celui-ci suggéra de nouvelles pistes de réflexion, de nouveaux concepts, et surtout une nouvelle logique de l'urbanisme. Là où la voiture devait imposer un règne absolu grâce à des voies sur berges, l'on mit en valeur les bords de la Moselle et de la Seille, son affluent, en vue d'amener la nature au cœur même de la cité. Les promenades piétonnes au bord de l'eau relient aujourd'hui sur plus d'une dizaine de kilomètres les quartiers centraux, riches de leur patrimoine monumental, et les quartiers périphériques. Ainsi se fit jour une nouvelle harmonie entre l'eau, généreusement dispensée par les deux rivières confluentes, leurs bras vifs et leurs bras morts, un superbe plan d'eau tout proche du centre, et une verdure abondante richement distribuée elle aussi jusqu'au centre-ville. Une ville aux façades de laquelle la pierre de Jaumont, extraite depuis des siècles d'une carrière toute proche, confère leur unité, faisant de Metz une cité blonde. Maisons et monuments de couleur or, eau vive, verdure généreuse allaient désormais s'allier pour former la nouvelle trame de la structure urbaine.

Tandis que les voies sur berges étaient remplacées par des promenades, un vaste centre piétonnier se substituait, dès le début des années 1980, aux audacieuses pénétrantes urbaines dont aucune, par bonheur, n'avait encore vu le jour. La restauration du patrimoine ancien, menée sur tous les fronts, d'abord dans les quartiers sinistrés, s'accompagna, là où il n'était plus possible de relever les ruines, de la création de petits ensembles architecturaux modernes et modestes — ce qui ne va généralement pas de pair —, littéralement lovés dans l'environnement. Concept typiquement messin qui, à l'époque, contredisait fortement les idées du temps selon lesquelles un immeuble neuf devait, en toutes circonstances, afficher fièrement sa modernité, quel que fût l'environnement dans lequel il s'insérait. Car il était de bon ton de vilipender l'« architecture d'accompagnement » et de favoriser ces hiatus ou ces brutales ruptures d'harmonie que l'on découvre hélas un peu partout.

Metz se montra prudente dans ses choix architecturaux, au grand dam de nombreux architectes, déçus de devoir tenir compte, dans leurs œuvres créatives, de la nature du bâti environnant. La municipalité « corsetait » leur imaginaire, disaient-ils. Cette dernière répliquait que le verre et le métal, façon tour Montparnasse, ne faisaient pas nécessairement bon ménage avec l'architecture médiévale de la ville ancienne, à moins de montrer le savoir-faire des Suisses ou des Allemands qui, en ce domaine, nous battent à plate couture... C'est ainsi que Metz a échappé par miracle à cette architecture rigide, pauvre et fonctionnelle — peu imaginative, justement ! — qui défigure encore, trente ans plus tard, nombre de nos villes. Car si les médecins enterrent les victimes de leurs erreurs, les architectes, eux, les exhibent à la postérité !

L'« écologie urbaine », concept esquissé jadis à Chicago, après la Première Guerre mondiale [1], a donc pris son essor en France à Metz où sa promotion fut jalonnée d'épisodes parfois savoureux.

Ainsi, l'autorité préfectorale prétendait, pour agrandir ses services, faire émerger une tour de douze étages, réplique miniature de la tour Montparnasse, sur la place de la Comédie, place de style classique en pierre de Jaumont, merveilleusement dessinée autour de son théâtre. La municipalité dut affronter l'État sans ménagements, et c'est elle qui gagna : la tour ne vit point le jour et la place de la Comédie sortit victorieuse et indemne de ce rude combat. Limitée à l'est par un bras d'eau — c'est le quartier des îles —, elle se referme aujourd'hui par l'élégant ensemble des Tanneurs dont la discrète modernité s'harmonise heureusement avec la grande façade classique du théâtre.

---

1. Yves Grafmeyer et Isaac Joseph, *L'École de Chicago. Naissance de l'écologie urbaine,* Aubier, 1990.

Ici, c'est le bois qu'on a marié à la pierre de Jaumont, et l'ensemble est du meilleur effet.

À la périphérie, la nouvelle municipalité interrompit derechef la construction des barres et des tours de la ZUP, et l'on mit fin à un projet dément visant à y édifier une sorte de gigantesque pyramide abritant pas moins de trois cents logements. Ladite pyramide fut promptement réduite à ses plus humbles éléments, c'est-à-dire à quelques petits plots de dimensions modestes éparpillés dans la verdure.

Mais c'est dans le centre-ville que le pire fut évité : un architecte particulièrement imaginatif avait envisagé d'y dresser la future bibliothèque municipale et de lui donner une forme de navire dont le mât se serait élevé droit dans le ciel, plus haut que la flèche de la cathédrale... Cette audacieuse réalisation aurait vu le jour au cœur du secteur sauvegardé, ouvrant ses hublots ronds et aveugles de bateau fantôme sur les ravissants immeubles du XVIIIe siècle, voire sur d'autres plus anciens encore, sauvés de haute lutte de l'ardeur iconoclaste des bulldozers ! L'architecte qui prétendait ancrer ainsi sa bibliothèque flottante comme l'arche de Noé sur le mont Ararat — car tel était son discours ! — fut poliment remercié et son bateau prié d'aller s'amarrer ailleurs, mais pas à Metz.

Le centre-ville échappa à un autre malheur. Comme dans toutes les cités de quelque importance, on prévoyait d'y construire, pour obéir à la mode de l'époque, un vaste centre commercial qui eût constitué, comme c'est hélas le cas un peu partout, une agressive verrue dans le tissu urbain. Qui n'est pas choqué, en effet, par ces énormes réalisations sans style et sans âme qui émergent effrontément depuis vingt ou trente ans en plein cœur de nos villes ? À Metz, le travail était déjà bien amorcé, puisque l'on avait évidé le quartier Saint-Jacques de ses vieilles demeures tout en ne maintenant que le bâti linéaire bordant les rues adjacentes. Ces maisons, dont certaines de grande valeur architecturale, devaient disparaître à leur tour pour permettre au centre commercial de « prendre ses aises », ce qui eût à coup sûr anéanti, à cent mètres de la cathédrale, toute l'harmonie de la vieille cité. On décida donc de les maintenir à l'instar d'un écrin, enfouissant le centre dans cet espace creux comme on le fait d'un pansement dans une dent cariée qu'on entend ainsi sauver. Ainsi fut fait. Aujourd'hui, le centre Saint-Jacques, vivant et animé, a l'élégance de n'avoir en rien détruit le dense tissu urbain, fait de maisons anciennes et de caractère, superbes et réhabilitées, au cœur desquelles, en quelque sorte, il se cache, se love, se complaît. Les Messins le fréquentent assidûment, preuve qu'il n'est pas nécessaire de s'afficher pompeusement pour attirer le chaland. Une bonne signalisation et des accès soignés suffisent.

Au fil des années, le dessein d'ensemble conçu par les élus a ainsi pris corps et révélé sa logique et son harmonie aux habitants, satisfaits de se réapproprier un centre admirablement réhabilité et des espaces de qualité dont ils tirent une légitime fierté. Le pli fut alors pris de se promener en ville, au bord de l'eau, où les Messins ont à cœur d'accompagner leurs visiteurs, conviés à découvrir « leur » ville dans ses nouveaux habits de fête.

Mais il fallait aussi faire partager la fête aux tout-petits. Pour mettre la nature à leur portée, les écoles maternelles s'agrémentèrent de jardinets où les enfants peuvent aujourd'hui se familiariser avec les légumes et les fleurs sous la houlette de leurs maîtres et d'employés municipaux préposés à cet effet.

La promotion de l'écologie urbaine à Metz est redevable pour l'essentiel aux travaux d'un chercheur de l'Institut européen d'écologie, Roger Klaine.

Celui-ci, s'inspirant des découvertes psychophysiologiques les plus récentes sur le fonctionnement du cerveau humain, avait proposé de concevoir les aménagements urbains de telle sorte qu'ils favorisent l'éclosion des potentialités de chacun tout en satisfaisant ses besoins non exprimés [1]. Révolue, dès lors, la charte d'Athènes qui « zonait » la ville en lieux d'habitation, de travail, de loisirs, et en voies de communication. Cette ébauche effroyablement réductrice des besoins du citadin ne pouvait qu'aboutir aux organisations rigides et laides, répétitives et monotones dont les années 1960 nous ont laissé, en France comme ailleurs, mais plus encore dans les pays de l'Est, l'austère et lugubre représentation. Il convenait au contraire d'offrir des aménagements — surtout des micro-aménagements — permettant aux habitants de se trouver en contact direct avec la nature, mais aussi de se retrouver entre eux dans des espaces de rencontre et de dialogue ; ou, au contraire, de se ressourcer dans des lieux de méditation et de silence ; d'avoir aussi la possibilité de se prendre en main et d'imaginer des projets collectifs pour leur ville ; de la découvrir en tous ses coins et recoins, au gré d'itinéraires insolites à travers courettes et venelles, au sein d'un tissu urbain multiple et divers dont les charmes ne se révèlent qu'au terme d'un apprivoisement premier. Le « souffle klainien », accordé aux convictions de la municipalité et à la volonté politique affirmée de son maire, Jean-Marie Rausch, finit ainsi par transformer de fond en comble, grâce à l'adhésion massive de la population, cette ville qui fait aujourd'hui honneur au patrimoine français et européen.

Lorsque, au cœur de l'été, les habitants d'Europe du Nord (Belges, Anglais, Hollandais, Scandinaves,

---

1. *Qualité de vie et centre-ville,* Institut européen d'écologie, 1975.

Allemands) déferlent sur le chemin des vacances par l'autoroute A 31 qui longe le plan d'eau jouxtant le centre-ville, ils voient émerger dans la nuit la masse impressionnante de la cathédrale, merveilleusement illuminée : une grande gothique qui s'enorgueillit de posséder la plus vaste surface vitrée de toutes nos cathédrales, et que, pour cette raison, les Messins de la fin du Moyen Âge avaient baptisée la « lanterne de Dieu »... Tout près, la tour élancée de l'ancien temple de garnison, disparu durant la guerre, et qui en demeure la vivante mémoire. Les Messins, consultés sur ce point, ont tenu à ce que cette tour, élément essentiel du paysage urbain, soit réhabilitée et remise en valeur. Ces architectures de verre et de lumière s'élancent très haut dans le ciel; de jour, elles émergent du moutonnement des arbres qui se reflètent dans les eaux calmes du plan d'eau. Maints voyageurs décident alors de faire halte, à leur tour, pour visiter cette ville inconnue qu'ils ont entrevue d'un trop court clin d'œil dans toute sa beauté.

On songe à Bruges, la Venise du Nord, dont Metz pourrait bien être une cousine, aussi choyée qu'elle, aussi minutieusement jardinée. C'est que la cité excelle également par l'exceptionnelle qualité de ses espaces verts, qui lui ont valu le titre flatteur de « ville-jardin ». En venant du sud, l'autoroute traverse plans d'eau et pépinières sans que se dévoile l'ombre d'une banlieue : on aborde le centre sur un tapis de verdure. De même, le grand tapis floral tendu sur la monumentale place de la Gare est un chef-d'œuvre, chaque année renouvelé, offert par la ville à ses touristes estivaux. Ces réalisations, entre beaucoup d'autres, ont valu à Metz le Prix national, puis le Prix européen du fleurissement, ainsi que le Prix européen de l'éclairage des édifices publics.

Tandis que la nature trouve ses aises dans la « ville blonde », la culture y déploie un patrimoine architectural d'une exceptionnelle richesse : les importants vestiges romains de son musée, l'église Saint-Pierre-aux-Nonnains, basilique romaine transformée au ve siècle en lieu de culte et considérée comme l'une des plus anciennes de France, ses cloîtres médiévaux et classiques, ses nombreuses églises gothiques, ses témoignages colossaux de l'architecture militaire, ses greniers monumentaux de facture médiévale, son Arsenal transformé par la baguette magique de Ricardo Bofill en une salle de musique qui compte parmi les plus belles d'Europe... Autant de monuments aujourd'hui restaurés et accessibles au public.

Mais l'écologie urbaine ne concerne pas seulement les immeubles et les monuments, l'eau et les pierres, les arbres et les fleurs ; c'est aussi une gestion prudente des énergies, un traitement adéquat des déchets, autres domaines dans lesquels la ville de Metz peut faire valoir ses titres de noblesse. L'Usine d'électricité de Metz (UEM) est une originalité économique et juridique. Régie municipale comme il n'en existe que dans quelques rares autres villes de France, elle produit une partie de son électricité grâce à trois barrages au fil de l'eau construits sur la Moselle sans dénaturer le paysage ni l'environnement. Elle fournit aussi, grâce à sa centrale thermique, de l'eau chaude en même temps que de l'électricité : un exemple de « cogénération » qui alimente un important réseau de chauffage urbain. Comme la pollution de l'air par cette centrale est réduite au minimum, la pollution globale est très inférieure à ce qu'elle serait si chaque habitation disposait de son propre chauffage au fuel, nettement plus polluant.

Metz s'est également distinguée dans la collecte sélective des ordures ménagères, jugée exemplaire par la Chambre régionale des comptes.

Première ville câblée de France (depuis les années 1980), Metz épargne à ses visiteurs le navrant spectacle des paraboles sur les balcons, qui défigurent si souvent les plus beaux paysages urbains. Seule la voiture reste, à Metz comme ailleurs, le casse-tête quotidien de la municipalité ; malgré la ceinture de parkings qui jalonnent la périphérie de l'hyper-centre, elle provoque aux heures de pointe des embouteillages que ni les pistes cyclables, difficiles à mettre en place dans une ville au relief accentué et aux artères médiévales trop étroites, ni le plateau piétonnier, pourtant de grande dimension, ne parviennent à juguler. Un plan de développement urbain est en cours d'élaboration, comme dans toutes les autres grandes villes de France, assorti d'objectifs ambitieux. Gageons qu'il tiendra ses promesses !

Enfin, Metz s'est lancée de bonne heure, grâce à la volonté affirmée de son maire et avec une rare vigueur, dans les nouvelles technologies de la communication, mettant à son actif plusieurs innovations remarquables : n'a-t-elle pas été la première ville du monde à permettre l'accès Internet par la télévision ? Ville de tradition, la vieille cité lorraine n'a pas boudé l'innovation, et l'écologie s'y marie fort heureusement avec la modernité.

L'objectif de Metz est de devenir dans un futur proche une grande ville touristique. Ambition partagée par le département de la Moselle qui met en valeur avec bonheur un patrimoine naturel et culturel de tout premier plan. Grande ville romaine, Metz est jumelée à Trèves, sa voisine, capitale d'empire où Constantin séjourna maintes fois avant de faire de Constantinople sa ville d'élection. Aux VIIe et VIIIe siècles, elle fut le berceau de la famille de Charlemagne dont l'ancêtre, saint Arnould, y fut, sur le tard, évêque. Dans la nécropole qui porte son nom, malheureusement aujourd'hui disparue, furent inhumés Hildegarde, l'une des épouses de l'empereur, et plusieurs de ses enfants. Berceau de la première Europe, celle de Charlemagne, Metz a aussi été le berceau historique de l'Union européenne, puisque Robert Schuman, seul homme politique à qui le Parlement européen ait décerné par acclamations le titre de « Père de l'Europe », y vécut durant plus d'un demi-siècle. C'est dans son village de Scy-Chazelles, dans la banlieue messine, où il est inhumé, qu'il rédigea la déclaration historique du 9 mai 1950 fondant la Communauté européenne du charbon et de l'acier. De ce point de vue, Metz n'est pas, comme tant de villes aiment à le dire pour leur propre compte, un « carrefour » de l'Europe ; elle est bien plutôt le cœur historique de l'Europe, ou plutôt des deux Europes : celle de Charlemagne et celle de Schuman.

C'est à ce titre qu'elle peut prétendre devenir, au cœur du continent, un lieu de mémoire et de rayonnement ; et peut-être demain, pour des visiteurs venus à la découverte du Vieux Continent, un haut lieu touristique. À l'entour, tout évoque en effet un passé prestigieux, douloureux aussi : la flèche de la cathédrale de Strasbourg, la place Stanislas à Nancy, la maison de Jeanne la Pucelle à Domrémy, les champs de bataille de Verdun, le siège des Communautés européennes à Luxembourg : autant de sites susceptibles d'attirer un tourisme international attaché à découvrir l'historicité européenne, dont Metz est un des fleurons.

On pourrait certes craindre que l'auteur de ces lignes, ayant œuvré pour qu'il en aille ainsi, se soit laissé emporter ici par l'attachement qui le lie à sa ville et à sa région. On laissera donc la parole aux visiteurs qui, chaque jour, viennent à Metz et s'en vont en répétant que, dans cette ville, il fait vraiment bon vivre. L'échelle humaine, la qualité écologique y retiennent de nombreux fonctionnaires en fin de carrière qui entendent y finir leurs jours. Un plébiscite qui n'appelle aucune contestation et parle de lui-même !

À l'autre bout du monde, la ville de Curitiba, capitale de l'État du Paraná, au sud-est du Brésil, s'est également hissée au hit-parade des villes écologiques. Mais nous sommes ici dans un contexte tout différent. D'abord du fait de l'essor démographique : la population de Curitiba est passée de 300 000 à 2 100 000 habitants au cours des quarante dernières années, ce qui a conduit Jaime Lermer, d'abord maire, puis gouverneur de l'État, à mettre en œuvre un programme de développement social, économique et écologique particulièrement innovant. Ici, pas de trottoirs jonchés d'immondices comme à Rio, São Paulo ou Bahia ; la propreté est partout de mise et frappe le visiteur. Afin d'éviter l'asphyxie, la municipalité a créé un système de transports urbains d'une efficacité exceptionnelle : un véritable TGV intérieur, le *ligeirinho*, réseau d'autobus express qui viennent se fixer à chaque station sur d'étranges cylindres de Plexiglas. Ces bus à doubles soufflets ont une capacité de 370 passagers qu'ils embarquent de plain-pied dans ces étranges stations cylindriques, de façon fluide et donc rapide. Conquis par le *ligeirinho* qui remplace ici un improbable métro, trop longuement réclamé en vain à Brasilia, 28 % des automobilistes curitibanos ont désormais renoncé à leur véhicule pour se rendre au travail. Et comme la municipalité a fortement décentralisé les activités économiques, la part de la population ayant pour destination le centre-ville est tombée de 92 % en 1973 à 54 % en 1999. Autant dire qu'à Curitiba, les embouteillages sont rares et toujours bénins.

Curitiba n'est pas une ville gérée par des enfants, mais ils y jouent néanmoins un rôle primordial. C'est en effet à une armée d'écoliers qu'échoit la mission de convaincre leurs parents des bienfaits du tri « écologiquement correct » des ordures. Chaque foyer est devenu un minicentre de tri recyclant divers matériaux avec pour devise : « Les ordures n'en sont pas ! » C'est ainsi que la ville a pu mettre sur pied un efficace système de recyclage. Les seules matières combustibles permettent d'économiser pas moins de 1 200 arbres par jour ! Point d'usine ultrasophistiquée de retraitement des déchets ; Lermer préfère recourir à l'efficacité du « système D » brésilien : une usine « tout fait maison » débite chaque mois 600 tonnes de matériaux triés, revendus ensuite aux industriels de la région. Le broyeur de polystyrène, par exemple, a été bricolé de toutes pièces ; sa récolte sert surtout à rembourrer les vieux sacs de couchage distribués en hiver aux « sans-toit ». La ferraille est récupérée par les *careteros,* les « pousseurs de chariots », qui récoltent aussi les vieux journaux. En effet, les ordures doivent être récupérées là où elles sont produites, en particulier dans les *favelas* inaccessibles aux camions-bennes et aux engins spécialisés. Ce sont donc les habitants qui assurent eux-mêmes le tri et viennent livrer les déchets dans les centres prévus à cet effet.

Mais Jaime Lermer a eu de surcroît une étincelle de génie en inventant le « change vert » : contre des sacs d'ordures, les habitants des *favelas* reçoivent des denrées alimentaires. Lermer sait faire ses comptes ; il a constaté qu'il lui coûtait moins cher de financer ce système de troc que de réparer les dégâts imputables à la multiplication anarchique des dépotoirs dans les *favelas* et autres bidonvilles. Comment dégager, en effet, ces montagnes d'immondices de ruelles étroites, totalement inaccessibles par les moyens de collecte modernes ? Or ces déchets deviennent rapidement dangereux : non seulement ils risquent de contaminer l'eau, mais, à chaque orage, ils obstruent les ruisseaux dévalant des *favelas,* qui sortent alors de leur lit pour inonder tout le secteur de déchets nauséabonds. Désormais, ruisseaux et rivières se sont assagis et l'hygiène règne, y compris dans les quartiers les plus déshérités de l'agglomération.

Mais il faut aussi tenter de s'opposer à la croissance en forme d'excroissance de l'urbanisme sauvage propre aux villes du tiers-monde. Comment éviter le risque d'un développement incessant des *favelas*? Comment concilier le développement d'un tissu urbain de qualité avec une « favélisation » incontrôlée et qui n'en finit pas? La municipalité a eu l'idée de développer, pour ce faire, un réseau exceptionnellement dense d'espaces verts, soigneusement entretenus, qui rendent impossible le « squattage » des sites dégradés : plus d'espaces disponibles pour les progrès de la favélisation...

À Curitiba, 60 000 arbres sont plantés chaque année ; les aires boisées couvrent 30 % des 430 kilomètres carrés du domaine communal. Malgré l'explosion démographique, l'indice vert du Curitibano est passé de 0,50 à 52 mètres carrés par habitant, soit plus de trois fois le minimum chlorophyllien recommandé par l'ONU (16 mètres carrés). Près de 45 % du budget municipal passe chaque année dans les programmes sociaux et de reboisement. Les espaces verts sont eux-mêmes maillés par un dense réseau de pistes cyclables copieusement fréquentées. En deux décennies, la ville s'est ainsi complètement métamorphosée. Comment mieux symboliser cette résurrection qu'en évoquant ces « gardes verts », sapés comme les patrouilleurs de la police montée canadienne, qui surveillent le magnifique Jardin botanique situé à cinq minutes seulement du centre-ville ?

Curitiba s'est transformée sans faire appel aux hautes technologies, mais en mobilisant l'esprit civique de ses habitants, stimulés par la volonté politique d'un homme et de son équipe. La ville a appris à tout faire par elle-même, sans attendre les hypothétiques et toujours très coûteux soutiens de la capitale ou des grandes multinationales... Un exemplaire travail d'écologistes, qui porte aujourd'hui ses fruits. Comme il doit être désormais agréable d'être, comme disait la chanson, « Monsieur le Consul à Curitiba » !...

7

Quand l'industrie s'inspire de la nature

« Depuis quelques décennies, le progrès s'est peu à peu identifié à la croissance économique. La notion de progrès économique fait partie de tous les discours : elle désigne une production croissante de biens matériels, donc une constante augmentation du niveau de vie, supposée engendrer un bien-être accru et, implicitement du moins, le bonheur pour tous [...]. Le rythme de croissance auquel sont soumises les économies des pays techniquement avancés [...] suppose, pour se maintenir, une forte augmentation de la consommation. Trois types de stratégies concertées permettent d'atteindre cet objectif : la création de nouveaux besoins et la stimulation des désirs par la publicité ; l'ouverture de nouveaux débouchés à l'exportation ; la réduction de la durée de vie des objets [...]. En résultent en amont l'épuisement rapide des ressources naturelles dévorées par nos économies de cigales qui ne voient dans la nature qu'un réservoir, et, en aval, la pollution et l'accumulation des déchets qui font de la nature un dépotoir [...]. En d'autres termes, notre mode de développement engendre la crise de l'énergie et la crise de l'environnement [1]. » Ce texte écrit il y a un quart de siècle

---

[1]. Jean-Marie Pelt, *L'Homme renaturé,* Seuil, 1977 ; rééd. coll. « Points Seuil », 1990.

n'a pas pris une ride. Il exprime le fonctionnement de la société industrielle telle qu'en elle-même elle se perpétue depuis ses origines, non sans accentuer chaque jour davantage la caractéristique qui lui est propre : produire et consommer toujours plus, quitte à mettre en péril les ressources naturelles et le bien-être des générations futures.

Toutefois, un nouveau concept a vu le jour il y a une quinzaine d'années : celui d'écologie industrielle. S'inspirant du fonctionnement des écosystèmes naturels, il tend à réintégrer le sous-système industriel au sein de la biosphère dont il représente le dernier avatar. D'où un certain nombre de concepts nouveaux à consonances biologiques, expérimentés ici ou là. Ils pourraient annoncer une révolution profonde de l'industrie, vers des pratiques plus compatibles avec les lois générales de l'écologie.

Certes, entre-temps, le concept d'environnement s'est imposé avec force sans pour autant bouleverser radicalement la donne. Si elle prétend mieux respecter l'environnement en réduisant le taux des nuisances et des pollutions, l'industrie n'a jusqu'ici jamais remis en cause les processus et les concepts qui la fondent. C'est précisément ce que prétend faire l'écologie industrielle.

Au frontispice de cette notion encore toute jeune, la « symbiose de Kalundborg [1] » que décrit Suren Erkman. Kalundborg est une petite ville industrielle située à une centaine de kilomètres à l'ouest de Copenhague. Dans les années 1950 s'y installent une raffinerie de pétrole et une centrale électrique. Comme toutes les centrales thermiques, celle-ci produit des quantités impressionnantes d'eau chaude,

---

1. Suren Erkman, *Vers une écologie industrielle*, Charles Léopold Mayer, 1998.

mais cette eau n'est pas rejetée dans l'environnement : elle entre dans un processus de « cogénération », c'est-à-dire de réutilisation en vue d'assurer le chauffage de divers usagers — une idée qui tend à s'imposer aujourd'hui, mais qui passait pour très avant-gardiste à l'époque. Puis d'autres partenaires industriels s'installent à Kalundborg et prennent l'habitude d'échanger entre eux les déchets de leurs activités, au point que les responsables de la zone industrielle finissent par réaliser qu'une véritable symbiose s'est instaurée entre les diverses usines du site.

Celles-ci sont aujourd'hui au nombre de cinq, reliées entre elles, sur quelques centaines de mètres, par un dense réseau de pipelines permettant les échanges. Au centre du dispositif, la plus grande centrale électrique du Danemark, alimentée au charbon et qui emploie 600 personnes. Tout près, la plus grande raffinerie de pétrole danoise, avec ses 250 employés. Puis, à proximité, une usine de biotechnologie, l'une des principales productrices mondiales d'enzymes industrielles et de médicaments obtenus par transgenèse bactérienne, notamment l'insuline : 1 200 personnes y travaillent. À quelques centaines de mètres, une société suédoise produit des panneaux de construction en gypse ; elle compte 175 collaborateurs. Enfin, tout naturellement, la ville de Kalundborg est entièrement chauffée par la vapeur fournie par la centrale électrique.

Ce système de partenariat croisé fonctionne sur le modèle de la nature : rien ne se perd, tout se transforme. Les échanges d'eau et de vapeur constituent l'élément central de la symbiose industrielle de Kalundborg. On dénombre dix-neuf flux d'échanges entre les partenaires. La raffinerie fournit de l'eau usée pour refroidir la centrale électrique qui vend à son tour de la vapeur à ladite raffinerie, à la ville de

Kalundborg, mais aussi à l'entreprise de biotechnologie pour le fonctionnement de ses fermenteurs ; elle vend aussi de la vapeur à l'usine de panneaux de construction et de l'eau chaude à une ferme d'aquaculture qui élève près de là des turbots.

Soucieuse de désulfuriser ses émissions gazeuses — l'une des principales causes de la pollution de l'air en milieu industriel —, la centrale a mis en service en 1990 une installation de désulfuration. Les gaz de combustion barbotent, avant d'être rejetés, dans un lait de chaux, ce qui donne du gypse, aussitôt transporté par camions jusqu'à l'entreprise voisine où il sert de matière première à la fabrication de panneaux de construction. Du coup, cette société a cessé d'importer du gypse naturel, jusqu'alors en provenance d'Espagne, réduisant du même coup ses charges de transport.

Le bilan chiffré de cette étonnante symbiose industrielle s'établit comme suit :

• Réduction de la consommation annuelle des ressources : 45 000 tonnes de pétrole, 15 000 tonnes de charbon et 600 000 mètres cubes d'eau économisés ;
• Réduction des émissions annuelles de gaz à « effet de serre » et de fumées chargées d'anhydride sulfureux : 175 000 tonnes de gaz carbonique et 10 200 tonnes de dioxyde de soufre non rejetées dans l'atmosphère ;
• Réutilisation des déchets, soit annuellement : 130 000 tonnes de cendres utilisées dans la construction routière ; 4 500 tonnes de soufre utilisées pour la fabrication d'acide sulfurique ; 90 000 tonnes de gypse employées à la fabrication des panneaux de construction.

Ces échanges croisés, on le voit, n'ont pas été imaginés pour la seule beauté du geste; ils représentent des avantages économiques considérables et dûment chiffrés. Le profit annuel résultant de l'économie des ressources et de la vente des déchets est évalué à 10 millions de dollars.

Pareil succès est relativement fortuit et découle des excellentes relations existant entre les différents partenaires. En effet, cette symbiose s'est instaurée progressivement, par des processus spontanés et cumulatifs de coopération entre les usines du site, qui ont l'évident mérite de s'être révélées complémentaires. De sorte que, pour reproduire ailleurs un système analogue, il faudrait viser dès le départ à favoriser certains « panachages industriels » typiques qui soient propices, comme ici, aux échanges de déchets et de ressources.

Mais le modèle de Kalundborg est loin d'être parfait. Le nombre restreint de partenaires en fait ce qu'un biologiste qualifierait d'« écosystème pauvre et peu redondant ». Qu'une modification intervienne dans les procédés de fabrication ou qu'un partenaire vienne à cesser ses activités, et tel ou tel déchet viendrait aussitôt à manquer, bloquant partiellement le système de récupération et de réemploi. On conçoit, dans ces conditions, que ce système soit en quête de nouveaux partenaires. Par exemple, la centrale dispose d'un excédent de vapeur qu'elle utiliserait volontiers pour produire du froid — d'où la recherche d'une industrie agroalimentaire qui s'installerait à proximité et bénéficierait de ce fait d'un dispositif de réfrigération à bon marché.

Kalundborg est le prototype d'un concept apparu au début des années 1990, celui de « parc éco-industriel ». Il a aussitôt été repris aux États-Unis. Par la richesse des interrelations entre ses occupants, le parc tranche nettement avec la « zone industrielle » qui aligne et cumule, sans aucun lien entre eux, des partenaires n'ayant d'autre intérêt commun que l'entretien collectif — et seulement dans le meilleur des cas ! — des espaces verts de la zone.

Mais construire un écosystème industriel suppose une collaboration volontaire de nombreux partenaires, ce qui va à l'encontre des processus classiques : on crée une zone industrielle, puis, trop heureux de l'accueillir, on tente de la remplir en acceptant le premier venu. C'est sans doute pourquoi un concept moins ambitieux que le premier a vu aussi le jour : celui de « biocénose industrielle ».

On sait que, dans la nature, les différentes espèces se rencontrent toujours selon des associations caractéristiques ; elles ne sont pas réparties au hasard, mais selon une structuration déterminée par la nature du climat et du microclimat, du sol, de l'environnement biologique et des interventions humaines. En résulte la notion d'« association » qui est à la base d'une des sous-disciplines de l'écologie, la phytosociologie (ou plus simplement sociologie végétale). Par analogie, on cherchera à déterminer, dans le monde industriel cette fois, les bonnes associations, les meilleurs panachages possibles d'activités entre celles qui se révèlent tout naturellement en rapport les unes avec les autres. Plutôt que d'implanter isolément une unité de production de sucre de canne, on songera à implanter en même temps et à proximité une papeterie, une raffinerie et une centrale thermique qui permettront de valoriser les différents sous-produits de la canne. Bref, plutôt qu'une seule usine, on développera un complexe d'unités diversifiées mais affines utilisant mutuellement les déchets, produits et sous-produits des unes et des autres.

Dans ces approches très modernes, on constate une défocalisation partielle des préoccupations des industriels par rapport aux produits exclusifs de leur entreprise. Désormais, la valorisation des déchets, l'optimisation des flux de matières et d'énergie deviennent des paramètres économiques tout aussi importants à prendre en considération que la seule vente des produits fabriqués. Ces mêmes concepts mordent désormais sérieusement sur l'omniprésente obsession de la compétitivité qui place les entreprises dans un climat de concurrence permanente et acharnée. Comme dans la nature où la compétitivité n'est certes pas niable, des mécanismes de coopération voient néanmoins le jour, justement baptisés du terme de *symbiose*, emprunté au langage écologique.

Plus elle est riche et complexe, plus la symbiose se développe en réseau, modèle auquel s'oppose le système en étoile, plus simple mais moins redondant, donc plus fragile. Telle est par exemple l'une des caractéristiques du parc industriel de Smartville, près de Sarreguemines, où est montée la petite Smart biplace. Treize partenaires — pour la production et la logistique — se sont installés autour de l'usine de montage. Ces satellites jouent un rôle essentiel dans la production puisqu'ils reçoivent, fabriquent et livrent les pièces détachées. Mais un tel système, s'il est fort efficace, est aussi fragile : comme dans une des chaînes alimentaires qui ont cours dans la nature, qu'un maillon vienne à lâcher et toute la chaîne se rompt. C'est ce qui s'est produit en novembre 1999 lorsque le personnel de Magna-Système-Châssis s'est mis en grève et a du coup bloqué la fabrication de la voiture. Seul remède à ce type de désagrément : un stock de pièces détachées. Mais on entre alors en contradiction avec la doctrine prévalant des « flux tendus » consistant précisément à diminuer les coûts en gérant au plus serré le volume des stocks.

Pour poursuivre ces analogies suggestives avec les lois de l'écologie naturelle liant ici le biologique et l'anthropique, c'est-à-dire les activités industrielles humaines, un autre concept est apparu dans la logique de l'écologie industrielle : celui de « métabolisme industriel ». Il s'agit cette fois, pour un produit donné, d'analyser finement le coût en énergie et en matières premières utilisées pour le produire. C'est ainsi que les chercheurs d'un institut allemand de Wuppertal [1] ont analysé le métabolisme industriel du jus d'orange, dont l'Allemagne est le premier consommateur mondial par habitant avec 21 litres par an. Or plus de 80 % du jus d'orange bu en Allemagne provient du Brésil ; il effectue donc un voyage de 12 000 kilomètres entre São Paulo et les ports de l'Allemagne du Nord. Pour « alléger » le transport, le jus est concentré à 8 % de sa masse originale, puis congelé pour sa conservation à – 18 °C. On a pu calculer que, pour son transport et sa congélation, chaque tonne de jus d'orange nécessite environ 100 kilos de pétrole. Chaque verre de jus d'orange consommé en Allemagne exige l'équivalent de 22 verres d'eau, principalement utilisée à l'état de vapeur durant la concentration, puis sous forme liquide pour la dilution après l'arrivée du produit en Allemagne.

Ce métabolisme — qui, notons-le, ne prend pas en considération l'énergie et les matières premières nécessaires à l'obtention du pétrole et de l'eau utilisés pour la fabrication du jus — est somme toute relativement sobre, comparé à celui du jus d'orange consommé aux États-Unis, dont un litre requiert à lui seul 1 000 litres d'eau d'irrigation et 2 litres de pétrole ! Cette différence entre les États-Unis et le Brésil tient à deux facteurs : les États-Unis irriguent, le Brésil non ; les oranges de Floride sont protégées

---

1. S. Kranendonk et S. Bringezu, *Fresenius env. Bull.*, 1993, II, n° 8, pp. 455-460.

des gels printaniers par des systèmes de chauffage appropriés, ce qui n'est pas le cas au Brésil. La production brésilienne est donc plus avantageuse, et l'on conçoit que l'Allemagne se garde bien d'importer ses jus des États-Unis.

Mais le calcul n'est pas encore terminé. On considère qu'il faut 24 mètres carrés de terrain agricole au Brésil pour produire les 21 litres de jus que chaque Allemand consomme annuellement. Pour améliorer le métabolisme du jus d'orange allemand, l'idéal serait évidemment que, par quelque miracle climatique — un réchauffement intempestif de la planète —, les oranges poussent en Allemagne, ce qui supprimerait à la fois les coûts de la concentration, de la dilution et du transport. Mais les jeunes et nouveaux spécialistes du métabolisme industriel ne nourrissent point de telles utopies !

Ils n'en insistent pas moins sur un objectif radicalement absent des préoccupations des économistes contemporains : intensifier autant que faire se peut les interactions entre agents économiques proches. Ainsi, une équipe de l'université de Graz, en Autriche, tente de susciter des écosystèmes industriels régionaux, qu'ils qualifient eux-mêmes d'« îles de développement durable », afin de réduire au maximum les coûts énergétiques et économiques des transports, dont on sait à quel point ils obèrent et le prix des marchandises et la qualité de l'air.

Tout à fait exemplaire est aussi la toute moderne usine Mercedes de Stuttgart, conçue pour répondre au plus près aux exigences de l'écologie. L'huile servant à lubrifier les outils d'usinage est recyclée en permanence. Le système de refroidissement de ces outils permet de récupérer de la chaleur destinée au chauffage des ateliers. Sur les toits sont disposées des cellules photovoltaïques productrices d'énergie électrique destinée à alimenter les équipements de manutention, etc.

Afin de réduire au maximum les coûts en matières premières et en énergie, une autre direction de l'écologie industrielle est la « dématérialisation », c'est-à-dire la réduction constante des quantités de matière employées pour l'obtention d'un produit donné. L'industrie des télécommunications nous en offre un exemple spectaculaire, lié à une substitution technologique : 25 kilos de fibre de verre suffisent désormais pour fournir des services équivalents à une tonne de fil de cuivre. Ici, le même service est rendu avec moins de matière et une variation dans la nature de celle-ci.

De fait, on constate une tendance constante à la réduction du volume des nouveaux produits, comme on le voit avec la miniaturisation continue des téléphones portables, par exemple. Celle-ci est liée à l'utilisation de nouveaux matériaux à la fois plus résistants et plus légers. C'est ainsi que le poids moyen des voitures n'a cessé de diminuer grâce aux différents polymères plastiques qui se substituent dans leur carcasse à l'acier traditionnel.

Diminuer le « coût matière », c'est naturellement diminuer le coût tout court, et réduire également les volumes à recycler. Dans le domaine de l'électronique, la miniaturisation atteint des records, comme on le voit avec les fameuses « puces », de plus en plus petites. Mais, ici, le résultat fait illusion, car il ne tient pas compte du fait que la consommation en matériau et en énergie qu'exige leur fabrication semble avoir augmenté de manière inversement proportionnelle à leurs dimensions. Tout comme d'ailleurs la taille des installations où on les fabrique, qui exigent de surcroît un air particulièrement pur — d'où de grosses consommations d'énergie. Tant et si bien que les unités de production de microprocesseurs et de mémoires microélectroniques connaissent des coûts très élevés.

Avec l'électronique, on passe à cette fameuse

société postindustrielle, largement dématérialisée, où ne circuleraient plus que d'incessants flux d'informations. Or les études concernant le métabolisme industriel des semi-conducteurs mettent en lumière une réalité toute différente ! En effet, les puces électroniques fonctionnent à partir d'un silicium très pur dont les processus de fabrication à partir du sable de quartz exigent précisément d'énormes quantités de matière première, d'énergie et même de substances chimiques toxiques : au départ, 800 000 tonnes de silicium de qualité métallurgique sont nécessaires pour aboutir, après des processus de purification sophistiqués, à 750 tonnes annuelles utilisables dans les microprocesseurs ; un résultat qui requiert l'emploi de plus de 100 000 tonnes de chlore et 200 000 tonnes d'acide et de solvants divers, lesquels sont actuellement encore peu retraités et recyclés. La fameuse Silicon Valley se contente de les injecter directement dans le sous-sol, d'où de graves pollutions des nappes phréatiques.

L'industrie électronique est donc fortement polluante et risque de l'être davantage encore si elle continue à développer, comme c'est à la fois probable et souhaitable, la production de cellules photovoltaïques destinées aux installations de chauffage solaire. Si 750 tonnes de silicium purifié sont utilisées chaque année dans la fabrication des puces électroniques, 3 200 tonnes le sont déjà dans celle des cellules photovoltaïques. Or, toutes les prévisions en matière énergétique évaluent à au moins un facteur mille la progression que connaîtra à l'horizon 2020-2030 l'utilisation de ces cellules. D'où, du même coup, une extraordinaire augmentation des pollutions qu'entraînent les processus actuels de fabrication. Soit un gaspillage de matière première, d'énergie et de produits chimiques qui deviendrait alors tout à fait inacceptable.

Ici apparaît l'un des problèmes les plus redoutables qui se posent à l'écologie, à savoir les phénomènes de transfert de pollution. Maintes expériences ont prouvé que, pour protéger l'eau, par exemple, les déchets sont expédiés dans l'air, ou vice versa. La pollution n'est pas détruite, elle n'est que transférée. De même, pour échapper à l'« effet de serre » généré par les combustibles fossiles, ou aux problèmes posés par l'énergie nucléaire, le recours aux cellules photovoltaïques paraît une solution bénéfique; mais elle ne le sera vraiment que si l'on parvient à modifier radicalement leur fabrication en réduisant dans des proportions de 100 à 1 les volumes de pollution générés par ces entreprises.

L'exemple de l'électronique montre aussi que la dématérialisation a ses limites. Ainsi, les ordinateurs étaient censés reléguer le papier aux oubliettes; or c'est exactement le contraire qui s'est produit. Aux États-Unis, la consommation de papier a flambé : le succès fulgurant du télécopieur n'y est sans doute pas pour rien. Bel exemple de « revanche technologique » où une innovation majeure — en l'occurrence l'informatique — produit, dans un autre secteur, un résultat opposé à celui qui était attendu : en cinq ans, la consommation de papier des entreprises américaines est passée de 850 milliards à 1 400 milliards de pages ! Un record...

Enfin, l'une des idées les plus originales et porteuses d'avenir de l'écologie industrielle est le passage de la notion de produit à celle de service. L'exemple de l'entreprise Xerox mérite à ce titre d'être médité. Xerox a en effet cessé de mettre sur le marché des photocopieurs neufs au profit d'une tout autre stratégie, qualifiée de *remanufacturing* (ou refabrication), visant à offrir aux consommateurs un *service,* sous la forme de photocopies de qualité, plutôt qu'une machine censée assurer ces photocopies. Ainsi les photocopieurs font l'objet de visites d'entretien régulières et, en cas de besoin, les composants de la machine sont remplacés par d'autres, éventuellement améliorés au fur et à mesure de l'évolution technologique, sans que soit modifié pour autant l'appareil en son entier. Mais on peut également « retravailler » des machines entières dans des centres de désassemblage ou de refabrication appropriés. Ici, on le voit, le concept de produit neuf s'estompe. La stratégie de l'entreprise vise à l'entretien des appareils déjà en service dont elle tire, semble-t-il, des profits conséquents. Grâce à une telle stratégie, il apparaît que le coût des refabrications diminue, mais qu'à l'inverse la quantité globale de travail augmente : autrement dit, cette approche est favorable à l'emploi. Et à des emplois qualifiés : précisément ceux qui sont aujourd'hui les plus convoités. Il ne s'agit plus de vendre des produits à courte durée de vie, rapidement obsolètes, mais, au contraire, de valoriser des produits à vie longue mais souple, et continuellement adaptables au progrès technologique. Dès lors, le dogme du productivisme, partagé par toutes les nuances de l'échiquier politique, tend à s'effacer, la richesse ne dépendant plus seulement de l'augmentation quantitative de la production. À la notion de valeur d'échange, de coût du produit neuf se substitue celle de valeur d'utilisation : on ne vend plus seulement des produits, mais on vend les services qu'ils procurent ; non plus les biens eux-mêmes, mais l'usage que l'on en fait. On ose à peine imaginer ce que serait cette nouvelle économie où une voiture ne durerait plus au maximum dix ans, mais bien vingt ou trente, tout en bénéficiant de tous les progrès technologiques intervenus entre-temps !

Les effets sur l'environnement des stratégies de durabilité sont évidents. Ils se traduisent par une forte chute de la consommation de matière et d'énergie dans le domaine de la production et des transports, puisque l'investissement initial — énergétique et matériel — est amorti sur des laps de temps nettement plus longs. Par contre, on notera une plus forte consommation de ressources pour les réparations et la maintenance, activités néanmoins beaucoup moins consommatrices d'énergie et de matériaux, et en revanche plus créatrices d'emplois. Naturellement, de telles stratégies n'excluraient nullement la mise au point de produits entièrement nouveaux mais qui seraient mis sur le marché dans ces mêmes perspectives. À la limite, le fabriquant du produit en reste le propriétaire et l'exploitant, devenant ainsi un prestataire de services qui a tout intérêt à mener une politique de qualité et de fiabilité.

Le développement de telles stratégies, on le conçoit, implique d'étroits rapports de confiance entre producteurs et consommateurs de services. Il en résulte qu'elles se développeraient essentiellement à l'échelon régional, manifestant ainsi une tendance à la *relocalisation,* véritable contrepoids au phénomène inverse des délocalisations.

Économies de matières, économies d'énergie, recyclage des déchets, réduction des pollutions, durabilité et fiabilité des produits, prestataires de services à la porte des utilisateurs, ce qui fait si gravement défaut dans l'informatique moderne : autant de nouvelles directions susceptibles de requalifier le monde industriel et de l'asseoir sur de nouveaux concepts. Des concepts qui, en l'occurrence, recentrent l'écosystème industriel sur l'observance des lois de l'écologie de la nature et l'inscrivent dans l'économie générale de la biosphère, maîtrisant du même coup le risque aujourd'hui si prégnant de la perturber gravement, voire de l'empoisonner ou d'épuiser ses ressources.

Sous peine d'accepter un quasi-retour à l'âge de nos arrière-grands-parents, il est impossible de nier dans leur ensemble les progrès apportés par l'industrie au développement humain. Mais, de la même manière, il est impossible d'accepter qu'elle persévère dans des erreurs coûteuses dont les générations futures auront à assumer le prix exorbitant. S'impose donc désormais une remise en cause radicale dont l'écologie industrielle encore balbutiante pourrait bien constituer les prémices.

Mais, ici, tout reste à faire. Il conviendrait d'abord que les économistes se montrent capables d'imaginer d'autres critères d'évaluation que le produit national brut et le taux de croissance, lesquels ne font que mesurer des indices globaux d'activité sans que soient jamais pris en compte la qualité réelle de ces activités ni leur impact sur l'environnement. Ainsi les accidents de la route, en acheminant beaucoup d'individus dans les hôpitaux ou aux pompes funèbres, et tout autant de voitures chez les garagistes ou à la casse, stimulent sans conteste et absurdement le taux de croissance, puisque l'activité respective des hôpitaux, des pompes funèbres, des garagistes et des marchands de voitures s'en trouve sérieusement dopée. Un quart de siècle après le célèbre « Halte à la croissance [1] ! » formulé par le Club de Rome, aucune réflexion de fond n'a encore été conduite avec efficience pour remettre en cause ces concepts érigés au rang de dogmes. Car il existe bel et bien une religion de la croissance, même si celle-ci, lorsqu'elle n'est en rien qualifiée, peut se révéler extrêmement préjudiciable à l'environnement.

Timidement, le concept de développement durable tend aujourd'hui à émerger ; mais il n'entrera vrai-

---

1. *Halte à la croissance ! Rapport Meadows sur les limites de la croissance. Enquête pour le Club de Rome,* Fayard, 1972.

ment dans la pratique économique que dans la mesure où il aura lui-même généré de nouveaux critères objectifs d'appréciation du développement, intégrant des paramètres aussi difficilement quantifiables que la qualité de la vie et, surtout, l'héritage légué aux générations futures.

8

L'agriculture en mutation

•

Le fameux *baby-boom* qui suivit la Seconde Guerre mondiale engendra une forte poussée démographique : de plus en plus de gens à nourrir et à loger. Du logement on sait ce qu'il advint lorsque la jeune génération arriva à l'heure de former couples : ce fut la prolifération des ZUP, des tours et des barres ! Mais il fallut aussi nourrir cette population de plus en plus nombreuse. On augmenta donc la production agricole grâce à l'utilisation massive du machinisme, des engrais et pesticides : ce fut l'ère du productivisme à outrance, dopé par les aides européennes consenties au nom de la Politique agricole commune. Puis, passé un certain seuil, ce productivisme à tout crin dérapa, et l'on connut la crise de la « vache folle », les poulets à la dioxine, et jusqu'au bétail nourri avec les boues des stations d'épuration... Après l'horreur économique, l'horreur alimentaire !

Bientôt, des voix s'élevèrent, de plus en plus nombreuses, pour dénoncer des retombées négatives devenues de plus en plus manifestes : la diminution drastique du nombre des paysans ; la priorité donnée au rendement au détriment de la qualité des produits ; l'érosion et l'usure des sols ; la pollution des nappes phréatiques ; la perte subie par la biodiversité et la dégradation de l'environnement rural. On commença alors à s'interroger : quelle agriculture pour demain ?

Ici et là, des irréductibles, des prophètes, des pionniers donnèrent le ton [1]. André Pochon (« Dédé » pour les amis) est de ceux-là : un paysan certes expérimenté et compétent, aux convictions bien ancrées, mais aussi un homme de médias, parfaitement à l'aise devant un micro ou une caméra, et qui a su convaincre bon nombre de ses collègues bretons. Pochon a, il est vrai, le sens de la formule, comme lorsqu'il propose à ses collègues : « Travaillez moins, polluez moins et gagnez plus ! » L'heure de la retraite venue, il caracole d'estrade en estrade, porteur de la bonne parole. Sa science, ses connaissances, c'est de sa propre expérience qu'il les tient, et de sa formation au sein de la Jeunesse agricole chrétienne (JAC), à l'instar de bon nombre de paysans de sa génération. Il fait toujours sensation, dans un monde agricole désormais voué au maïs et au soja, en rappelant que rien ne vaut « les vaches à l'herbe ». Pour cela, il préconise le pré où l'herbe grasse et le trèfle mêlés nourrissent les vaches à 17 centimes par litre de lait, soit trois fois moins cher que chez les autres ! Voilà pour le « gagnez plus ».

Pour le « travaillez moins », il suffit de laisser faire la vache. Elle broute l'herbe grâce « à une lame de coupe devant », et enrichit le pré grâce « à un épandeur derrière »... Une machine décidément bien agencée, cette vache bretonne ! Pochon sait que le trèfle pompe l'azote de l'air, le fixe dans ses racines et le transmet à l'herbe qui pousse, grasse et belle, avec lui : « Une bonne herbe, ça se sent, ça ne s'explique pas ; et une vache heureuse, ça se voit comme un gosse qui s'éclate dans la cour. » Aussi ce trèfle si prisé des paysans d'autrefois fait-il d'une pierre deux

---

1. *Le Monde,* 23 septembre 1999.

coups : il remplace les engrais azotés et réduit d'autant les nitrates polluants.

En guerre contre le maïs, très exigeant en additifs chimiques, qui envahit les terres bretonnes, « Dédé » fonde un réseau destiné à promouvoir l'« agriculture durable ». Car « une agriculture bien pensée doit enrayer la concentration des fermes en maintenant les hommes à la terre tout en leur laissant le temps de vivre et en les nourrissant décemment ». Il a naturellement pris position contre les élevages concentrationnaires de porcs sur le modèle importé de Hollande, qui a déferlé avec ses tonnes de lisier sur le sol breton. Car ce maudit lisier n'a rien d'un fumier, c'est une pollution pure et simple. Lui, les porcs, il les élève dans l'herbe ou dans la porcherie sur une bonne litière de paille... sa manière d'en faire du vrai fumier. Sus, donc, au maïs-fourrage qui laisse trop longtemps la terre nue exposée à l'érosion et gavée d'azote que les pluies viennent lessiver ! Sus au lisier qui pénètre partout et macule les plages d'algues vertes, formant une marée visqueuse qu'on enlève par camions entiers pour ne pas décourager les touristes ! Tandis qu'en Bretagne la terre empoisonne la mer, André Pochon relève le gant et c'est déjà l'agriculture de demain qui, grâce à lui et à ses pareils, se profile à l'horizon.

Autre terroir, autre approche. Cette fois, nous sommes au Larzac. Ici on se presse sur le causse, non sans espérer que l'armée finira par abandonner les 3 000 hectares qu'elle y occupe toujours. Le Larzac est la terre du très médiatique et emblématique José Bové qui ressuscita Montredon, hameau délaissé, devenu le quartier général de la guerre totale déclarée à la « malbouffe mondialisée ». Point ici de ferme-usine ni d'élevage intensif. Point non plus de lopins de terre marginaux en survie. Le Larzac est la terre des brebis, celle du roquefort et des éleveurs attachés au renom de ce terroir, bien décidés à en tirer leur part de dividendes. Et puis, ici, il y a les « néo », les nouveaux arrivés, imprégnés de l'« esprit Larzac » fait d'autonomie, d'innovation et d'ouverture. Dans son sous-sol, Léon Maillé, mémoire vivante des « Trente Glorieuses » du plateau, édite un bimestriel destiné à 700 abonnés, et son fils de rappeler que, sans les affrontements avec l'armée, sans l'appui des « néo », le Larzac en serait encore au stade du Lévezou [1], le plateau voisin, avec « deux siècles en retard et le cœur à droite ».

Le 30 juin 2000, des dizaines de milliers de personnes convergèrent vers Millau en « comité de soutien » à José Bové, traduit en justice pour avoir « démonté » un McDonald's, symbole — justifié — à ses yeux de la « malbouffe ». Pendant quelques heures, cette petite ville du sud du Massif central est devenue l'épicentre des manifestations citoyennes contre la mondialisation.

Les Pochon, les Maillé, les Bové et nombre d'autres ont provoqué un véritable séisme dans le monde agricole. La première victime, et non des moindres, n'est-elle pas le syndicalisme agricole traditionnel qui regroupait, jusqu'à il y a peu, tout le monde paysan dans un syndicat unique, la FNSEA (Fédération nationale des syndicats d'exploitants agricoles) ? Généralement sous la coupe des gros agriculteurs, ce syndicat a toujours admis que les primes distribuées par Bruxelles soient proportionnelles aux

---

1. Le plateau du Lévezou peut néanmoins s'enorgueillir d'avoir donné naissance au grand entomologiste français Jean Henri Fabre, dont les œuvres sont toujours en vente dans les hypermarchés... du Japon ! (Voir à ce sujet mon ouvrage *La Cannelle et le Panda,* Fayard, 1999.)

surfaces cultivées et aux quantités produites, et non aux revenus réels des paysans. De sorte que « plus on est gros, plus on engrange ». Cette doctrine, qui violait ouvertement le principe d'une redistribution équitable, ne connut pourtant, des décennies durant, aucune contestation : aujourd'hui, elle vole en éclats. Partout des voix s'élèvent, des initiatives se font jour, de nouvelles confédérations syndicales se constituent, dont les maîtres mots sont : terroir, bio, qualité des produits, maintien des paysans à la ferme, protection de l'environnement, etc.

Dans ce contexte, l'émergence de l'agriculture biologique est l'un des phénomènes les plus représentatifs. C'est à la France que revient le mérite d'avoir été, en 1981, à l'origine de la réglementation de l'agriculture biologique, tant sur son propre territoire qu'au niveau européen, par la directive qu'elle inspira. Mais notre vieux pays, prompt aux coups de menton mais long à la détente, ne sut guère profiter de son avantage. Car le cocorico du coq gaulois n'entraîna guère de retombées mirobolantes sur le terrain. Premier producteur agricole d'Europe, la France ne vient qu'en cinquième position pour sa production bio, qui ne représente que 9 % de la production européenne totale, contre 29 % à l'Italie, 18 % à l'Allemagne, 13 % à l'Autriche et 11 % à la Suède. En 1999, on n'y dénombre que 7 500 exploitations bio ou en reconversion, soit environ 1 % de la surface agricole utile. Mais ce chiffre traduit néanmoins une augmentation de 28 % par rapport à 1998. L'objectif du gouvernement est de passer à 25 000 exploitations et à un million d'hectares en 2005, ce qui représenterait alors 5 % des agriculteurs. Pour réussir ce mini-bond en avant, des aides à la reconversion sont attribuées ; une manne gouvernementale dont le bio n'avait jusqu'ici jamais bénéficié, à la différence des cultures conventionnelles. Aujourd'hui, le mouvement fait tache d'huile et on n'exclut pas, au ministère de l'Agriculture, que l'objectif soit atteint dès 2004, voire 2003.

La demande augmentant plus vite que l'offre, les systèmes de distribution ont dû se diversifier et s'adapter. Le bio est actuellement présent en grandes surfaces, les foires et marchés bio se multiplient et l'on voit prospérer les supérettes bio du réseau BIOCOOP, fort de près de deux cents magasins. Un réseau diversifié, à l'image de la biodiversité que le bio entend respecter : on y trouve en effet de minuscules surfaces de vente, comme celle d'Éourres, dans un hameau perché des Alpes de Haute-Provence, ou encore celle de Saint-Aygulf, dans le Var : en fait, une ferme au milieu de champs de légumes...

Les premières coopératives bio ont vu le jour dans les années 1970 à l'initiative de quelques consommateurs militant pour une agriculture moins polluante. À l'époque, les produits biologiques n'étaient disponibles que sur de rares marchés ou dans des magasins diététiques à des prix prohibitifs. Ces militants de la première heure fondèrent leurs coopératives sur le principe démocratique qu'« un homme vaut une voix » quelle que soit sa mise. En 1987, conscientes d'être inspirées par la même éthique, ces coopératives se regroupèrent au sein d'une fédération : BIOCOOP. Puis, à partir de 1995, le réseau s'ouvre aux SARL, ce qui accélère son développement en même temps que la conquête d'un plus large public. « Manger bio et rechercher une forme d'équilibre, rendent ces nouveaux consommateurs attentifs et sensibles à d'autres problèmes, observe Olivier Mugler, gérant des BIOCOOP Canal Bio à Paris. Ils prennent conscience que leurs actes d'achat ont des conséquences, et sont confortés au hasard des discussions avec les équipes du magasin. Ils deviennent d'une certaine façon militants [1]. »

De fait, ces points de vente revendiquent plus qu'une simple vocation commerciale : la dimension éthique et sociale y est toujours présente, tandis que les clients, curieux et informés, passent du stade de consommateurs passifs à celui de « consomm'acteurs ». La sécurité du consommateur est assurée par le respect du cahier des charges auquel s'engage chaque magasin, et, chaque année, un organisme indépendant, agréé par le ministère de l'Agriculture — ECOCERT, en l'occurrence —, vérifie la conformité avec ces règles. La charte prévoit un certain nombre de principes : privilégier les produits bio en interdisant la vente simultanée de produits équivalents non bio ; jouer la préférence nationale pour l'approvisionnement en produits afin de soutenir le développement des filières locales et par souci de réduction des coûts de transport ; maintenir le tissu rural et la convivialité ; favoriser la consommation des produits frais de saison, qui représentent plus de la moitié du chiffre d'affaires ; assurer la transparence et la traçabilité des approvisionnements (pour cela, BIOCOOP choisit de préférence des marques fabricants ou producteurs plutôt que des marques distributeurs) ; enfin, aider certains produits du tiers-monde en encourageant des échanges équitables Nord-Sud (tel est le cas du café Solidar-Monde, du chocolat du Burkina, des fruits secs « Grap in Ced » en provenance d'un village turc en reconversion, etc.). Cette éthique explique les partenariats qui lient BIOCOOP à la Fédération nationale de l'agriculture biologique, au Syndicat des agrobiologistes et à de nombreuses organisations biologiques ou écologiques.

1. Pascale Solana, *La Bio. De la terre à l'assiette.* Sang de la Terre et Bornemann, 1999.

Mais si le bio a le vent en poupe, son succès lui attire aussi bien des détracteurs. Récemment, l'Académie de médecine a semé le trouble à propos de certaines céréales bio, les suspectant d'être porteuses de mycotoxines (provenant de champignons) qui risqueraient de se développer sur ces produits en raison de l'absence de conservateur. L'Institut national de la consommation a fait aussi grand bruit en publiant dans *60 Millions de consommateurs* [1] une étude signalant la présence certaine de pesticides dans 9 aliments bio sur un total de 50 étudiés. Or, l'environnement étant chargé de pesticides, il n'est pas étonnant d'en retrouver des traces sur les produits bio cultivés sans pesticides mais en plein air, donc exposés à des teneurs insignifiantes de ces produits...

Victime de son succès, le bio suscite des jalousies. Ainsi lui reproche-t-on de ne pouvoir prouver la supériorité de la qualité alimentaire de ses produits ; peu d'études, il est vrai, ont été consacrées à cet aspect. Si les caractères organoleptiques — goût, saveur, arôme — des produits bio sont uniformément considérés comme nettement supérieurs, leur valeur alimentaire intrinsèque, comparativement aux produits courants, fait l'objet de vives discussions. Mais comment déterminer une valeur alimentaire ? Si les denrées bio sont sévèrement surveillées au cours de leur processus de production — qui doit correspondre au cahier des charges et exclure tout additif chimique —, il est bien plus difficile de garantir leur qualité intrinsèque à l'état de produits finis. Il faudrait, pour cela, connaître leurs teneurs exactes en une multitude de vitamines, de nutriments ou d'oligoéléments, bref, en cette myriade de molécules qui déterminent la qualité d'un aliment. Quelques études éclairent cependant le débat. Dans un contrat récemment géré par l'Institut

---

1. *60 Millions de consommateurs*, n° 327, avril 1999.

européen d'écologie pour le ministère de l'Agriculture, Mme Dominique Florian vient de montrer que les abricots qu'elle cultive dans sa ferme expérimentale de Loriol-du-Comtat, en soignant particulièrement les processus de fertilisation, contiennent des teneurs en vitamine C deux à trois fois supérieures aux produits de référence ordinaires. Preuve, s'il en est besoin, que de bonnes pratiques agricoles conduisent à de bons produits.

Les consommateurs se prononcent d'ailleurs nettement en ce sens lorsqu'ils réclament aux collectivités des cantines « bio ». Celles-ci se développent dans de nombreuses villes du sud et de l'ouest de la France, comme à Lorient par exemple. Car manger bio n'est pas une coûteuse utopie. Dans cette expérience lorientaise, le coût (14,50 francs) n'est pas plus élevé que celui du ticket classique. Il suffit pour cela, comme le suggère le docteur Lylian Legoff, à l'origine de ces initiatives, d'ajuster les prix de revient grâce à une meilleure répartition, dans les menus, entre produits végétaux et produits animaux. En diminuant la ration de protéines animales et en la compensant par des protéines végétales issues notamment des légumineuses (lentilles, haricots, pois, pois chiches des couscous), on maintient l'équilibre diététique tout en modérant les tarifs.

La mise en place de filières « non-OGM » dans la grande distribution, à l'initiative novatrice de Carrefour, reprise aujourd'hui par d'autres enseignes, s'inscrit dans le même type de préoccupations. Elle vise à satisfaire un public exigeant et informé qui entend avoir le droit de savoir ce qu'il mange.

Mais, lors du Salon de l'agriculture de 1998, a surgi un nouveau concept, celui d'agriculture *raisonnée*. Il s'agit d'une sorte de version « allégée » du productivisme agricole effréné tel qu'on le pratique depuis près d'un demi-siècle. L'agriculture raisonnée tend à démontrer que les agriculteurs qui s'y livrent sont devenus « raisonnables » et ont la main moins lourde dans l'usage des engrais et pesticides. Mais ce concept encore flou paraît constituer avant tout une riposte à l'agriculture biologique, relayée par la FNSEA, une partie de la grande distribution et les industriels de l'agro-alimentaire et visant à promouvoir un ensemble de pratiques meilleures mais pour l'instant encore vagues. En fait, l'agriculture raisonnée est beaucoup moins contraignante et en même temps plus rentable que l'agriculture biologique, définie par un cahier des charges strict, précis et exigeant. On attend donc de cette agriculture raisonnée qu'elle ait défini son cahier des charges pour se faire à son sujet un jugement plus pertinent. André Pochon préfère, lui, parler d'agriculture... paysanne : une approche moins chimique, basée sur des pratiques infiniment plus respectueuses de la nature et de la terre !

Toutes ces initiatives se développent sous l'invocation de deux maîtres mots : *sécurité* et *qualité* alimentaires. Après bien des scandales alimentaires en série, de la « vache folle » aux poulets à la dioxine, des épidémies de listériose à l'alimentation du bétail par des boues d'épuration et aux menaces que représentent le bœuf aux hormones ou les poulets aux antibiotiques, les crises se succèdent, provoquant par médias interposés de véritables phobies alimentaires. Or, il faut éviter de dériver sur ce terrain et d'affoler les populations par des alertes successives, réitérées et hypermédiatisées qui risquent ou d'endormir la vigilance de chacun ou de disqualifier par une mise en cause prématurée des producteurs ou industriels sans qu'ait toujours été prouvé le bien-fondé des soupçons dont ils font l'objet.

Il n'en reste pas moins que l'application du principe de précaution s'impose désormais à l'alimentation. Mais il ne s'applique pas de la même manière de part et d'autre de l'Atlantique. Aux États-Unis, un produit est considéré comme bon *a priori* tant que sa nocivité n'a pas été scientifiquement démontrée ; cette logique est symbolisée par l'affaire du bœuf aux hormones que l'Europe s'obstine, à bon droit, à ne pas vouloir accueillir sur son territoire, quitte à consentir de lourds sacrifices sur ses propres produits agricoles d'exportation en direction des États-Unis. En Europe, au contraire, l'innocuité du produit doit être prouvée *a priori*. Les États-Unis assument les risques. L'Europe préfère la sécurité.

Je rejoins entièrement Jean Glavany, ministre de l'Agriculture, lorsqu'il écrit :

« La mission confiée il y a quarante ans par l'Europe à notre agriculture était de nourrir l'Europe à bon marché. Soutenue en cela par les industriels, l'agriculture française a magistralement relevé ce défi et est devenue la première d'Europe, la deuxième du monde, et le consommateur a pris l'habitude d'une alimentation peu chère. Ce contrat passé entre l'Europe et ses agriculteurs est aujourd'hui dépassé. Non seulement parce que l'Europe est autosuffisante, voire excédentaire, dans la plupart des secteurs, mais aussi parce que le système d'aides publiques bâti pour encourager l'acte productif a progressivement provoqué des effets pervers : concentration des exploitations, désertification rurale, chute de l'emploi agricole, atteinte à l'environnement et à la qualité des produits. Mais la sécurité du consommateur et la diversité des produits n'ont pas été sacrifiées : les produits sont plus sains, plus sûrs aujourd'hui qu'hier. Et si des crises se déclenchent, c'est surtout parce qu'aujourd'hui les contrôles sont plus efficaces. Avec la nouvelle Loi d'orientation agricole, il s'agit de reconnaître qu'au-delà de sa fonction de production, qui restera essentielle, l'agriculture participe à l'emploi, à la valeur ajoutée des produits, au respect de l'environnement, à l'occupation harmonieuse du territoire. Il s'agit, après le règne de la quantité produite, de prendre le virage de la qualité [1]. »

Et le ministre d'ajouter, révolutionnant en cela les pratiques de cinquante ans de syndicalisme agricole :

« C'est afin d'inciter à cette nouvelle façon de produire que j'ai décidé de réorienter en partie les aides publiques reversées à l'agriculture au profit de cette diversité agricole : plafonner les aides que perçoivent les très gros exploitants (30 000 à peine sur 680 000) pour mieux soutenir la petite et moyenne exploitation familiale. »

C'est donc bien d'une véritable révolution du monde agricole qu'il s'agit, et les agriculteurs l'ont parfaitement compris. La vigoureuse résistance au « bœuf aux hormones » et aux organismes génétiquement modifiés (OGM) s'inscrit dans ce recadrage en faveur de la qualité. Mais une telle stratégie suppose qu'on module sérieusement la libération des échanges telle que la conçoivent les experts de l'Organisation mondiale du commerce (OMC). Les préoccupations environnementales et de santé publique doivent être prises en compte dans ces débats au même titre que les critères d'ordre strictement économique. Telle est en particulier la conclusion de la conférence des Nations unies sur la biodiversité, tenue à Montréal en janvier 2000 : elle insiste sur la pertinence du principe de précaution dans les échanges internationaux ainsi que sur la nécessaire prise en compte des effets socio-économiques — notamment de l'impact pour les pays du Sud — d'arrivées massives d'OGM qui risquent de déséquilibrer totalement les économies locales.

Il est significatif que les réactions citoyennes s'expriment avec une telle vigueur à propos des

---

1. *Le Monde,* 3-4 octobre 1999.

OGM, mais également pour tout ce qui concerne la sécurité alimentaire : contre la standardisation liée à la mondialisation, le secteur agricole est à la pointe du combat. Alors que l'économie planétaire ne cesse, du fait des progrès foudroyants des technologies, de voir remis en cause ses grands équilibres, il est remarquable que ce soit au sein du monde agricole que la contre-offensive voie le jour et s'étende. Lorsqu'on dit les Français « soucieux de savoir ce qu'ils ont dans leur assiette », on ne fait qu'exprimer leur refus, chaque jour plus affirmé, de se voir imposer des « progrès » et des produits non souhaités et non choisis. La contre-offensive menée par les ONG à Seattle en novembre 1999, sous la houlette de José Bové et grâce au vaste regroupement en réseaux qu'autorise désormais le développement d'Internet, a fait monter des profondeurs des terroirs une assurance citoyenne sur laquelle il faudra désormais compter. Les gouvernements l'ont bien compris — les européens, en tout cas — et portent désormais à la sécurité alimentaire une attention encourageante.

9

Les effets pervers de la chimie : goélands homosexuels et tortues transsexuelles...

L'histoire commence en 1968 en Californie. Ralph Schreiber, du Muséum d'histoire naturelle de Los Angeles, repère sur une île des nids de goélands contenant un nombre inhabituel d'œufs. D'ordinaire, ces oiseaux couvent rarement plus de trois œufs ; cette fois, une proportion notable des nids en abritent quatre, voire cinq. Une seule hypothèse possible : deux femelles ont pondu dans le même nid.

Quelques années plus tard, George et Molly Hunt, de l'université de Californie, confirment ces faits et démontrent qu'il arrive en effet que des femelles cohabitent et partagent leur nid. Bref, elles se mettent bel et bien en ménage !

Des faits analogues ont été découverts au sein d'autres colonies de goélands vivant sur les Grands Lacs, ainsi que dans des colonies de sternes au large du littoral du Massachusetts. Poussant leur enquête plus avant, les scientifiques ont découvert que la plupart des œufs de ces nids ne donnaient pas de petits... Il est ainsi apparu que les femelles nichant ensemble dans la région des Grands Lacs avaient développé une quasi-homosexualité par manque de mâles, ces derniers ne manifestant aucun intérêt pour l'accouplement ou se révélant purement et simplement incapables de se reproduire. En effet, la plupart des « nids homosexuels » n'étaient pas fécondés.

Quelques années plus tard, des phénomènes analogues sont observés sur les grands alligators qui peuplent le lac Apopca, un immense plan d'eau situé près de la ville d'Orlando, en Floride. Les scientifiques avaient l'intention d'en prélever les œufs pour approvisionner des élevages de ce reptile réputé pour son cuir. Mais on s'est alors aperçu que ces reptiles ne donnaient que peu d'œufs et que ces derniers n'éclosaient que dans une proportion de moins de 20 %, à la différence de ceux des alligators d'autres lacs de Floride. De surcroît, la moitié des animaux nouveau-nés dépérissaient rapidement et mouraient au bout de quelques jours. Les chercheurs firent alors le lien avec un accident survenu en 1980 dans une usine établie à proximité du rivage et qui avait déversé dans le lac de fortes quantités de substances chimiques, notamment un insecticide, le dichophol, proche du DDT. À l'époque de l'accident, 90 % des alligators avaient péri. Mais, depuis lors, les eaux du lac avaient retrouvé leur pureté, et l'on avait donc du mal à comprendre pourquoi les sauriens qui y vivaient présentaient de tels problèmes de reproduction. On les examina et on découvrit une forte réduction du pénis chez la plupart des mâles, leurs testicules présentant en outre divers défauts anatomiques.

En cherchant les causes de ces perturbations, on découvrit dans le sang de ces malheureux mâles des concentrations hormonales proches de celles des femelles : notamment trop d'œstrogènes (hormone femelle) et trop peu de testostérone (hormone mâle). De leur côté, les femelles présentaient des concentrations d'œstrogènes deux fois trop élevées.

Poussant plus avant leurs investigations, les scientifiques découvrirent que les tortues avaient elles aussi subi des dommages considérables : en particulier, les mâles brillaient par leur absence, puisqu'on ne trouvait dans le lac que des tortues femelles ou transsexuelles !

Une troisième série d'observations fut effectuée sur le puma de Floride en vue de déceler les causes du déclin rapide de sa population. Suite au décès d'une femelle, on s'intéressa aux fauves survivants, soit en tout et pour tout une cinquantaine d'individus. Et l'on découvrit que de nombreux mâles étaient stériles. Les analyses sanguines révélèrent chez eux de graves perturbations de l'équilibre hormonal. Ces mâles semblaient féminisés et l'on constatait une réduction significative de la concentration des spermatozoïdes dans leur sperme.

Ces constatations convergentes conduisirent à mettre en accusation des produits chimiques alors abondamment déversés dans la nature, parmi lesquels figuraient en bonne place le DDT, les PCB et les dioxines.

Le DDT a commencé sa carrière en 1938 et fut rapidement promu au rang d'insecticide miracle. Douze ans plus tard, Franck Lindeman, de l'université de Syracuse, découvrit que ce produit semblait provoquer des effets œstrogènes lorsqu'on l'administrait à de jeunes coqs. Quand les poulets mâles atteignaient la maturité sexuelle, leur crête restait pâle et atrophiée, d'une taille plus que modeste ; quant à leurs testicules, ils étaient cinq fois plus petits que la normale. Bref, ces jeunes mâles s'étaient singulièrement dévirilisés par ingestion de DDT. Mais bien qu'ils aient révélé les premiers indices d'un dérèglement hormonal produit par une substance chimique de grande consommation, ces travaux tombèrent rapidement dans l'oubli.

D'autres substances chimiques très utilisées, les PCB (polychlorobiphényles), série comptant plus de 200 composés, devaient à leur tour attirer l'attention des chercheurs. Introduits sur le marché dès 1929, les PCB connurent une carrière fulgurante : ininflammables et très stables, on ne leur trouva aucun défaut, et les premiers tests de toxicité furent négatifs. Aussi la compagnie Monsanto entreprit-elle de les produire à grande échelle. L'industrie électrique en consomma de grandes quantités pour rendre ininflammables les transformateurs à l'intérieur des bâtiments. De même rendaient-ils le bois et le plastique ininflammables : d'où leur utilisation dans les immeubles. Ils entrèrent également dans la composition des peintures, des vernis, mais aussi des insecticides. On ne savait pas encore à l'époque qu'ils allaient devenir les polluants les plus répandus au monde.

C'est le chimiste danois Sören Jensen qui finit par se rendre compte que ces produits étaient présents partout : très stables, ils ne se décomposaient pas et se retrouvaient par conséquent dans la mer, dans la chair des animaux... et jusque dans les cheveux de sa femme et de sa petite fille ! Théo Colborn a insisté à son tour sur leur extrême dispersion dans la nature ; on peut en trouver « dans tous les endroits imaginables : dans le sperme d'un habitant de l'État de New York, dans le caviar le plus fin, dans les graisses d'un nouveau-né du Michigan, chez les manchots de l'Antarctique, dans le thon servi dans un restaurant de Tokyo, dans les pluies de mousson tombant sur Calcutta, dans le lait d'une jeune mère française, dans la graisse d'un cachalot du Pacifique sud, dans un fromage de Brie, dans un loup pêché en Méditerranée au cours d'un week-end d'été... Comme la plupart des produits chimiques persistants, les PCB sont des voyageurs au long cours [1] ».

Puis on s'aperçut que ces PCB omniprésents possé-

---

1. Théo Colborn, *L'Homme en voie de disparition?*, Terre Vivante, 1997.

daient des propriétés œstrogènes, comme le DDT, et qu'ils s'accumulaient à travers la chaîne alimentaire selon des processus migratoires longs et complexes aboutissant à la chair des animaux situés en fin de chaîne, comme les super-prédateurs ou l'homme lui-même : en se nourrissant de viandes déjà chargées en ces produits, l'être humain accumule en effet dans ses lipides des proportions impressionnantes de ces corps.

On s'est aperçu ensuite que l'exposition prénatale du fœtus à ces substances contenues dans le corps de la mère était particulièrement dangereuse, notamment à certaines périodes précises de son évolution. Le fonctionnement des hormones normales se trouve perturbé par ces « imposteurs » qui prennent leur place sur leurs récepteurs biologiques ou vont se coller anormalement sur l'ADN, favorisant les anomalies génétiques, comme le montre bien Gilles-Marie Séralini [1].

Ainsi s'expliquaient les étranges perturbations constatées sur les alligators, les pumas, les goélands et les tortues. Mais une question se posa alors avec insistance : et l'homme, dans tout ça ?

La réponse des scientifiques n'est guère réjouissante. Les expositions prénatales à ces molécules mimant les œstrogènes naturels ou toxiques sur l'ADN aboutissent à compromettre de manière très pernicieuse la vie de la descendance. Les spécialistes ont aussi montré que ces polluants se transmettent par le lait maternel. C'est en effet par son lait que la mère élimine une partie de ces produits très rémanents, stockés dans ses graisses. Les bébés sont donc exposés à des concentrations de substances dangereuses plus fortes qu'à n'importe quel autre stade de leur vie. Selon certains chercheurs, durant six mois d'allaite-

---

1. Gilles-Marie Séralini, *Le Sursis de l'espèce humaine,* Belfond, 1997.

ment, un bébé européen ou américain reçoit cinq fois la dose maximum de PCB autorisée pour un adulte !... Le fait que l'on en soit venu à suspecter le lait maternel contaminé par une déplétion des graisses chimiquement chargées de la mère, puis les effets de ce lait sur le nourrisson qui absorbe avec lui des teneurs élevées en molécules indésirables, illustre toute l'étendue du problème. En général, le lait de vache est moins « chargé » : végétariennes, les vaches consomment une alimentation moins fortement contaminée que les viandes animales qui ont déjà accumulé des teneurs élevées de substances toxiques par suite de la position des animaux correspondants en fin de chaîne alimentaire. Mais si les vaches se trouvent à proximité des fumées d'incinérateurs, génératrices de dioxines, ou dans des champs « surtraités » en pesticides, on peut faire le constat inverse.

La situation n'est guère plus brillante en ce qui concerne les dioxines, massivement utilisées comme défoliants par les Américains au Vietnam. Les Vietnamiens ont amplement protesté contre les nombreuses atteintes à la santé constatées dans leur pays après l'épandage massif de ces défoliants — récriminations et chiffres que l'Amérique n'a cessé de minimiser. À la suite d'une intoxication survenue à Times Beach, dans l'État du Missouri, on sait aujourd'hui que la dioxine perturbe le système immunitaire et provoque des dysfonctionnements cérébraux, notamment chez les filles — ce qui laisse à nouveau supposer un impact hormonal. Jusque-là, la dioxine était surtout considérée comme une molécule cancérigène ; le débat se déplaça alors de ces risques, déjà dûment attestés, vers les conséquences sur le développement et la reproduction. Ainsi la dioxine n'apparaît-elle plus seulement comme une cause de cancers, mais aussi comme une molécule susceptible de perturber le fonctionnement des hormones naturelles.

À l'arrière-plan de toutes ces affaires, on retrouve toujours la hantise du cancer, donc des effets cancérogènes supposés ou démontrés de certaines molécules chimiques produites et libérées dans l'environnement. Fort longtemps, ces effets ont masqué d'autres pathologies, notamment celles que nous venons d'évoquer, résultant de la propriété de certaines molécules de « mimer » les œstrogènes. Mais on a peu à peu fini par réaliser qu'un très grand nombre de substances chimiques étaient de nature à endommager gravement le système reproducteur tant chez l'animal que chez l'homme. Le système de reproduction masculin, par la multiplicité phénoménale des cellules sexuelles qu'il abrite, apparaît ainsi comme un indicateur sensible de la qualité de l'environnement. Et l'on comprend mieux alors la montée continue des cancers des testicules, de la prostate ou du sein, entre autres.

Dans tous les pays industrialisés, on observe en effet une augmentation régulière du cancer des testicules, affection qui touche essentiellement les hommes jeunes. De leur côté, des chercheurs britanniques ont relevé en Angleterre un doublement du nombre de cas de testicules « non descendus » entre 1962 et 1981. Des cas similaires ont également été signalés dans d'autres pays, notamment en Suède et en Hongrie. Or les hommes dont les testicules ne « descendent » pas courent un risque accru de développer un cancer. Et les anomalies de la sphère génitale à la naissance sont aussi en recrudescence chez les jeunes garçons, notamment en France.

Les vingt dernières années ont également vu une augmentation considérable des cancers de la prostate qui représentent aux États-Unis 27 % de la totalité des cancers. Entre 1973 et 1991, cette augmentation a été constante, d'environ 4 % par an. Si l'amélioration des techniques de dépistage explique en partie cette évolution, il n'en reste pas moins vrai que ce type de cancer est en progression alarmante.

Plus préoccupante encore est l'évolution de la fréquence du cancer du sein, cancer numéro un chez la femme. On sait aujourd'hui que ce risque est corrélé à la durée d'exposition des femmes aux œstrogènes, donc au temps écoulé entre la puberté et la ménopause : une puberté trop précoce, une ménopause trop tardive sont donc des facteurs de risque que les substances chimiques à propriétés œstrogéniques augmentent. Depuis 1940, l'incidence de ce cancer augmente de 1 % par an dans tous les pays industrialisés ; mais, entre 1980 et 1987, il a augmenté de 32 % aux États-Unis. Il y a un demi-siècle, une Américaine sur vingt était atteinte ; aujourd'hui, c'est le cas d'une sur huit...

Tout récemment, un groupe de chercheurs a confirmé l'incidence hormonale des œstrogènes de synthèse sur la survenue de cette maladie. Ils ont émis l'hypothèse que ces produits à propriétés œstrogéniques agissent en se liant aux récepteurs normaux des œstrogènes ; ces récepteurs, bloqués par une molécule non physiologique, se fixent sur l'ADN et viennent bouleverser son fonctionnement. Ainsi s'accrédite de plus en plus l'idée que ces molécules à propriétés œstrogéniques, intervenant dès la vie fœtale, mais aussi par l'allaitement, entraînent des troubles multiples, notamment des phénomènes de féminisation, des perturbations de l'appareil reproducteur ainsi que des cancers.

Parmi ces phénomènes de féminisation, la réduction de la densité des spermatozoïdes dans le sperme humain n'est certes pas l'un des moindres. La première synthèse proposée à ce sujet, publiée en septembre 1992 par le Danois Niels Skakkebaek [1], regroupait les données antérieures. Elle relevait que le

---

1. R. Sharye et N. Shakkebaek, *Lancet,* n° 341, pp. 1392-1395.

nombre moyen de spermatozoïdes produits par les hommes en bonne santé avait diminué de 45 % entre 1940 et 1990, passant de 113 millions à 66 millions par millilitre de sperme. Dans le même temps, le volume de sperme émis à chaque éjaculation avait décru de 25 %, ce qui tendait à faire chuter encore davantage le nombre effectif de spermatozoïdes.

À l'époque, ces études ont été vivement critiquées par une fraction de la communauté médicale. Il en est résulté de nouvelles recherches qui sont venues confirmer les assertions du scientifique danois. Le professeur Jacques Augier a publié une étude réalisée à Paris de 1973 à 1992 et qui a confirmé ces résultats [1]. Les risques sont particulièrement élevés chez les hommes très exposés aux pesticides : horticulteurs, arboriculteurs, pépiniéristes. De son côté, l'équipe du Dr Heederik, de Wageningen (Pays-Bas), a montré tout récemment que les taux de succès de la fécondation *in vitro* se trouvent très réduits chez ces populations masculines particulièrement « à risque ». Mais tout cela ne correspond pas encore à la vision médicale dominante, même si la plupart des scientifiques de la spécialité sont tout à fait conscients du problème.

La liste des dommages causés par les molécules chimiques à propriétés œstrogéniques comporte également certains troubles comportementaux dans la mesure où, parmi ces produits, d'aucuns, comme les PCB ou la dioxine, affectent la thyroïde et le système nerveux. Même à très faibles doses, ils sont susceptibles d'altérer les facultés d'apprentissage et de provoquer de graves modifications du comportement comme, par exemple, une hyperactivité — ce que des expérimentations sur différents types d'animaux ont nettement confirmé.

---

[1]. J. Augier et coll., *New England Journal of Medecine,* 1995, n° 332 (5), pp. 281-285.

Ce bilan déjà fort lourd est encore aggravé par le fait que ces toxiques diminuent les défenses immunitaires de l'organisme. C'est ainsi qu'on a fini par expliquer les hécatombes de phoques constatées en mer du Nord à partir de la fin des années 1980. Les autopsies effectuées en Hollande montrèrent que ces animaux avaient succombé à des maladies infectieuses. Des phénomènes analogues furent constatés au Danemark, en Norvège, en Écosse et en mer d'Irlande. En décembre 1988, le bilan approchait les 18 000 morts, soit plus de 40 % de la population totale des phoques de mer du Nord. Tout récemment, plusieurs milliers de phoques se sont échoués sur les rives de la mer Caspienne sans que les causes de cette hécatombe aient pu être élucidées.

On sait aujourd'hui que ces mammifères marins comptent parmi les animaux les plus vulnérables, car ils accumulent les pesticides dans leur chair durant des temps très longs. À force d'entreposer ces molécules toxiques dans leurs graisses, ils étaient devenus fragiles, et désormais incapables de se défendre contre les agressions bactériennes.

Cette fragilité, ils la partagent avec des oiseaux piscivores qui, situés eux aussi en fin de chaîne alimentaire, accumulent dans leurs tissus des proportions impressionnantes de substances toxiques. Ainsi, par exemple, pour le DDT utilisé comme insecticide contre les larves aquatiques de moucheron, on trouve des teneurs de 0,014 partie par million dans l'eau, et de 5 parties par million dans le phytoplancton. Cette proportion augmente dans le zooplancton et, plus encore, chez les poissons prédateurs de ce plancton où elle peut atteindre 200 parties par million, pour culminer à 2 500 parties par million chez les grèbes qui dévorent ces poissons et chez lesquels on a observé des phénomènes de mortalité très supérieurs à la normale.

Mais revenons aux phoques, aux marsouins ou aux dauphins qui connurent à la fin des années 1980 des extinctions massives : 10 000 phoques morts dans le lac Baïkal en 1987 ; 700 dauphins recueillis morts sur la côte Est des États-Unis en 1988 ; 18 000 phoques morts en mer du Nord au cours de cette même année, soit des pertes représentant parfois jusqu'à 60 % des populations locales ; entre 1990 et 1993, plus de 1 000 dauphins échoués sur les côtes méditerranéennes. Dans tous les cas, les animaux avaient succombé à des infections bactériennes ou virales. Leur autopsie prouva que leurs lipides étaient lourdement chargés en PCB, dont on a dit combien ils affaiblissent les défenses immunitaires.

Ce qui est arrivé aux oiseaux piscivores ou aux animaux marins pourrait-il aussi se produire chez les humains ? Car nous sommes une espèce également située en fin de chaîne alimentaire, donc qui accumule les molécules toxiques sans discontinuer et sur une durée d'autant plus importante que nous sommes aussi une espèce gratifiée d'une grande longévité. Pour ces deux raisons combinées, l'humanité devrait être très menacée. Faute de pouvoir expérimenter sur l'homme, il est difficile de savoir si nous sommes déjà entrés dans ces processus pervers et, si oui, dans quelles proportions. Certes, nous sommes d'ores et déjà menacés par ces divers cancers qui nous effraient tant ; mais le sommes-nous aussi déjà d'hermaphrodisme, comme ces bélugas, grands dauphins à tête ronde, pouvant atteindre jusqu'à 6 mètres de long, qui s'échouèrent en 1989 sur les rives du Saint-Laurent, au Québec ? L'autopsie devait révéler sur eux la présence simultanée d'organes sexuels mâles et femelles : un béluga arborait en effet deux testicules et deux ovaires. L'animal, dont l'âge, estimé par les anneaux de l'émail des dents, s'élevait à 26 ans, était donc né au début des années 1960, époque où la pollution du Saint-Laurent atteignait son maximum. Bien que celle-ci ait considérablement diminué, l'animal en portait encore les stigmates dans son corps. On découvrit aussi un jeune béluga qui contenait plus de 500 parties par million de PCB : dix fois plus que le niveau jugé dangereux selon les normes canadiennes !

La prise de conscience de ces effets pathogènes est relativement récente et leur ampleur demeure encore largement sujette à controverses. Car, depuis des décennies, la quasi-totalité de l'effort de recherche s'est concentrée sur le cancer, les substances chimiques étant classées par l'Union européenne en trois catégories : celles que l'on sait cancérogènes pour l'homme, celles dont on a de fortes présomptions de penser qu'elles le sont, et celles au sujet desquelles on s'interroge. Si la deuxième liste est particulièrement bien fournie, la première reste relativement squelettique ; car il est souvent très difficile d'affirmer preuves à l'appui, comme ce fut très clairement le cas pour l'amiante, que telle ou telle substance est effectivement cancérogène pour l'homme. Sauf dans le cas d'accidents repérés par la médecine du travail, qui signent sans contestation possible le caractère cancérogène d'une molécule, il n'existe, faute de pouvoir expérimenter sur l'homme lui-même, aucun moyen sûr pour mettre en évidence de telles propriétés. Grands manipulateurs de pesticides, les agriculteurs sont peu contrôlés par la médecine du travail, de sorte qu'on en est réduit à extrapoler à l'homme les effets constatés sur diverses espèces animales ou à tester en laboratoire d'éventuels effets mutagènes ou cancérogènes. Mais, là encore, ce type d'extrapolation est incertain et aucune molécule n'a fait l'objet de tests systématiques portant sur ses éventuels effets endocriniens.

L'ensemble des thématiques évoquées ici ne sont

donc encore que très insuffisamment prises en compte par la science. Depuis que la chimie a fait irruption dans notre vie quotidienne, la production de substances synthétiques a connu un essor foudroyant : elle a été multipliée par 350 entre 1940 et 1982 ! Pas moins de 100 000 produits chimiques différents sont en vente de par le monde, auxquels s'ajoutent chaque année 1 000 substances nouvelles, mises sur le marché alors que la plupart n'ont pas même été véritablement testées. Le marché mondial des insecticides représentait 2,5 millions de tonnes en 1989 pour environ un millier de produits. Malgré l'interdiction du DDT dans la plupart des grandes nations industrielles, celui-ci continue d'être largement utilisé dans les pays en voie de développement. Bref, face à une inflation de produits anciens ou nouveaux qui se comptabilisent en millions de tonnes, les moyens scientifiques mis en œuvre pour les évaluer sont dérisoires. Aussi l'Union européenne a-t-elle programmé d'ici à 2002 la réévaluation de 5 000 substances qui devront être testées selon de nouvelles normes, y compris pour ce qui concerne leurs propriétés œstrogéniques. Nous sommes ici devant un cas typique de décalage entre productions économiques et dispositifs employés pour tenter de les contrôler alors que leurs effets pervers risquent de ne se faire jour que des décennies après leur mise sur le marché. Tel est le temps nécessaire pour que se manifestent chez le fœtus les troubles résultant de l'imprégnation des fameux « imposteurs hormonaux » qui apparaissent chez l'individu jeune ou adulte. Tel est aussi le temps nécessaire pour que ces substances s'accumulent dans les chaînes alimentaires, jusqu'à atteindre des proportions inquiétantes chez les super-prédateurs en fin de chaîne, voire chez l'homme dont la longévité constitue un facteur particulièrement défavorable. Il a ainsi fallu environ trois décennies pour prendre conscience des dangers du DDT. Et plus encore pour réaliser les désastreux effets du tabac dans l'apparition des cancers du poumon [1].

Plus de trois millions de tonnes du seul DDT ont été dispersées dans la biosphère depuis la découverte de cette molécule. Comme le temps de « demi-vie » — c'est-à-dire la durée nécessaire à la destruction de la moitié des quantités de cet insecticide présentes dans les biotopes — excède souvent 20 ans, il en subsistera des quantités appréciables dans les milieux qu'il a contaminés pendant plus d'un siècle après son interdiction.

Selon l'OMS, l'usage des pesticides causait, à la fin des années 1980, plus de 20 000 morts par intoxication aiguë et entre un et trois millions d'intoxications diverses chaque année, essentiellement parmi les populations rurales du tiers-monde.

Depuis le Sommet de la Terre réuni à Rio en 1992, l'arsenal juridique s'est enrichi du fameux « principe de précaution » qu'il convient absolument d'appliquer à toute nouvelle molécule mise sur le marché en la soumettant notamment à des tests rigoureux qui s'inspirent de ceux mis en œuvre pour jauger les médicaments. En résulteraient l'élimination de très nombreuses molécules suspectes et une production plus modeste de produits dont l'utilité et l'innocuité seraient assurées grâce aux moyens les plus sophistiqués de la science contemporaine. Une vraie révolution, on en conviendra! Et beaucoup de travail en perspective pour les écotoxicologues.

Mais, tandis qu'on assiste à un certain déclin de la chimie de synthèse — il devient lourd, pour les popu-

---

[1]. On estime que la chimie engendre environ 10 % des cancers, 60 à 70 % si l'on y intègre le tabac et l'alcool. Le reste est imputable à une mauvaise hygiène alimentaire, avec de fortes prédispositions génétiques.

lations animales mais aussi humaines, d'assumer le poids des effets nuisibles de trop nombreuses molécules —, on voit se profiler à l'horizon un autre âge de la chimie : celui de la chimie de la vie, des manipulations génétiques, des plantes et animaux transgéniques, etc., un âge où le mythe du gène vient se substituer à celui de la molécule. Instruits de ce que nous savons désormais, il serait gravement imprudent de se lancer dans ces nouvelles voies sans tenir compte des enseignements tirés de l'observation des phénomènes ici décrits, et sans appliquer avec une extrême rigueur et de manière impérative le principe de précaution à ces nouvelles chimères que l'on nous promet et que l'on nous prépare.

Bref, il convient d'avoir la main moins lourde en chimie — mais aussi la main plus sûre dans le choix des molécules retenues — et ce avant de foncer dans l'aventure du « tout-transgénique » dont nous savons déjà la multitude de problèmes qu'elle soulève.

10

Les dérives du génie génétique

L'histoire du génie génétique appliqué à l'agriculture est indissociable de celle de la firme Monsanto, devenue aujourd'hui le symbole de toutes les aventures et de toutes les dérives scientifiques, sociales et politiques d'un capitalisme sûr de lui et dominateur. Cette histoire a été reconstituée avec minutie par *The Ecologist,* revue emblématique du mouvement écologique britannique, et reprise dans un supplément spécial de *Courrier international*[1], auquel nous empruntons les informations qui suivent.

Monsanto, l'une des premières entreprises mondiales de chimie, est née avec le siècle à Saint Louis, dans le Mississippi. Son nom est associé à une étonnante série de catastrophes et de scandales, de procès et de condamnations qui jalonnent son histoire.

En 1947, un cargo français explose à Galveston, au Texas, devant une usine Monsanto : 500 morts. Dans les années 1960, les polychlorobiphényles, les fameux PCB, manifestent leur aptitude à s'accumuler dans les chaînes alimentaires : la morue de l'Arctique contient des taux de PCB quarante-huit millions de fois supérieurs à l'eau de mer ; chez l'ours polaire, qui

---

1. *Courrier international,* 1er-7 juillet 1999.

s'en nourrit, ces taux sont encore cinquante fois plus élevés. Dans les années 1960-1970, comme nous l'avons dit, on montre parallèlement que ces PCB, qui possèdent des effets cancérigènes, sont de surcroît responsables de toutes sortes de désordres immunitaires ainsi que de troubles du développement fœtal et de la reproduction. Or les PCB, c'est Monsanto.

Depuis 1976, ces produits sont interdits aux États-Unis, mais leur centre mondial de fabrication d'East Saint Louis, dans l'Illinois, est aujourd'hui une ville sinistrée de par le nombre de décès *in utero,* de naissances prématurées, de cas de mortalité natale et d'asthme infantile. La ville voisine de Times Beach, dans le Missouri, est encore plus mal lotie : elle a dû être évacuée en 1982 sur ordre fédéral tant elle était contaminée. Mais, en l'occurrence, Monsanto fut « miraculeusement » mis hors de cause : de notoriété publique, sous la présidence de Ronald Reagan, l'Agence américaine de l'environnement (EPA) était de connivence avec l'entreprise au point qu'au bout de deux ans, Ann Gorsuch Bruford fut contrainte de démissionner de la présidence de l'Agence. Or on savait déjà, en 1982, que la contamination était due à la dioxine, autre molécule symbole du « pouvoir Monsanto ».

Les employés de la firme n'étaient d'ailleurs pas mieux traités ; les troubles constatés chez les ouvriers exposés aux dioxines étaient soigneusement dissimulés. Pendant la guerre du Vietnam, Monsanto fournissait en effet à l'armée américaine le fameux « agent orange », un défoliant censé faciliter le repérage dans la jungle des forces ennemies. Mais l'agent orange de Monsanto contenait bien plus de dioxine que celui fourni par une firme rivale, la Dow-Chemical ! D'où le versement de dommages et intérêts s'élevant à quelque 80 millions de dollars, versés aux vétérans intoxiqués par ce défoliant. Pourtant, Monsanto a tout fait pour cacher la contamination de bon nombre de ses produits par les dioxines, soit en la taisant, soit, pis encore, en fournissant au gouvernement de fausses données ou des échantillons truqués destinés aux analyses. Ce qui explique amplement la « douceur » de la réglementation américaine sur les pesticides, notait en 1990 Mme Jenkins, juriste à l'Agence. Quant aux centaines de salariés malades, ils étaient purement et simplement exclus des études sanitaires.

Vint le « Round up », l'herbicide Monsanto, le plus vendu au monde, que la firme qualifiait de « biodégradable » et d'« écologique » avant d'être condamnée en 1998 pour publicité mensongère du fait de ces allégations scientifiquement infondées. Ce ne fut là que la dernière en date de toute une série de condamnations de Monsanto aux États-Unis, ce qui ne l'empêcha nullement de poursuivre ses campagnes de publicité en Europe sur ce même thème de la biodégradabilité.

Monsanto a aussi à son actif la fabrication par transgenèse bactérienne de l'hormone de croissance destinée à accélérer la prise de poids et la lactation du fameux « bœuf aux hormones ». Malgré de nombreuses constatations scientifiques, la puissante Food and Drug Administration donnait, en 1994, le « feu vert » à la firme pour la commercialisation de cette hormone. On sait depuis lors que les vaches traitées à l'hormone de croissance présentent dans leur lait des proportions très augmentées de l'hormone naturelle IGF1, hormone qui favorise les cancers du sein, de la prostate et du côlon, tous en nette augmentation [1].

Aujourd'hui, la firme de Saint Louis cultive avec un zèle quasi missionnaire la religion du « tout-transgénique », mariant non sans habileté une sorte de

1. *The Lancet,* 9 mai 1998, et *Science,* 23 janvier 1998.

messianisme salvateur à l'égard des populations affamées et un intérêt certain pour les bonnes affaires... La « bonne affaire suprême » consisterait à s'assurer le marché mondial des graines par une situation de quasi-monopole résultant de toute une série de rachats de semenciers, et d'inféoder les agriculteurs du monde entier en leur vendant des semences pourvues du fameux gène « Terminator », c'est-à-dire productrices de plantes devenues incapables de fournir des graines fertiles, donc susceptibles d'être ressemées. Une agriculture stérile, mais fertilisée par les audaces innovantes de Monsanto qui, année après année, mettrait sur le marché de nouvelles plantes transgéniques afin de prévenir la fâcheuse tendance que manifestent les insectes à acquérir des résistances aux insecticides.

Car ces plantes constituent souvent en elles-mêmes de vrais insecticides, comme le très célèbre maïs transgénique : il contient entre autres une partie d'un gène, issu d'une bactérie, qui le rend capable d'élaborer dans ses tissus l'insecticide naturellement produit par ladite bactérie (Bt). Une stratégie qui n'est pourtant pas toujours payante, comme on l'a vu avec le naufrage du coton Bt de la firme, qui l'a contrainte à retirer du marché ses semences de coton et de verser des millions de dollars de dédommagement aux agriculteurs du sud des États-Unis. Trois d'entre eux, qui avaient refusé un accord à l'amiable, « à l'américaine », se sont vu attribuer 2 millions de dollars par le Mississippi Seed Administration Council. Le coton en question, censé être insecticide, était infesté de parasites, germait mal et présentait de multiples malformations !

Mais rien n'y fait : le discours de Monsanto ne varie pas malgré quelques reculs tactiques sur le gène « Terminator », par exemple. Il est vrai que les appuis ne lui manquent pas et que la firme a une singulière propension à intégrer à son conseil d'administration les personnalités les plus influentes des États-Unis, ou, en sens inverse, à instiller dans les administrations fédérales des hommes à elle. C'est ainsi qu'en mai 1997, Mickey Kantor, responsable de la campagne électorale de Bill Clinton en 1992, puis représentant officiel du Commerce américain lors du premier mandat de celui-ci, est entré au conseil d'administration de la firme. Et Marcia Hale, ancienne assistante personnelle de Clinton, a assuré les relations publiques de Monsanto au Royaume-Uni. En 1996, la firme a très généreusement alimenté le fonds (légal) destiné à financer la campagne de Clinton pour son second mandat. Pratiques courantes aux États-Unis, mais qui, de ce côté de l'Atlantique, feraient scandale.

Le vice-président Al Gore, pourtant connu pour ses déclarations et ses écrits sur la protection de l'environnement, se prononce lui aussi en faveur des plantes transgéniques en reprenant à son compte l'argument de l'industriel selon lequel celles-ci diminueraient le recours aux pesticides... Et pourtant, les ventes de Round Up par Monsanto ne cessent de croître ! Il est vrai que les plantes transgéniques tolérantes au Round Up, comme le soja, le colza ou le coton, laissent aux agriculteurs le champ libre pour arroser copieusement leurs plantations avec cet herbicide, supposé ne tuer que les mauvaises herbes. Les bonnes, elles, le tolèrent : entendre par là qu'elles l'assimilent dans leurs tissus, de sorte qu'à l'instar du maïs devenu insecticide, elles deviennent, elles, des « plantes aux pesticides ». Aux pesticides ou bien à leurs métabolites, que risque d'ingérer des années durant le consommateur sans que, toutefois, le moindre dossier d'évaluation de leur toxicité chronique ne figure dans les demandes d'autorisation de mise sur le marché. On connaît pourtant la fâcheuse tendance des pesticides à s'accumuler dans la chaîne alimentaire [1].

Qu'en sera-t-il du Round Up ou de ses dérivés ? Mieux vaudrait explorer à fond cette hypothèse avant d'inonder le monde de ces plantes « relookées » par les soins de Monsanto. Mais une telle entreprise engendrerait des retards à la commercialisation et des frais de recherches incompatibles avec la culture de la transgénèse, déclarée sans danger et sans risque par ses zélateurs. Des pétitions de principe à prendre sous toutes réserves, quand on considère le passé chargé de l'entreprise !

L'ambition de cette dernière est d'ailleurs clairement affirmée par son président, Bob Shapiro : voir se confirmer la « loi Monsanto ». Une loi qui aurait l'infaillibilité d'une loi de la physique et selon laquelle les hautes technologies de l'information, appliquées au génie génétique, permettraient de doubler chaque année le nombre de produits — entendre : plantes et pesticides — innovants. Alors que les plantes transgéniques de première génération ne résultaient que de la manipulation d'un seul gène, les nouvelles plantes de deuxième et troisième générations contiennent déjà plusieurs gènes manipulés à la fois, de manière à changer radicalement leurs propriétés.

Ainsi, jouant au docteur Faust, les apprentis sorciers de Monsanto annoncent-ils sans vergogne l'avènement d'une « nouvelle nature », issue tout entière de leurs propres œuvres. Car tel est bien le dessein ultime de la firme : imposer au monde ses nouvelles plantes sans verser aucune larme sur celles qui ne manqueraient pas de disparaître sous la pression

---

1. On se reportera sur ces thèmes à l'ouvrage de Gilles-Marie Séralini, *OGN : le vrai débat,* Flammarion, coll. « Dominos ».

compétitive des nouvelles arrivantes. Qu'importe, après tout, que les femmes indiennes utilisent plus de 150 espèces de plantes comme légumes ou fourrage, et bien davantage encore comme médicaments ! Dans le seul État indien du Bengale occidental, 124 espèces de « mauvaises herbes » des rizières sont employées à des fins diverses par les agriculteurs. Mieux encore : leurs collègues de l'État de Veracruz, au Mexique, utilisent 229 espèces de la flore et de la faune sauvages pour leur alimentation. Pour Monsanto, toutes ces espèces sont appelées à disparaître sous les épandages de Round Up, au profit des tristes monocultures de soja et de maïs transgéniques... Monsanto !

L'heure est venue de mettre un terme à cette dérive. Partout dans le monde, agriculteurs et consommateurs s'élèvent contre cette « folie innovante » soufflant de l'ouest, qu'ils n'ont pas voulue. Il n'est pas question d'instruire ici le procès des plantes transgéniques, de dresser la liste des risques qu'elles font courir à l'environnement, à la santé et à l'organisation sociale ; cela a déjà été fait dans deux ouvrages antérieurs [1]. En revanche, six ans après la mise sur le marché de la première tomate transgénique aux États-Unis, il est possible d'esquisser un état des lieux : la tomate transgénique a disparu du marché américain car boudée par les consommateurs, et la contestation menée par Jeremy Rifkin [2] et de multiples associations de consommateurs s'est amplifiée au rythme exponentiel du développement des cultures transgéniques aux États-Unis.

L'Europe boude et a implicitement décidé, le 25 juin 1999, de ne plus autoriser pendant au moins

---

1. Jean-Marie Pelt, *Plantes et aliments transgéniques,* Fayard, 1998 ; *Génie génétique : des chercheurs citoyens s'expriment,* Sang de la Terre, 1997.
2. Jeremy Rifkin, *Le Siècle biotech,* La Découverte, 1998.

deux ans la commercialisation de nouveaux organismes génétiquement modifiés. Sans adopter formellement le moratoire réclamé par de nombreux scientifiques [1], elle s'est probablement ralliée à un moratoire de fait. Une position que le Parlement européen nouvellement élu a fâcheusement assouplie, sous la pression des lobbies industriels, en avril 2000.

Au Brésil, la loi exige des tests scientifiques approfondis visant à protéger la flore indigène de toute pollution génétique consécutive à l'échange de gènes entre espèces transgéniques et naturelles. Au sein de l'Organisation mondiale du commerce, le débat est ouvert. À Montréal, en janvier 2000, la Convention des Nations unies sur la biosécurité, réunissant plus de 130 pays, a déclaré recevables les limitations à la commercialisation internationale des plantes transgéniques lorsqu'elles sont justifiées par des soucis sanitaires et d'environnement, ou par celui de protéger la biodiversité des pays du Sud.

Les États-Unis n'ont pas ratifié cette convention. Jusqu'à quand pourront-ils tenir obstinément leur position, consistant à refuser tout étiquetage sélectif et à mélanger sans aucune discrimination les graines des plantes transgéniques à celles qui ne le sont pas, au mépris de toute lisibilité, traçabilité et transparence des filières de production et, plus encore, du consommateur qui exige de savoir ce qu'il mange ?

Tout donne aujourd'hui à penser que le génie génétique, en s'impliquant à ce point dans la sphère agroalimentaire, s'est engagé dans une voie périlleuse, peut-être sans issue à long terme. Il a ouvert une nouvelle rubrique dans la série déjà fournie des diverses formes de pollution en donnant naissance à ce nouveau concept de « pollution génique ». Dans le même

---

1. *Appel des scientifiques pour un contrôle du génie génétique,* lancé le 28 mai 1996 à Paris.

temps, il a rouvert un débat philosophique et éthique de fond sur les relations de l'homme avec la nature, en rejetant avec insolence l'apport culturel de toutes les grandes traditions qui ont vu dans la nature l'alliée privilégiée de l'homme, non un vulgaire matériau inerte, extérieur et étranger à ce dernier, taillable, corvéable et surtout manipulable à merci.

Il est significatif que, parallèlement à ce débat, un autre se développe sur la « brevetabilité du vivant ». Tout le bel édifice de la production de plantes transgéniques s'écroulerait en effet aussitôt si des brevets ne venaient protéger et stimuler la rentabilité de ces innovations. Jusqu'au début des années 1980, la doctrine en matière de brevets était solidement établie : il était hors de question de breveter une espèce vivante, car celle-ci faisait partie d'un patrimoine naturel inaliénable et non appropriable. Une première entorse à ce principe apparut lorsque les États-Unis accordèrent en 1980 un brevet destiné à protéger une bactérie transgénique censée contribuer activement à la digestion du pétrole disséminé par les marées noires. Encore est-ce la Cour suprême de Washington qui força la main en l'occurrence au PTO, l'organisme attributaire des brevets. La première brèche était ainsi ouverte dans le principe jusque-là tacitement admis de la non-brevetabilité du vivant. Mais il ne s'agissait que d'une bactérie, non « d'une souris ou d'un lapin », avait fait valoir la Cour suprême dans ses attendus.

À la suite de cette décision prise par la juridiction suprême des États-Unis, le 14 octobre 1980, l'entreprise Gentech mit sur le marché un million d'actions à 35 dollars pièce : vingt minutes plus tard, le cours de l'action grimpait à 89 dollars alors qu'aucun produit n'avait encore été commercialisé ! Mais l'extension du principe de brevetabilité aux êtres vivants laissait espérer de juteux profits et mettait en branle le processus de la « révolution biotechnologique ».

Quelques années plus tard, en 1987, le PTO décréta que tous les organismes vivants — y compris les animaux — étaient désormais brevetables. Et, dès 1988, il attribua un brevet à une souris génétiquement modifiée par intromission d'un gène humain qui la prédispose au cancer et qui en fait, du coup, un animal de laboratoire particulièrement précieux pour la recherche en ce domaine. La souris, qui avait été « inventée » par un biologiste de Harvard, Philippe Leder, fut aussitôt produite sous licence par la société Dupont.

Le principe de la non-brevetabilité du vivant étant désormais relégué aux oubliettes de l'Histoire, l'industrie s'engouffra dans cette brèche et l'on vit alors apparaître des brevets génériques attribués aux entreprises agro-alimentaires. C'est ainsi qu'une des filiales de Monsanto se vit attribuer un brevet « couvrant *toutes* les graines et *tous* les plants de coton contenant un gène recombiné » (c'est-à-dire génétiquement modifié). Mais les entreprises concurrentes objectèrent que « conférer à une seule multinationale une capacité de contrôle sans précédent sur les principales cultures de base de la planète revient à lui reconnaître un monopole de fait inacceptable ». Le PTO revint alors sur sa décision, et l'affaire est actuellement plaidée devant la juridiction d'appel compétente.

Plus spectaculaire encore est l'audacieuse démarche de J. Craig Venter qui, après avoir dirigé une équipe de recherche sur le génome humain dans le cadre d'un institut de santé publique américain, a quitté le secteur public au profit d'une société privée et déposé aussitôt des demandes de brevet portant sur plus de 6 500 gènes ! L'affaire fit scandale dans les milieux scientifiques américains où l'on reprocha à ce chercheur non seulement de vouloir tirer bénéfice de recherches menées dans le secteur public, mais aussi de prétendre breveter des gènes dont il ne savait pas encore quelles propriétés réelles de l'organisme ils codaient... Cela déclencha néanmoins l'admiration de la presse et de bon nombre de scientifiques. En revanche, Watson, prix Nobel et découvreur de la double hélice de l'ADN, dénonça ces demandes de brevets comme pure folie.

N'empêche qu'à ce jour, plusieurs milliers de gènes font déjà l'objet de brevets. Le PTO a considéré en effet que tout être vivant est brevetable en tout ou partie, l'homme y compris (à condition toutefois de ne pas le breveter « entièrement », car cela irait... à l'encontre du XIIIe amendement de la Constitution américaine interdisant l'esclavage!). Une position extrême qu'a visé à tempérer une déclaration commune de Bill Clinton et Tony Blair se prononçant contre la brevetabilité des gènes humains, lesquels appartiennent à leurs yeux au patrimoine commun de l'humanité — déclaration confortée ensuite par les autorités compétentes d'autres pays engagés dans des recherches sur le génome humain. Telle est aussi la position de notre Académie des sciences, et celle de l'UNESCO.

En effet, plusieurs laboratoires américains avaient dû interrompre leurs recherches sur des gènes brevetés par Myriad Genetics : le brevetage systématique, en bloquant les thèmes de recherche, ne pouvait que retarder, voire stériliser l'effort en ce domaine. Il n'empêche, la « rage de breveter » peut passer tout entendement : des demandes de brevets ont été déposées sur des bactéries dangereuses dans le seul but de toucher des royalties sur les vaccins qui pourraient en dériver !

De même, « accepter la brevetabilité des semences, c'est créer un privilège inouï pour quelques grandes multinationales. C'est considérer qu'il faut les protéger de la concurrence que leur fait la nature en reproduisant gratuitement les semences dans le champ du paysan. Cela équivaudrait, selon la comparaison désormais classique et chère à Pierre Berlan, à faire barricader portes et fenêtres pour complaire aux marchands de chandelles ou d'électricité mécontents de la concurrence déloyale du soleil !... À l'heure où la FAO recommande l'agriculture biologique comme modèle d'agriculture durable et engage d'importants programmes à l'échelle mondiale pour son développement, on peut s'étonner que politiques et réglementations, comme toujours décalées de la réalité, aillent presque toutes dans le sens d'une industrialisation accrue de l'agriculture et prêtent main-forte à ce qu'il ne faut pas craindre d'appeler un hold-up planétaire sur les ressources génétiques [1] ».

Par ailleurs, l'industrie pharmaceutique et agroalimentaire a pris conscience des immenses ressources que représente le savoir des sociétés traditionnelles en ce qui concerne les propriétés thérapeutiques des plantes utilisées depuis la nuit des temps par les tradipraticiens. L'industrie — Monsanto en tête — a donc entrepris d'inventorier systématiquement ce savoir, puis est allée jusqu'à breveter des espèces végétales dont les effets étaient pourtant connus non seulement par les chamans ou guérisseurs qui les utilisaient depuis toujours, mais par la communauté scientifique elle-même. Il en est ainsi du margousier ou *neem* [2], connu de la médecine ayurvédique depuis deux mille ans.

Les feuilles de *neem* sont actives dans la lutte contre les moustiques, les mites et tous les insectes menaçant les récoltes. En Inde, on place des branches de *neem* dans les habitations, et les propriétés de

---

1. Extrait du texte de l'*Appel contre la brevetabilité des êtres vivants,* lancé à l'initiative d'Ecoropa.
2. *Azadirachta indica.*

l'arbre sont exploitées depuis fort longtemps par des industriels locaux. En 1976, le principe actif, l'azadirachtine, est isolé par un chercheur allemand. En 1992, bien que tous ces faits soient connus et publiés, la société W.R. Grass, arguant de la mise au point d'un procédé d'extraction et de stabilisation qui préserve l'azadirachtine de sa dégradation, dépose un brevet visant à l'exclusivité de la fabrication d'un insecticide à base de *neem*. La société indienne, qui utilise depuis des dizaines d'années des processus similaires, n'a évidemment jamais déposé de brevets, considérant que la plante et son principe actif appartenaient au domaine public. Cette affaire, qui a scandalisé les Indiens, est actuellement plaidée devant les instances internationales. Car comment imaginer qu'un Indien utilisant le *neem,* ne serait-ce que pour ses usages personnels, doive subitement reverser des royalties à une société américaine devenue détentrice des droits sur l'espèce ?

Plus spectaculaire encore est l'affaire de l'*Ayahuasca* [1], plante culte des Indiens d'Amazonie, au cœur de leurs pratiques chamaniques. Pour l'Occidental, l'*Ayahuasca* n'est qu'une plante hallucinogène parmi d'autres; mais, pour l'Indien, elle ouvre l'accès au monde du ou des esprits; elle lui permet en outre d'accéder à la connaissance des plantes et de leurs propriétés thérapeutiques. Transposé dans la culture occidentale, le fait de breveter l'*Ayahuasca* revient non seulement à breveter une plante, mais à s'approprier le culte qui s'organise autour d'elle. Imaginerait-on de breveter le blé et, du même coup, l'hostie consacrée ?... Et pourtant, le blé transgénique se dessine aux États-Unis à l'horizon 2002.

L'attribution de ce brevet a suscité de très vives réactions dans le milieu indien. Désormais organisés

---

1. *Banisteriopsis caapi.* Malpighiacées.

en associations de défense et de sauvegarde, les Indiens ont riposté avec la dernière énergie contre cette spoliation. En 1999, leurs délégués, appuyés par des avocats spécialisés, ont obtenu de Washington le retrait du brevet. Il est probable que l'affaire fera jurisprudence et amènera le PTO à plus de prudence dans l'octroi des brevets.

La question du bien-fondé de la brevetabilité des êtres vivants continue à se poser avec acuité. Le droit international stipule que, « pour breveter, il faut prouver la nouveauté, l'évidence et l'utilité de l'invention présentée ». Or, ici, deux thèses s'affrontent : celle de la brevetabilité à tout-va, qui postule que le vivant peut être l'objet de vraies inventions; et celle, plus prudente, qui considère qu'en ce domaine on peut certes découvrir, mais on ne saurait rien *inventer*; et que ce que l'on découvre, c'est généralement ce qui fut mis au jour, bien avant nous, par les sociétés traditionnelles lorsqu'il s'agit, par exemple, de plantes à usage thérapeutique entrant dans leur propre pharmacopée. De même, le code génétique étant désormais bien connu, peut-on vraiment considérer comme une invention le transfert d'un gène d'une espèce à une autre? Manifestement, il s'agit plutôt d'une *manipulation*, et, en ce sens, le concept de « manipulation génétique » dit bien ce qu'il veut dire!

En fait, le droit international limite dès à présent l'exploitation des espèces vivantes à des fins industrielles et commerciales. La Convention de Washington, signée en 1973 et ratifiée en 1982 par la Communauté européenne ainsi que par 130 autres pays, organise la protection des espèces animales et végétales menacées de disparition; le CITES, organisme découlant de cette convention, réglemente les droits et les limites de commercialisation des espèces vivantes. D'autre part, la Convention sur la diversité biologique, élaborée en 1992 au Sommet de la Terre, à Rio, elle aussi ratifiée par l'Union européenne, dispose que les États sont responsables de la conservation de leur diversité biologique et de l'utilisation durable de leurs ressources. Ils ont donc un droit souverain d'exploiter leurs richesses génétiques potentielles. Dans le cas où des coopérations avec des sociétés industrielles seraient mises en œuvre, des contrats doivent lier les deux parties en vue d'un juste et équitable partage des retombées financières de l'exploitation de ces ressources. La mise en œuvre de ces deux conventions devrait permettre à l'avenir une meilleure gestion des ressources naturelles, de ce fameux « or vert » sur lequel l'industrie des biotechnologies fonde son avenir, et contribuer ainsi à mieux équilibrer les rapports Nord-Sud : car l'essentiel des ressources naturelles appartient aux climats tropicaux, donc aux pays du Sud.

Quant aux plantes, aux animaux — et, qui sait, peut-être un jour aux hommes transgéniques —, la question de savoir s'ils sont de réelles inventions, au sens où l'entendent depuis plus d'un siècle les organismes attributaires de brevets, reste ouverte. De quel droit pourrait-on breveter un gène en tant que tel, qui fait partie de la nature au même titre qu'une espèce ? Tel est le combat qui oppose actuellement partisans et adversaires de l'idée selon laquelle tout le vivant est brevetable. De l'issue de cette confrontation dépendra l'avenir du génie génétique appliqué à l'agroalimentaire et à la pharmacie. Le moins qu'on puisse dire est qu'il s'est attribué, par l'obtention de brevets génériques, un pouvoir exorbitant d'appropriation sur le monde vivant. Ce qui doit déboucher sur une condamnation très ferme de ce type de brevet. Après le tâtonnement actuel, où les jurisprudences se mettent peu à peu en place, devrait être trouvé un compromis acceptable qui respecte intégralement les droits des sociétés traditionnelles et des États sur leurs propres ressources. Quant aux limites à fixer aux brevets d'organismes issus de la transgénèse, elles restent à définir, mais devraient néanmoins s'inspirer de cette idée très forte que si un gène issu de la nature ne devrait pas être brevetable, l'OGM qui le contient ne devrait pas l'être davantage. Seules les *techniques* mises en œuvre pour réaliser une transgénèse pourraient être brevetables quand elles représentent une novation indiscutable.

L'aventure survenue à un homme d'affaires californien, John Moor, illustre bien les dérives actuelles. Il apprit par des indiscrétions que certaines parties de son corps avaient été brevetées à son insu par l'université de Californie et cédées sous licence à la société pharmaceutique Sandoz (aujourd'hui Novartis) ! John Moor souffrait d'une forme rare de cancer. Au centre hospitalier universitaire qui le soignait, on avait découvert que sa rate fabriquait une protéine sanguine stimulant la croissance des globules blancs, précieux agent anticancéreux. On avait donc isolé une lignée cellulaire issue des tissus de la rate de John Moor, lignée que l'université avait fait breveter comme étant son « invention »...

Cet épisode extraordinaire, relaté par Jeremy Rifkin [1], est pour le moins surprenant lorsqu'on sait que la « propriété » de la lignée cellulaire en question est estimée à... 3 milliards de dollars ! John Moor a donc décidé d'attaquer l'université de Californie en revendiquant un droit de propriété sur ses propres tissus. En 1990, il a perdu son procès devant la Cour suprême de Californie ; celle-ci a émis un jugement stupéfiant selon lequel l'intéressé ne détenait aucun droit de propriété sur les tissus de son propre corps !... Manière inattendue d'offrir son corps *de vivo* à la science afin qu'elle en tire ensuite de juteux profits.

---

1. Jeremy Rifkin, *Le Siècle biotech, op. cit.*

Quelles parades opposer à de telles dérives ? D'abord revenir à une éthique scientifique faite de probité et de rigueur, qui exige la publication des travaux dans les périodiques spécialisés, en sorte qu'ils tombent alors dans le domaine public et ne sont plus brevetables. Ce qui suppose une recherche puissante et indépendante qui ne soit pas sous la coupe des seuls intérêts privés. En ces temps où les vents dominants gonflent les voiles de l'ultralibéralisme, une vraie gageure !

La rage du « tout-gène » évoque ce que fut, il y a un quart de siècle, le mythe impérieux du « tout-nucléaire ». Elle est aujourd'hui aux biotechnologies le pendant de ce que représente Internet dans le domaine des technologies de la communication. Ainsi, il ne se passe pas de semaine sans que la presse relate à grands renforts de superlatifs les perspectives prodigieuses de la thérapie génique. Ici on identifie un gène impliqué dans le vieillissement des mammifères ; un autre serait « à l'origine des troubles cardiaques » ; un autre encore est censé protéger le cœur en générant de nouveaux vaisseaux coronariens. Et la fidélité ne serait-elle pas une affaire de gène ? On aurait même découvert un gène responsable de l'homosexualité, puis un autre impliqué dans les processus cognitifs, etc.

La recherche s'emballe, mais aussi la bataille entre secteur public et secteur privé, car la génétique, à l'aube du XXIe siècle, c'est un peu la quête du Graal. Des milliers de chercheurs sont mobilisés pour déchiffrer les trois milliards de « lettres » qui forment le Grand Livre de la vie, c'est-à-dire les trois milliards de paires de base qui s'enchaînent dans un ordre précis le long de l'ADN des vingt-trois paires de chromosomes humains. Une course de vitesse effrénée est engagée entre Céléra-Génomix, associé au géant Perkin-Elmer, un consortium privé, et diverses institutions de santé publique, aux États-Unis et en France notamment, bien décidées à tailler des croupières au privé en publiant sans les breveter les gènes du génome humain. Mais, quand celui-ci sera entièrement décrypté — ce qui, à l'heure où j'écris, est imminent —, la partie ne sera pas gagnée pour autant. Il faudra que la science se donne les moyens d'intervenir efficacement dans le traitement des maladies génétiques ou autres, et c'est là que le bât blesse. Car les essais de thérapie génétique en cours ne sont guère encourageants, et rien ne se passe tout à fait comme voudraient nous le faire accroire les animateurs du Téléthon qui, chaque année, déversent sur les chaumières un torrent de superlatifs vantant les miracles de ces nouvelles thérapeutiques. Malheureusement, des miracles, à ce jour, il n'y en a eu qu'un seul, à l'hôpital Necker où l'on a pu extraire des enfants de leurs bulles protectrices après leur avoir restitué des processus immunitaires. Résultat encourageant, mais au prix de combien d'échecs ?

En l'espace de dix ans, pas moins de 400 essais ont été réalisés, impliquant plus de 3 000 patients et des milliers de chercheurs dans des centaines de laboratoires publics ou privés. Tous furent des échecs, à l'exception d'un seul, portant sur un trouble circulatoire aigu, aux États-Unis. Ce qui conduit le professeur Penchaski, rédacteur en chef de la revue *Médecine-Science,* à se prononcer en faveur d'un moratoire : « Nous avons besoin de réfléchir, de mettre en commun les données pour comprendre dans chaque essai ce qui a pu clocher [1]... » À ses yeux, l'une des causes les plus criantes de l'échec de ces essais est « le manque de compétences dans des domaines de science classique : physiologie, physiopathologie, pharmacologie, chirurgie expérimentale ; des domaines délaissés au profit de la génétique... »

---

1. *Libération,* 3 décembre 1999.

Bien que l'on sache aujourd'hui manipuler gènes et cellules, on est encore peu avancé dans l'intégration de ceux-ci à l'organe et à l'organisme animal ou humain. De surcroît, on a beaucoup de mal à prévoir les effets d'une greffe de gènes. C'est pourquoi le National Institute for Health (NIH) — l'organisme fédéral de la Recherche médicale américaine — avait déjà appelé, en 1995, à un moratoire. Mais les sociétés de biotechnologie, financées par du capital-risque levé en Bourse, ont pesé si fort en sens contraire que cet appel n'eut aucun succès. Pourtant, six personnes sont décédées au cours de ces essais, et la célèbre Food and Drug Administration (FDA) s'est montrée ici tout aussi laxiste qu'elle le fut vis-à-vis de la production de plantes transgéniques.

En ce domaine plus qu'en tout autre, l'imbrication des intérêts financiers et de la recherche est extrêmement forte. Aux États-Unis, les petites sociétés de biotechnologie sont moins préoccupées de fabriquer de nouveaux médicaments ou de réussir une nouvelle thérapeutique que de « faire du brevet » afin d'accroître leur valeur marchande pour se faire ensuite racheter à meilleur prix par de grandes multinationales. Le lancement d'un essai fait monter le cours des actions, mais, si un décès survient, il sera systématiquement occulté, car il aurait des effets financièrement désastreux. En France, la situation est différente, car la recherche y est encore rarement menée par des *start-up,* du moins dans le domaine de la génétique, bien que les pouvoirs publics les encouragent.

Bref, en ce qui concerne les thérapies géniques, le tableau correspond assez exactement à celui que nous avons dressé pour les plantes transgéniques. Force est de constater que le génie génétique est d'abord une affaire d'argent. Les résultats sont encore modestes, mais les profits escomptés gigantesques. D'où une spéculation effrénée sur les marchés boursiers qui commencent pourtant à bouder les biotechnologies, car on a fini par prendre conscience qu'elles ne seront « payantes » qu'à très long terme, notamment en matière thérapeutique. À la folle espérance des débuts ont succédé un réalisme teinté de scepticisme, et, dans le même temps, l'effondrement des cours en Bourse !

Faut-il condamner la thérapie génique avec la même sévérité que les plantes transgéniques ? Certes non ! Elle représente sans nul doute un espoir thérapeutique considérable, à condition toutefois de ne pas prétendre se substituer aux autres voies classiques en les privant notamment des crédits nécessaires à leur propre progression. Comme le boursier ne met pas tous ses œufs dans le même panier, en particulier dans celui des biotechnologies, la recherche médicale serait gravement imprudente de tout miser sur le « tout-gène ». La pensée écologique, c'est d'abord la reconnaissance et le respect de la diversité non seulement dans la nature, mais aussi dans les stratégies déployées par l'homme pour se la concilier et s'en faire une alliée. Aussi la recherche, pour être féconde, doit-elle avancer simultanément sur plusieurs plans, sans négliger les disciplines classiques au profit du seul domaine de pointe. Car les progrès décisifs naissent généralement, à l'interface des disciplines, de leur confrontation et de leur symbiose.

11

Du bon usage des technologies

La science, nouvelle religion des temps modernes ? D'aucuns le pensent, ou du moins agissent comme si.

Pendant des millénaires, la vie sociale s'est organisée autour des grandes religions. L'homme d'Occident vivait au pied de son clocher, et la foi, relayée par l'enseignement de l'Église, était l'instance suprême qui guidait sa vie. Il en est encore ainsi en terre d'islam où la prière collective rassemble plusieurs fois par jour des foules innombrables. Mais le marxisme a fermé les églises et le capitalisme les a vidées ; le centre de gravité de toute vie s'est déplacé des valeurs spirituelles vers les biens matériels mis au service de chacun grâce aux progrès de la science.

L'activité scientifique se déploie en amont de toute l'organisation sociale. Ses découvertes et inventions génèrent une multitude d'innovations technologiques sur lesquelles se ruent les consommateurs, faisant ainsi tourner l'économie et la finance à un rythme d'autant plus rapide que ces innovations, précisément, le sont aussi. Il a fallu 14 ans pour passer du téléphone (1876) à la radio sans fil (1890) ; mais on a dû attendre les deux guerres mondiales pour que ces innovations se répandent. La télévision apparaît vingt ans plus tard, suivie de la chaîne hifi, du Minitel et du magnétoscope. Puis tout s'emballe : le téléphone manuel et analogique devient automatique et numérique, puis cellulaire. Après les lignes et les câbles, voici qu'apparaissent la fibre optique, les réseaux hertziens, les satellites, les messageries électroniques. Les cinq dernières années ont vu une véritable explosion dans le domaine des biotechnologies, avec l'arrivée massive des organismes génétiquement modifiés ou du clonage ; mais plus encore dans celui des technologies de la communication, avec le téléphone portable, Internet, la télévision satellitaire et ses bouquets numériques, le CD-rom, les jeux vidéo et tout l'arsenal du multimédia, cependant que ne cessait de monter en puissance l'équipement en ordinateurs des entreprises et des ménages.

La propagation des innovations est elle aussi de plus en plus rapide : entre le lancement d'une découverte et le franchissement de la barre d'utilisation par 50 millions d'usagers, il aura fallu 38 ans pour la radio, 16 pour les micro-ordinateurs, 13 pour la télévision, et 4 pour Internet ! Tandis que s'effacent les frontières nationales, de nouvelles frontières se créent avec les pays nombreux qui restent à la traîne. On dénombre 682 lignes téléphoniques pour 1 000 habitants en Suède, 640 aux USA, 560 en France, mais moins d'une ligne pour 1 000 en Afrique noire ou au Cambodge. De même, on compte 806 téléviseurs pour 1 000 habitants aux USA, 564 en France, mais seulement 4 au Népal et en Nouvelle-Guinée, 2 au Tchad et au Burundi. Effrayantes disparités au sein d'un monde qui fonctionne toujours plus à deux vitesses !

Mêmes observations pour ce qui concerne les micro-ordinateurs dont les capacités de stockage et de traitement doublent tous les dix-huit mois : en dix ans, leur puissance a été multipliée par mille et leur prix divisé par trois. Là encore, l'explosion est brutale (145 millions dans le monde en 1998, mais probablement 700 millions en 2001) et les disparités criantes : 408 pour 1 000 habitants en Suisse, 362 aux USA, 151 en France, 3 en Chine et 0 dans la plupart des pays africains. Croissance exponentielle des équipements et inégalités croissantes dans leur répartition : tel est le monde des technologies à l'aube du troisième millénaire.

La poussée accélérée de la science et de la recherche, l'extension prodigieuse des technologies qu'elles génèrent engendrent sous nos yeux une profonde révolution sociale et culturelle. On estime que le savoir humain double tous les dix ans et que la dernière décennie a produit plus de savoirs scientifiques que tout le reste de l'histoire humaine ! En science de la vie, le nombre de séquences d'ADN élucidées double tous les deux ans. Véritable tourbillon technologique : des pans entiers de l'industrie s'effondrent, des styles de vie traditionnels sont refoulés aux marges de la société, illustrant une nouvelle forme d'exclusion fondée sur le retard technologique ; ils sont remplacés par de nouvelles formes d'organisation sociale dominées par Internet et ses multiples services actuels et futurs ; ou, pour le dire plus simplement, on assiste à l'émergence d'une nouvelle société presque sans aucune référence à celle qui l'a précédée. Aurions-nous atteint la dernière étape de l'évolution humaine ?

Dans *The End of Science*[1], John Horgan estime que la grande époque des découvertes scientifiques est désormais derrière nous. Plus de grande révolution, plus de grande révélation dans le futur ; la science aurait pratiquement dit son dernier mot. On retrouve ici l'idée, chère aux physiciens de la fin du siècle dernier qui constataient déjà la fin de leur disci-

---

1. John Horgan, *The End of Science,* Ellipse Books, John Wiley, New York, 1996.

pline, que ce qui reste à découvrir est presque dérisoire par comparaison avec ce qui a déjà été découvert. Mais est venue au début du xxᵉ siècle la révolution quantique, qui a entièrement révolutionné la physique classique. Aussi est-il sans doute bien téméraire d'arrêter aujourd'hui la science aux frontières actuelles de la révolution biomoléculaire et génétique et de la révolution informatique. S'ouvre encore, presque inexploré, le champ infini de la conscience humaine d'où viendront demain, n'en doutons pas, des révélations et des révolutions peut-être autrement plus spectaculaires que celles qui bouleversent la science présente. Quant à la médecine, par exemple, il est manifeste qu'elle n'a toujours pas dit son dernier mot...

Mais le scientifique contemporain n'est plus seulement un chercheur curieux de découvrir les subtils agencements de la nature pour mieux en discerner le fonctionnement et s'en émerveiller, comme firent un Einstein découvrant la relativité ou un Jean Henri Fabre observant les insectes du Vaucluse. Source d'émerveillement, la science était alors aussi une activité gratuite. Elle est devenue aujourd'hui le théâtre d'innombrables manipulations par lesquelles nous prétendons modifier l'homme, la nature et la vie selon notre bon vouloir. La révolution biomoléculaire et génétique ne va-t-elle pas finalement nous donner la capacité quasi divine de manipuler la vie à notre guise ?

Voici que l'homme de science, insiste Michio Kaku dans *Visions* [1], devient un « chorégraphe de la matière, de la vie et de l'intelligence », une sorte de metteur en scène, un chef d'orchestre remodelant à sa guise l'agencement — à ses yeux décevant et insatisfaisant — de la nature et de la vie. Et de projeter à

---

1. Michio Kaku, *Visions,* Albin Michel, 1999.

l'horizon du XXIᵉ siècle ces multiples images du bonheur par la science et la technologie qui envahissent la littérature de science-fiction. Pourtant, Michio Kaku s'en défend. C'est bien de la futurologie qu'il entend faire lorsqu'il décrit en ces termes la vie idyllique d'un citoyen américain à l'orée des années 2020 :

« Vous n'avez aucun rendez-vous pour cette fin de semaine. L'idée vous prend de demander à Molly [1] de chercher les noms de toutes les personnes solitaires de la région, qui s'accorderaient à vos goûts et à vos passe-temps. Une liste de visages apparaît sur l'écran, accompagnée d'une brève description au bas de chaque image. "Bien, Molly, qui penses-tu que je doive appeler ? — Eh bien, je trouve les numéros 3 et 5 plutôt prometteurs. Leur taux de concordance avec vos centres d'intérêt est de 85 %..." Molly examine ensuite les traits du visage de chaque personne et opère quelques calculs sur leurs mensurations faciales : "En plus, je trouve que les numéros 3 et 6 sont plutôt séduisants, et n'oubliez pas le numéro 10. Bonne soirée", ajoute Molly... L'une des personnes que vous avez choisies dans la liste a accepté de sortir en votre compagnie... Par la suite, vous décidez tous deux d'aller chez vous regarder quelques vieux films : "Molly, j'aimerais voir *Casablanca*. Mais, cette fois, pourrais-tu remplacer les visages d'Ingrid Bergman et d'Humphrey Bogart par les deux nôtres ?" Molly charge le film et commence à reprogrammer toutes les occurrences des deux visages... »

Bref, le bonheur !...

À noter que, dans toutes les pages de la même eau, l'acteur de ces scènes n'entretient de relations « humaines » qu'avec Molly : on ne lui voit ni famille, ni enfants, ni amis, ni affects. Pour l'auteur,

---

[1]. Créature virtuelle issue de votre ordinateur.

l'homme idéal est couplé à son ordinateur, radicalement informatisé.

Il est vrai, à en croire Hugo de Garis, chercheur en intelligence artificielle [1], que le XXIe siècle sera dominé par des machines massivement intelligentes. À ses yeux, les intellects artificiels qui sont mis au point auront des pouvoirs démesurés qui risquent bien, un jour, de menacer l'espèce humaine. On sait combien le thème de l'intelligence artificielle et de ses incidences sur l'homme peut être controversé, et nous nous garderons bien, par pure incompétence, d'entrer dans ce débat. Il n'empêche que le problème est posé : l'ère des *cyborgs* n'est plus une affabulation de pure science-fiction. De plus en plus nombreux sont les spécialistes qui envisagent des êtres humains s'incorporant des composants pour devenir des hybrides entre le biologique, le mécanique et l'informatique, et acquérir ainsi des capacités surhumaines. Ces *cyborgs* ou autres *artilects* sont les produits d'une nouvelle synthèse, façonnée de main d'homme, entre la chair, l'esprit et la technologie. Des créatures dont on ne saura plus au juste si elles sont vraiment humaines, car, dès qu'on ajoute un petit « truc » à l'esprit humain, ne risque-t-on pas de devenir *autre chose* ? Toutes ces projections sur le futur ont néanmoins le même inconvénient rédhibitoire : elles ne tiennent jamais compte des probables réactions de *feed-back* issues des débats engendrés par leur émergence au sein de la société. Débats éthiques et moraux, débats sur leurs éventuels effets pervers, débats sur les bouleversements sociaux qu'elles risquent d'engendrer. Ce qui est scientifiquement possible n'est pas *ipso facto* socialement probable...

Pourtant, face aux élucubrations souvent démentielles de nos modernes apprentis sorciers, une ques-

---

1. *Le Monde,* 9 novembre 1999.

tion se pose, qu'il est impossible d'évacuer : l'homme ne risque-t-il pas de se détruire par le développement incontrôlé de l'hémisphère gauche de son cerveau, producteur de toutes ses « innovations » ? Ce cerveau ne serait-il pas *hypertélique* : n'exagérerait-il pas tel ou tel caractère, à l'instar de tant d'espèces qu'une affection semblable a fini par emporter ou a gravement pénalisées ? L'hypertélie — ou développement exagéré d'un organe ou d'une fonction — est une aberration des processus évolutifs. Les exemples en abondent dans la nature : le port et le développement de ses bois entravent le cerf dans sa course et affaiblissent l'un de ses moyens de défense, la fuite ; les pattes démesurées des tipules, insectes qui semblent montés sur échasses, rendent leur démarche maladroite et difficile : en les coupant d'un coup de ciseaux, on améliore la locomotion de ces diptères nés en quelque sorte infirmes... Bien des espèces handicapées par des organes hypertéliques ont disparu ou sont menacées (encore qu'il soit imprudent d'affirmer que l'hypertélie soit la cause — tout au moins la cause unique — de leur extinction) : éléphants accablés par la taille de leurs défenses, insectes à mandibules énormes, comme les lucanes, etc.

Qu'en sera-t-il de l'homme ? L'enjeu est d'autant plus de taille qu'au fil des millénaires, le néocortex humain n'a guère accru son pouvoir d'intégration par rapport aux autres couches cérébrales. Voilà donc l'humanité menacée pour n'avoir pas réussi l'évolution harmonieuse, coordonnée et sans heurts de l'organe qui fait précisément son originalité. Finira-t-elle asphyxiée par l'abondance et le poids des productions de son cerveau ? L'artificialisation croissante de l'environnement mettra-t-elle en péril les équilibres de la nature et de la vie ? L'hypersophistication des technologies finira-t-elle par nous y asservir totalement ? Quelque fou, particulièrement inapte à réguler sa « machine à penser », déclenchera-t-il un cataclysme planétaire ? Les paris sont ouverts : tout est possible, y compris les pires dérèglements.

Car les technologies ont des effets pervers qu'il convient absolument de maîtriser. L'ample débat engendré par la rapide diffusion des organismes génétiquement modifiés est sous-tendu à la fois par des questions scientifiques et par des concepts moraux et éthiques ; et ceci est plus vrai encore pour tout ce qui touche au clonage humain. Mais si les biotechnologies et le génie génétique font l'objet de vives polémiques, il n'en va nullement de même des technologies de l'information et de la communication. Le plus spectaculaire de leurs effets pervers fut, il est vrai, d'ordre économique : ce fut l'invraisemblable feuilleton du *bug* de l'an 2000, qui coûta aux entreprises et aux administrations françaises pas moins de 130 milliards de francs, échelonnés sur trois ans. Somme impressionnante lorsqu'on sait que les deux tempêtes des 26 et 27 décembre 1999 auraient coûté deux fois moins cher... sans pour autant passer inaperçues, comme l'affaire du *bug* qui n'a déclenché ni indignation, ni critique, ni la moindre interrogation sur la coupable imprévoyance des constructeurs de matériel informatique !

Ici, ni responsables ni coupables : il n'y a qu'à payer. Il est vrai que le *bug* et les stratégies déployées pour le circonscrire ont sérieusement dopé l'économie et s'inscrivent donc positivement parmi les causes de la croissance du produit national brut. Autre paradoxe de notre économie de cigale !

Et que penser de ces étranges virus qui contaminent nos ordinateurs avec la virulence du sida ? Parviendra-t-on à maîtriser cette pollution d'un nouveau genre, qui fragilise dramatiquement nos systèmes les plus performants et les plus sophistiqués ? Peut-on apprécier dès à présent l'étendue de cette menace qui risque de paralyser tous les rouages de la société ? L'avenir le dira.

Les effets éventuellement pervers des récentes avancées des technologies de la communication ne sont, eux aussi, que fort discrètement évoqués. Certes, on s'interroge sur ceux des téléphones portables. Les mobiles actuels fonctionnent avec des micro-ondes de 900 ou 1 800 mégahertz pour une puissance limitée à 2 watts. Quels sont leurs effets lors de leur application sur la tempe ? Il est, pour l'heure, impossible de se prononcer, les quelques études disponibles aboutissant à des conclusions contradictoires. Les recherches initiées sous l'impulsion de Motorola ont conclu à la parfaite innocuité de l'objet ; mais Motorola est un constructeur... L'Europe vient de mettre en train un vaste programme international de recherche intéressant pas moins de quatorze pays pour tenter d'élucider l'influence des micro-ondes sur le bon fonctionnement de la barrière hématoencéphalique — qui isole, dans le cerveau, le système nerveux du flux sanguin — et, surtout, sur d'éventuels effets cancérogènes. Avant que tous les résultats n'en soient connus (en 2004), la prudence exigerait de n'utiliser son portable qu'avec modération, en évitant autant que possible ces conversations vides et répétitives qui ponctuent désormais les relations de couple, entre amis ou copains, et davantage encore, semble-t-il, entre jeunes amoureux qui passeraient, dit-on, bien plus de temps à parler au téléphone qu'à... se taire dans l'intimité ! Un rapport britannique déconseille particulièrement l'utilisation du portable par les enfants, « plus vulnérables en raison de leur système nerveux en développement, de la grande absorption d'énergie dans les tissus de leur tête et d'une plus grande durée d'exposition durant leur vie ».

Même suspicion jetée sur les excès de manipulation d'Internet. Une étude scientifique très fouillée, menée aux États-Unis, sur la psychologie des internautes, montre le caractère délétère d'un usage immodéré du réseau. Les surfeurs invétérés sont plus fréquemment déprimés, même lorsqu'ils ne sont pas au départ sujets à la dépression. Et pas question, ici, d'imputer ces résultats à des organisations hostiles aux grands opérateurs, puisque cette étude, « Home Net », a été commanditée par Apple, Intel et Hewlett Packard. Le caractère virtuel des contacts par messagerie interposée n'apporte évidemment pas autant de chaleur ni de satisfaction que les rapports humains directs. Telle est la grande et banale leçon de cette étude à laquelle, il est vrai, on pouvait bien s'attendre !

L'étude a été effectuée par trois chercheurs sur 169 utilisateurs d'Internet de la région de Pittsburgh, en Pennsylvanie. Elle a été menée avec rigueur et a coûté un million et demi de dollars [1]. Le nombre et la durée des connexions au réseau étaient enregistrés. Les participants étaient appelés à répondre à des questionnaires psychologiques standardisés et à mesurer sur des échelles subjectives leur niveau de dépression, leur sentiment de solitude et leur isolement familial ou social relatif. Les résultats sont en vérité peu surprenants : les effets négatifs augmentent avec la durée d'utilisation. Mais une question se pose à propos de ces internautes déprimés : s'agit-il de sujets qui abandonnent peu à peu tout contact interpersonnel et deviennent donc secondairement déprimés ? Ou bien le fait de se trouver soudain en contact avec le monde entier donne-t-il un vertige existentiel à l'habitant de Pittsburgh ?

Ces études sonnent comme un signal d'alarme dans un univers mental bien peu préparé à recevoir la moindre critique relative aux technologies de la com-

---

1. *Le Figaro*, 1er septembre 1998.

munication. Tout laisse penser — et d'abord le simple bon sens — que la communication interpersonnelle reste absolument indispensable à l'être humain. Le cyberespace et le monde virtuel ne sauraient les remplacer.

D'où une idée simple qui finira bien par s'imposer : il convient de faire un bon usage des technologies ! Concept « politiquement incorrect » dans un contexte mental où tout nous pousse, au contraire, à nous goinfrer de technologies jusqu'à plus soif : qui n'est pas « accro » est ringard, qui parle d'autre chose est hors sujet. De fait, nous sommes, en la matière, dans ce que les biologistes appellent une période de « radiation évolutive » : une évolution foisonnante où l'innovation — ici d'ordre technologique — bourgeonne en tous sens et à toute vitesse. Le pire côtoie le meilleur, comme on le voit à la qualité si diverse des sites Internet, les meilleurs n'étant pas forcément les plus nombreux ! En fait, tout donne à penser que le tri se fera de lui-même, que d'innombrables sites et autres gadgets ultrasophistiqués tomberont aux oubliettes, que les engins se simplifieront pour aboutir *in fine,* par fusion de l'ordinateur, du téléviseur et du téléphone, à un seul écran, à quelques boutons, ou, mieux encore, à une simple commande vocale... Viendra alors le temps où la mode se fatiguera, où ces appareils perdront leur valeur symbolique valorisante et gratifiante, comme ce fut le cas des machines et des usines de la fin du XIXe siècle. La société de communication aura alors donné le meilleur d'elle-même... et il restera à en inventer une autre !

Il est peu probable que la science et les technologies puissent continuer indéfiniment sur leur lancée actuelle, entraînant dans leur sillage l'expansion économique et — avec certes des hauts et des bas — l'euphorie boursière. Lorsque cette vague puissante, qui durera sans doute plusieurs années encore, finira par retomber, il est à craindre que l'évolution s'inscrive alors en creux dans les paramètres économiques et financiers. Mais elle aura néanmoins réussi à tirer vers le haut, avec une efficacité vertigineuse, et grâce à ce qu'on appelle la « nouvelle économie », les affaires du monde. Ou plutôt les affaires... du monde des affaires !

Les innombrables questions que pose un tel déferlement ne manqueront pas d'animer débats et controverses. On l'a vu à propos des plantes génétiquement modifiées ; on l'a vu aussi lors de la conférence avortée de l'Organisation mondiale du commerce (OMC) à Seattle, en novembre 1999, où l'Organisation mondiale des citoyens, animée par José Bové, a fait déraper la réunion officielle, et où les organisations non gouvernementales (ONG), reliées en réseau par le Net, ont contribué à mettre en péril l'avenir des OGM.

OGM, ONG, OMC : sous l'étrange convergence des sigles se cache en réalité un nouveau défi pour la science et la démocratie. Au moins pour ce qui concerne les biotechnologies, le temps semble révolu où les chercheurs pouvaient se livrer à leur guise à des travaux dans leur laboratoire, responsables seulement devant leurs pairs, et, espérons-le, face à leur conscience, mais pas du tout devant l'opinion publique. Le débat sur les OGM a spectaculairement démontré que les citoyens, de mieux en mieux formés et informés, revendiquent eux aussi le droit d'exprimer leur opinion. D'où la naissance de ces « forums d'écocitoyenneté », forme nouvelle que pourrait prendre la démocratie à l'aube du troisième millénaire et dont les événements de Seattle ont constitué l'acte fondateur. L'heure n'est déjà plus où la démocratie se vivait seulement au rythme de mandats successifs confiés à des individus élus, et par là représentatifs, qui ont reçu mission pour cinq ou six ans de gérer les affaires de la cité. C'est qu'en l'espace de ces cinq ou six ans, des problèmes radicalement nouveaux surgissent — clonage, OGM... — qui, pour cette raison, ne peuvent être débattus au cours des campagnes électorales périodiques ; du coup, ils le sont en permanence, car les citoyens s'en saisissent spontanément : ils exercent alors sur leurs élus une pression telle qu'on a pu voir en Europe comment elle a su imposer — et rapidement ! — la prise en compte du « principe de précaution » pour tout ce qui touche à l'agriculture et à l'alimentation.

À l'avenir, il faudra donc que la science accepte que ses projets et paradigmes soient soumis à débat, et que l'opinion s'exprime sur les grands choix scientifiques sous-tendant l'organisation du futur. Des choix qui devront quitter les étroits cénacles où se dissimulent, technocratie invisible, ces anonymes gestionnaires de la science qui élaborent les grands programmes de recherche en dehors de toute information et de toute participation de l'opinion, voire des élus, souvent trop peu au fait de ces questions. Il faudra désormais savoir insérer dans les processus de décision les conférences de citoyens dites « conférences de consensus », destinées à rapprocher les points de vue. Car, en matière scientifique, la conscience est aussi dans la rue, face à la démission regrettable de tant de scientifiques dont les ressources viennent essentiellement de groupes privés et qui, pour cette raison, ne bénéficient pas toujours de toute la liberté souhaitable. Quant aux « experts », toujours péremptoires, rarement d'accord entre eux et souvent démentis, on les consultera « en panel », la décision ne devant en aucune manière échapper aux pouvoirs publics issus du suffrage.

Ainsi les rapports de la science et de la société devront-ils reposer désormais sur des bases éthiques infiniment plus rigoureuses. Car jamais le célèbre adage « Science sans conscience n'est que ruine de l'âme » n'a été d'une telle actualité. Et l'on se prend à rêver d'une science libre, gratuite, éprise du seul goût de la connaissance, contemplative, dirait-on même en songeant aux astrophysiciens : loin de pouvoir manipuler le cosmos, ceux-ci se contentent d'essayer d'en percer les secrets sans attendre de leur mission de mirifiques retombées économiques ; ils constituent le dernier bastion d'une science vraiment libre, financée par des fonds publics — fonds trop souvent « dérivés », hélas, pour le plus grand profit d'intérêts privés ! Pratique contestable, mais qui ne cesse de s'amplifier, ainsi que les deux exemples suivants vont l'illustrer.

Le premier concerne l'agriculture biologique, où l'effort de recherche est quasi insignifiant, des instituts publics de recherche spécialisés, tels que l'Institut national de la recherche agronomique (INRA), ayant investi beaucoup plus dans les applications du génie génétique à l'agriculture, et ce contrairement aux vœux de l'opinion telle qu'elle s'exprime à travers tous les sondages.

Le second concerne la santé : en matière de médicaments, la recherche s'oriente vers le traitement de maladies « solvables » et se détourne largement des maladies tropicales, pourtant si pénalisantes mais qui frappent des populations... au contraire non solvables !

Dans l'un et l'autre cas, il appartiendrait logiquement à la recherche publique de s'investir dans ces secteurs moins rentables à court terme, mais tout aussi urgents. Or, force est de constater que tel n'est pas le cas. Là aussi, un réel effort de moralisation s'impose, qui remette en question des habitudes dont les effets pervers sont évidents. Ultralibéralisme ou pas, les fonds publics levés par l'impôt ne sauraient être systématiquement placés au service d'intérêts privés. C'est tout au moins ce qu'exigerait le sens moral le plus élémentaire.

12

L'évolution biologique de l'homme... et de la femme

Les surprenantes évolutions biologiques qui « transsexualisent » les oiseaux ou les crocodiles vont-elles aussi toucher l'espèce humaine ? C'est une question que l'on est en droit de se poser en observant les singulières modifications morphologiques et sociologiques des hommes et des femmes de notre temps.

Un premier constat s'impose à l'évidence : la taille humaine ne cesse de croître. Ce fait est particulièrement manifeste chez les jeunes garçons dans l'ensemble des pays développés. Celle-ci, selon les spécialistes, aurait augmenté de sept centimètres en une seule génération !... Ces grands adolescents, minces et longilignes, sont en général plus grands que leurs pères, ainsi qu'on le voit avec Felipe, fils de Juan Carlos, roi d'Espagne, qui mesure 1,97 mètre, ou encore William, fils aîné du prince Charles d'Angleterre, qui a déjà dépassé son père, pourtant de haute taille. Ce mouvement d'allongement de la taille atteint également les jeunes filles, quoique dans de moindres proportions.

Les lits d'autrefois nous paraissent étrangement étriqués, témoignant de la modeste taille de nos ancêtres. Et que dire des sépultures du Moyen Âge ! Les fabricants se sont adaptés à l'« allongement » de nos contemporains : les lits ont pris vingt centimètres, rattrapant ainsi la taille mythique du lit du général de Gaulle... qui préoccupait tant les préfets chargés de l'accueillir dans ses déplacements officiels. Quant aux marchands de chaussures, ils voient les grandes pointures partir plus rapidement qu'autrefois, le 45 n'étant plus du tout exceptionnel parmi la nouvelle génération.

À cette évolution de la taille s'ajoutent des modifications non moins significatives comme celle des maxillaires, qui semblent au contraire se réduire. Jamais le champ d'application de l'orthodontie ne fut aussi vaste, ni donc aussi fréquentes les prothèses destinées à maintenir en place des dents trop souvent à l'étroit dans les cavités buccales destinées à les accueillir. S'il est vrai, malgré tout ce qu'on a pu dire, que « la fonction crée l'organe », le fait que cette génération a peu tété le sein maternel aurait-il fragilisé les mâchoires par manque d'exercice ? La tétine à gros trous demande tellement moins d'efforts de succion aux mandibules !

À ce rétrécissement fort significatif de la puissance maxillaire, d'aucuns croient pouvoir ajouter parallèlement une réduction de la taille des oreilles et du nez. Aimable plaisanterie ou observation pertinente ? De fait, il est plus rare, dans la nouvelle génération, de trouver des nez à la Cyrano ou des oreilles en feuilles de chou...

Il n'est pas possible de relier ces phénomènes dûment constatés à une cause unique qui les déterminerait ; sans doute plusieurs facteurs jouent-ils simultanément un rôle. Mais une hypothèse semble se préciser, qui impute l'augmentation de la taille à une sécrétion accrue de l'hormone de croissance, que plusieurs auteurs considèrent à son tour comme la conséquence d'une perturbation de la sécrétion de mélatonine. La mélatonine — hormone dont on parle beaucoup — est sécrétée par l'épiphyse durant la nuit, dans l'obscurité ; elle met alors en sommeil l'hypophyse, l'hypothalamus et les gonades, réduisant les sécrétions hormonales de ces glandes. Bref, l'épiphyse serait en quelque sorte un « troisième œil » qui « allumerait » ou « éteindrait » certaines fonctions hormonales essentielles selon le degré de luminosité. Or les champs électromagnétiques simulant les effets de la lumière perturbent le fonctionnement de l'épiphyse en réduisant sa sécrétion, et favorisent du même coup la production hormonale de l'hypophyse (hormone de croissance en particulier) et des gonades (hormones sexuelles). En résulterait une production exagérée de ces hormones.

Or les champs électromagnétiques auxquels nous sommes soumis n'ont cessé de se multiplier : téléviseur, rasoir électrique, four à micro-ondes, fer électrique ont été relayés par le téléphone portable et surtout l'ordinateur, utilisé des heures durant à une distance d'environ 50 centimètres de l'opérateur. Ces objets, auxquels s'ajoutent les ondes radio, omniprésentes et de plus en plus intenses, font désormais partie de notre quotidien et nous plongent dans des flux électromagnétiques d'une intensité encore jamais vue, réduisant du même coup la sécrétion de mélatonine. L'axe hypothalamo-hypophyso-gonadique ne serait donc plus freiné — d'où une augmentation de la sécrétion de l'hormone de croissance avec allongement de la taille (mais aussi d'œstrogènes, avec apparition de phénomènes de féminisation qui, du coup, auraient aussi une origine endogène, cumulée aux effets déjà signalés des substances chimiques disséminées dans l'environnement).

Telle est, parmi d'autres, l'une des hypothèses qui expliqueraient l'augmentation de la taille et des phénomènes de féminisation généralement constatés parmi les nouvelles générations. L'allongement s'accompagne en effet d'une réduction de la rusticité, de la force, de l'endurance, de la résistance physique, avec la généralisation du fameux « mal de dos », devenu l'une des maladies sociales aujourd'hui les plus répandues, y compris chez les jeunes. Les articulations sont souvent touchées elles aussi, avec douleurs intenses conduisant à des interventions chirurgicales de la main, du poignet, des genoux ou du rachis, et ce en dehors de tout accident traumatique. Les « claquages », lors de la pratique d'un sport pas nécessairement violent, sont également nombreux, et le vieux paysan ou le vieux maçon s'étonnent du manque de résistance de son jeune apprenti...

Le grand adolescent a des épaules étroites, des hanches serrées qui s'accommodent parfaitement de la mode unisexe en vigueur depuis deux décennies (tee-shirts, jeans, baskets), laquelle tend à gommer toute distinction vestimentaire entre filles et garçons. « Hermétiquement musicalisés » par le Walkman, entourés ou harnachés par les multiples appareils et gadgets produits par la société de haute technologie, les représentants de la jeune génération tentent laborieusement de concevoir quelque projet personnel au sein d'une société qui n'en propose aucun — ou plutôt un seul : « Enrichissez-vous » et « Technologisez-vous ». Telle est en effet la condition absolue pour pouvoir répondre aux sollicitations et tentations multiples de la société de consommation. On ne saurait s'étonner, dans de telles conditions, de la montée de la déprime et du suicide chez les jeunes : le taux de suicide a doublé chez les adolescents depuis les années 1970 !

De surcroît, ces jeunes gens vivent dans un monde de plus en plus sédentarisé, marqué par un grave défaut d'activités physiques. Ils vivront leur vie professionnelle et personnelle rivés dix heures par jour à un écran ; l'ordinateur et Internet, la télé, les cassettes vidéo, les CD-rom, les jeux vidéo, les DVD... D'où une dépense physique beaucoup plus faible que celle des générations antérieures.

On constatera aussi une étonnante régression du sens tactile au profit de la vision (les images) et de l'ouïe (les sons), les deux piliers du multimédia ; l'une et l'autre sont pourtant menacées, la première par l'instabilité des images, si fréquente sur les écrans d'ordinateur ; la seconde par les excès de décibels. Mais, dorénavant, on touche et on ne se touche que fort peu, ni en dansant ni autrement : la finesse du toucher se perd, tout comme celle du goût, banalisé par la nourriture fast-food.

Car à ces modifications considérables des modes de vie s'ajoutent celles du régime alimentaire qui, lui aussi, se simplifie et se standardise, comme la mode. Or, en matière diététique, l'alimentation fast-food, si prisée des jeunes, cumule les erreurs : trop de graisse sur les frites, trop de viande rouge — et grasse — avec l'incontournable hamburger, trop de sucres rapides avec les *ice-creams* et les boissons gazeuses, pas assez de fibres par absence de légumes et de fruits et omniprésence du pain de mie, pas de poisson, pas d'huile d'olive... Bref, l'exact opposé de ce que l'on sait aujourd'hui devoir être une alimentation équilibrée. Là gît sans doute la cause d'un autre facteur émergeant : une tendance à l'obésité, qui ne cesse de s'affirmer, et peut-être aussi une sensibilité accrue aux allergies en tout genre, en particulier l'allergie aux arachides qui cause désormais de nombreux décès parmi les jeunes. Aux États-Unis, mais en France aussi, bien que dans une moindre proportion, l'obésité infantile n'a jamais été aussi forte.

De plus, comme le note André Gérumi : « Tous les mets durs ont été évincés au profit d'aliments mous et tendres, qui ne requièrent pratiquement aucun effort masticatoire. Pourtant, c'est en mangeant dur ou en vivant à la dure que nos aïeux se sont fait les dents [...]. Ils ont mordu la vie à pleines dents et n'ont jamais perdu leur mordant. Manger mou et doux en vivant dans un cocon douillet affectera-t-il à long terme notre mordant [1] ? » Voilà peut-être, en tout cas, une autre pertinente explication à l'affaiblissement des mâchoires et à la fragilité dentaire des plus jeunes.

Les erreurs alimentaires qui font des États-Unis les champions de l'obésité, du diabète et des accidents cardio-vasculaires ont massivement traversé l'Atlantique pour fondre sur les nouvelles générations de chez nous. Et pourtant, aux États-Unis, l'espérance moyenne de vie vient de reculer au 33e rang mondial ! Piètre performance quand on se veut les champions du monde de l'alimentation « fast-food » et/ou transgénique...

Aux causes dominantes des modifications physiques constatées chez les jeunes — excessive sédentarisation que ne compense pas l'exercice du sport, exposition accrue aux ondes électromagnétiques, nourriture inappropriée — s'ajoutent les phénomènes de féminisation déjà évoqués. Peut-être n'est-ce pas un hasard si le mouvement de libération de la femme est apparu au cours de la décennie où l'homme conquérait la Lune, symbole féminin par excellence, et où se développaient la contraception en même temps que la prise de conscience de la nécessité de protéger la nature, autre symbole éminemment féminin (ne dit-on pas « mère Nature », « dame Nature », ou encore que la nature « est bonne fille » ?). C'est à la même époque que se développèrent les médecines dites « douces », moins agressives et plus intuitives.

L'enfant qui s'évade de plus en plus tard du foyer

---

1. André Gérumi, « Vers quoi évoluons-nous ? », édition par l'auteur (agerumi@aol.com).

parental, voire souvent monoparental, fait l'objet d'une protection et d'un maternage sans commune mesure avec ce que fut l'éducation des générations précédentes. La taloche appliquée à l'élève insupportable a sévèrement été bannie des processus éducatifs ; c'est l'ère de l'enfant protégé et même surprotégé, de l'enfant-roi : n'est-il pas, comme ne cessent de le répéter les autorités ministérielles compétentes, « au cœur du dispositif éducatif » dans lequel les enseignants finiront par faire figure de marginaux ? La sévérité et la rigueur du père s'effacent devant le douillet confort du cocon maternel. L'enseignant ne tire plus son autorité de sa position sociale, mais de son aptitude à être « comme un copain ». Et l'armée, jadis étape obligée sur le parcours initiatique du jeune garçon, disparaît avec la suppression du service militaire et la professionnalisation des armées, désormais largement ouvertes aux femmes.

En l'espace de deux décennies, celles-ci ont fait tomber toutes les barrières qui les éloignaient de certaines professions réputées « masculines ». Elles sont désormais présentes dans tous les métiers, tandis qu'à l'inverse, jamais les hommes n'ont autant « pouponné ». Sous l'effet d'une pression évolutive qui ne cesse de s'amplifier, la montée en puissance de la femme restera comme l'un des phénomènes dominants de la fin du XXe siècle. On le voit bien lorsque des lycées sont en grève : ce sont les jeunes filles qui s'expriment majoritairement à la télévision ; les garçons, souvent plus timides, plus réservés, restent à l'écart. Leur honneur est sauf, toutefois, car il se trouve toujours un jeune Beur, plus expansif, pour prendre la parole ! Tandis que la femme déploie tout à la fois les qualités propres à son sexe, mais aussi certains traits masculins que favorise sa nouvelle position sociale, l'homme, lui, se féminise, sa position traditionnellement dominante — du moins depuis la fin du matriarcat ancestral — s'érode rapidement, et ce en parfaite contradiction avec les valeurs sociales actuellement dominantes, basées sur l'agressivité et la compétitivité. Valeurs typiquement masculines dans lesquelles, paradoxalement, des femmes de plus en plus nombreuses parviennent à se couler et à trouver leur place alors que tant de jeunes hommes restent au bord du chemin. Ainsi sommes-nous parvenus au paroxysme d'une civilisation paradoxale, fondée sur d'arrogantes valeurs masculines telles que, dans l'économie mondialisée, la dure loi du plus fort, mais qui se laisse envahir par une marée de valeurs féminines dont les bases ne sont pas encore bien affirmées, mais dont les hommes, eux, semblent faire les frais.

L'appréciation que les femmes portent sur les hommes n'est guère flatteuse : dans un récent sondage [1], sur treize qualificatifs attribués aux hommes, les femmes sondées ont classé en tête les trois suivants : *égoïste, ambitieux, macho...* Le qualificatif viril arrive en dernière position : manière éloquente de dire que la virilité ne fait plus recette. Ces appréciations très négatives devraient s'amender à l'avenir lorsque, la femme ayant pris toute sa place, l'homme aura été contraint de se repositionner à la sienne. De sorte que, dans vingt ans, toujours selon le même sondage, les trois qualités masculines à venir en tête de classement seront, dans l'ordre : *courageux, galant, macho.* Les hommes seront aussi plus virils qu'aujourd'hui, et nettement moins fragiles : bref, réinstallés dans un rôle masculin, acceptable. Telle est du moins la manière dont les femmes les voient aujourd'hui — sur la défensive — et après-demain.

Verra-t-on, dans les prochaines décennies, émerger un « mouvement de libération des hommes »? Cette

---

1. *L'Express,* 27 mai 1999.

question est en soi le plus grave attentat qu'on puisse porter de nos jours à la « pensée politiquement correcte ». Les femmes feront-elles bénéficier la société des valeurs féminines d'intuition et de douceur que la plupart réclament et qui font tant défaut à la gestion politique et technocratique contemporaine ? Ou bien verrons-nous au contraire les femmes adopter des positions et attitudes masculines, et relayer en quelque sorte les hommes sur leur propre terrain ? Une catastrophe à laquelle on ne saurait songer et que, pour le moment, rien n'annonce en tout cas.

Il n'empêche que la femme doit parvenir à résoudre la quadrature du cercle en trouvant laborieusement les conditions de son équilibre entre ses fonctions maternelles et ses fonctions professionnelles. Équilibre nécessaire mais pas toujours évident, qui devrait être de plus en plus facilité par l'accès massif des femmes à leur nouveau statut social.

Mais des poches de résistance subsistent, particulièrement cruelles pour les femmes. 1er juillet 1964 : j'embarque à l'aéroport de Mérabad, à Téhéran, sur le vol Téhéran-Kaboul de la compagnie nationale afghane *Ariana*. Dans l'avion, des hommes rudes, enturbannés, ceux-là mêmes qui, durant mon long séjour en Afghanistan, deviendront des amis. Pourtant, dans l'appareil, pas une seule femme ! La femme afghane, je ne la découvrirai qu'à l'arrivée. Elle m'apparaîtra alors entièrement recouverte de ce *tchadri* hermétique, bleu ou violet, où le regard lui-même se dérobe derrière une sorte de grillage de résille. Spectacle ô combien déroutant pour notre sensibilité occidentale ! On peut parier que les Talibans, ces étranges « étudiants en théologie » actuellement au pouvoir à Kaboul et qui manipulent le Coran aussi bien que le kalachnikov, ne manqueront pas de continuer à enfermer la femme afghane sous son *tchadri* : elle demeurera donc murée, frappée d'une sorte d'exclusion vestimentaire à laquelle la voue l'islamisme dans ses formes les plus extrêmes. Ainsi l'évolution interne de l'Afghanistan, plus farouchement rétrograde encore que celle de l'Iran des mollahs, semble s'inscrire à contre-courant de l'Histoire, ou tout au moins d'une Histoire récente dont l'un des traits marquants restera le mouvement de « libération de la femme ».

À vrai dire, il était temps que la femme trouve enfin sa juste place! Car, depuis des millénaires, la culture n'avait cessé de valoriser la stature de l'homme au sens strictement masculin du terme. Le langage lui-même se faisait d'ailleurs complice de ce mouvement puisqu'il désignait par le vocable « homme » le genre humain en son entier, femmes comprises. De sorte que les droits de l'homme englobent tout naturellement — cela va sans dire — ceux de la femme; mais cela va mieux encore en le disant! Et le combat pour les droits de la femme s'est imposé peu à peu comme l'un des axes prioritaires du combat pour les droits de l'homme.

En fait, à travers les mouvements de libération des femmes, la culture tend à rattraper la nature qui, elle, affiche ostensiblement l'avantage qu'elle accorde au sexe féminin. Les femmes, on le sait, vivent en moyenne huit à neuf ans de plus que les hommes, et elles subissent moins que ceux-ci le poids de la mortalité infantile. Il en résulte que les veuves sont beaucoup plus nombreuses que les veufs, le veuvage semblant une sorte de spécialité féminine à laquelle les hommes n'accèdent qu'avec parcimonie. Imaginerait-on des charters de veufs faire la fortune des palaces internationaux à l'instar de ces veuves américaines qui se distraient en parcourant le monde?

À ces arguments d'évidence, il convient d'en ajouter un autre, décisif celui-ci: durant les sept premières semaines de son développement, l'embryon humain est exclusivement femelle ; il n'exprime que l'information contenue dans le chromosome X commun aux hommes et aux femmes. Ensuite seulement entre en jeu, chez l'homme, le chromosome Y qui conduit au sexe mâle. Tant et si bien que tout commence par la féminité, et que la virilité n'apparaît que plus tardivement. (Seuls les oiseaux échapperaient à la règle commune en inversant étrangement ce processus : ils seraient donc les vrais machos de la nature !)

Ainsi nous traversons une sorte de phase intermédiaire où les mutations sociologiques et morphologiques vont de pair, modifiant profondément l'évolution des individus et de la société. Femmes confortées, hommes fragilisés : tel est bien le bilan provisoire d'une évolution que dessinent tout à la fois le mouvement des idées et — sans doute aussi — les œstrogènes abondamment répandus dans l'environnement.

Les modifications subies en quelques décennies par la société sont proprement prodigieuses. L'homme s'y adapte, et la femme mieux encore, mais seul l'avenir dira le prix à payer, en matière de santé et de bien-être, d'un tel bouleversement des modes de vie. De quelles maladies émergentes devrons-nous le payer ? Quelles fragilités nouvelles ? Quel sera, à terme, l'impact sur l'espérance moyenne de vie dont la progression constante pourrait marquer une pause ? (C'est du moins ce que pensent bien des spécialistes, frappés par la fragilisation du corps et du psychisme, menacés sans cesse davantage, comme l'attestent toutes les enquêtes et tous les sondages, par les drogues toxicomanogènes, l'alcool et le tabac.)

L'extraordinaire accélération de l'évolution biologique et sociale pose d'innombrables questions. Les réponses viendront plus tard. Espérons qu'il ne sera pas trop tard !

13

Au-delà du libéralisme :
une économie au service de l'homme

Parmi les rubriques rituelles des journaux imprimés, parlés ou télévisés, le mariage annoncé entre grandes multinationales et les divorces qu'elles contractent avec une partie de leurs salariés, touchés par des plans de restructuration, reviennent de façon récurrente.

Annoncé et consommé, le mariage témoigne d'une formidable montée en puissance du libéralisme, poussé par le concept de « mondialisation ». On se dirige à une vitesse étourdissante vers des entreprises de plus en plus puissantes et transnationales. Ainsi apprend-on au hasard des « infos » que les groupes franco-britannique Alstom et helvético-suédois ABB regroupent leurs activités dans le domaine de l'énergie pour créer le numéro un mondial des équipements conventionnels : turbines, chaudières, alternateurs. Ou encore que la fusion AOL-Time Warner, la plus importante de tous les temps, donne naissance à un géant de la nouvelle économie.

En pharmacie, la vague de concentration se poursuit avec la constitution du numéro un mondial issu de la fusion entre les britanniques Glaxo-Wellcom et Smithkline-Beecham. Ce groupe sera en compétition avec Aventis, résultant lui-même de la fusion de deux poids lourds de la pharmacie et de la chimie : Rhône-

Poulenc et Hoechst. Aventis rime désormais avec Novartis, nouveau géant de la pharmacie et de l'agroalimentaire, particulièrement axé sur les biotechnologies, qui résulte lui-même de la fusion de deux « majors » de Bâle, Ciba-Ceigy et Sandoz.

On apprend encore que le premier producteur mondial d'aluminium va naître de la fusion entre le français Péchiney, le groupe suisse Adgroup et le canadien Alcan. Mais on ajoute aussitôt que cet accord entraînera la mise sur la touche de quelque 5 % des 91 000 employés du nouveau géant... Puis on apprend que, pour finir, le rapprochement n'aura pas lieu, le contrat de mariage ayant été rompu *in extremis* !

Même mouvement de concentration dans l'industrie automobile où les fusions se suivent à un rythme accéléré. Ford, le numéro deux mondial, rachète Volvo, qui avait déjà épousé Renault en 1990 : mais ce mariage avait abouti à un divorce en 1993. Renault s'était alors tourné vers le japonais Nissan, créant ainsi le quatrième groupe de l'industrie automobile mondiale.

Les pétroliers ne sont pas en reste : Total, « plombé » par le naufrage de l'*Erika,* aimerait absorber Elf, lui-même compromis dans un scandale qui ne cesse de défrayer la chronique. Ces deux géants auraient ainsi quelque chance de damer le pion à la première entreprise planétaire, toutes catégories confondues, résultant de la fusion entre Exxon et Mobil.

Les banques ne sont naturellement pas en reste, et l'on a vécu, durant les premiers mois de l'année 1999, le long feuilleton du duel opposant la BNP, d'une part, à la Société Générale et Paribas, d'autre part. L'Allemagne n'est pas épargnée, qui a vu naître la Deutsch Bank AG, résultant de la fusion entre la Deutsch Bank et la Dresdner Bank ; mais, là encore, les fiançailles ont été rompues à la dernière minute...

En affaires comme en amour, tous les mariages ne réussissent pas.

Partout dans le monde, la mondialisation de l'économie, encore qualifiée de « globalisation », pousse ainsi aux concentrations et au gigantisme. Le but est d'atteindre la taille critique qui permette de dominer le marché. Les salariés en sont généralement les premières victimes, puisque les réductions d'effectifs figurent régulièrement dans la corbeille de chacun de ces mariages industriels. Ces épousailles de géants impliquent donc des divorces : les fameux « dégraissages », qui font partie du rituel de ces étranges célébrations. Car il est clairement admis aujourd'hui que les « plans sociaux » ne sont plus seulement un moyen bien compréhensible, pour une entreprise en grave difficulté, de survivre à une réduction de ses parts de marché ; ils sont, bien au contraire, une arme puissante aux mains des entreprises les plus prospères pour augmenter encore leurs bénéfices et devenir toujours plus compétitives.

En septembre 1999, Michelin en fit la spectaculaire démonstration, annonçant dans la foulée 20 % d'augmentation de ses bénéfices et 7 000 licenciements... Une annonce qui fit grimper l'action Michelin en Bourse de 13 %. En bonne doctrine capitaliste, l'intérêt des actionnaires apparaît ici comme spectaculairement opposé à celui des salariés à qui la firme loue leur force de travail, un point c'est tout. Pas question pour eux de peser, par quelque biais que ce soit, sur la vie de leur entreprise ou d'en partager les bénéfices...

Tous les événements énumérés ci-dessus, entre bien d'autres, se sont déroulés au cours de la seule année 1999, mettant en évidence une propension accrue au gigantisme qui ne fait pas nécessairement la part belle à l'emploi. Les écologistes des années 1970 aimaient à dire : « *Small is beautiful* » ; même en matière d'emploi, ils n'avaient pas tort, puisqu'il est aujourd'hui nettement prouvé que les créations d'emplois comme les succès à l'exportation proviennent davantage d'anonymes PME que de sociétés dont les mariages à répétition défraient la chronique financière l'espace d'un été.

Si le mouvement de concentration se poursuit à ce rythme, il est probable qu'à force de grandir et de fusionner, les multinationales, de plus en plus puissantes et de moins en moins nombreuses, finiront par dominer les marchés mondiaux jusqu'à remettre en cause la concurrence « pure et parfaite » chère à Adam Smith. N'est-ce pas ce qui est advenu à Microsoft, qui a buté sur la loi antitrust pour s'être adjugé le quasi-monopole de ses logiciels ? Et, dès aujourd'hui, cent multinationales ne sont-elles pas en train de devenir les maîtres du monde, ce qui ne va pas sans inquiéter les Nations unies [1] ?

Ce que l'on perçoit de cette boulimie gloutonne n'est en fait que la partie émergée de l'iceberg. Elle se traduit aussi par plusieurs négociations en cours qui visent toutes à renforcer, par des actes et des traités, le pouvoir des multinationales. Tel a été, par exemple, l'accord multilatéral sur l'investissement (AMI), secrètement négocié au sein de l'OCDE, hors de tout suivi médiatique (les pourparlers eurent lieu au palais de La Muette, particulièrement bien nommé en l'occurrence !). L'accord prévoyait d'accroître les droits reconnus aux investisseurs, au détriment des États dont les obligations à leur égard seraient en revanche accrues. Il conférait aux investisseurs le droit de saisir une cour d'arbitrage de la Chambre de commerce internationale s'ils s'estimaient lésés par telle ou telle décision d'un État ou d'une collectivité locale susceptible de leur porter préjudice. Les États auraient donc légiféré, mais les grandes transnatio-

---

1. *Le Monde*, 29 septembre 1999.

nales auraient pu par là se mettre à l'abri de leurs décisions. De la sorte, le traité international régissant cet accord aurait eu un statut juridique supérieur à celui des textes de lois nationaux... Autant dire que les États s'offraient pieds et poings liés aux pouvoirs, voire aux oukases des multinationales, situation évidemment inacceptable. On indiquait même qu'un État signataire ne pourrait se retirer du traité avant cinq ans, et, le cas échéant, resterait soumis aux obligations qu'il avait contractées pour une durée de quinze ans après avoir notifié son éventuel retrait... Grâce à une pression internationale intense des ONG et des mouvements « citoyens », l'AMI ne put être paraphé. Jamais autant d'efforts n'avaient été déployés par la société civile pour empêcher les gouvernements de céder aux pressions ultralibérales et aux forces du marché. Et c'est le retrait de la France qui entraîna finalement l'arrêt des pourparlers à l'OCDE, le 3 décembre 1998.

L'affaire n'en est pas terminée pour autant ; le gouvernement français et l'Union européenne poussent aujourd'hui au transfert de la négociation au sein de l'Organisation mondiale du commerce. Car, comme le phénix, les initiatives et offensives de l'économie mondialisée ne cessent de renaître de leurs cendres ; elles se suivent et se poursuivent à un rythme soutenu. De leur côté, les groupes « citoyens », qui ont notamment créé un « observatoire de la mondialisation », particulièrement vigilant et performant, scrutent ces initiatives au plus près. C'est à eux que revient tout le mérite d'avoir « coulé » l'AMI dans sa première version.

Dans cette affaire, l'intense lobbying des citoyens a sauvé la mise aux politiques dont on est surpris de voir avec quelle complaisance ils regardent passer les trains de la mondialisation... sans y monter ! Au fur et à mesure que les entreprises fusionnent et grossissent, que leurs pouvoirs sur l'économie et la finance ne cessent de s'étendre, les politiques acceptent implicitement une situation de fait que, depuis longtemps déjà, ils ne contrôlent plus vraiment, voyant le pouvoir économique leur échapper sans cesse davantage. N'était-ce pas l'aveu du Premier ministre, Lionel Jospin, après l'annonce du sérieux dégraissage décidé naguère par Michelin ? La complaisance coupable marquée par le gouvernement français à l'égard de Total, après le naufrage de l'*Erika,* s'inscrit dans les mêmes perspectives. Ici, point d'application du principe pollueur-payeur, auquel on ne saurait pourtant déroger en matière de pollution. Au contraire, le gouvernement a manifestement protégé Total contre la légitime colère des municipalités touchées par la marée noire. Et pourtant, la France est considérée comme le pays européen le plus soucieux de réguler le libéralisme (terme d'ailleurs équivoque : l'exercice *libéral* de la médecine et de la pharmacie n'a évidemment rien à voir avec les grandes transnationales fondées sur la concentration du capital ! Et c'est face à ce libéralisme-là, et non à l'autre, que les forces politiques sont appelées à se positionner).

Mais chaque formation politique, en France comme ailleurs, « surfe » à sa manière sur la marée libérale qui a submergé le monde. Le slogan pourrait être ici : « À droite, toute ! » N'a-t-on pas vu, dans son évolution récente, le Parti communiste laisser à la gauche révolutionnaire le soin de défendre ses positions traditionnelles, jadis ô combien plus radicales ? « Refondé », il campe aujourd'hui sur l'espace politique occupé autrefois par le Parti socialiste qui, faisant lui-même bon ménage dans l'ensemble avec l'économie libérale, a glissé au centre. Quant à la droite, elle reste pour une bonne part fidèle à son credo libéral. Seules l'extrême droite et une frange de la droite nationale campent hors du sérail, défendant bruyamment leurs thèses antimondialistes.

La mondialisation a donc de beaux jours devant elle. Elle exprime l'extension à la Terre entière d'un marché unique où les emplois, les capitaux, les productions, les services et les hommes, mais aussi les informations, les idées, les symboles, les cultures (entendre par là : la culture *made in USA*) doivent pouvoir circuler librement, sans entraves de frontière ni de réglementation, afin de permettre l'encaissement le plus rapide possible des profits les plus substantiels possibles. Objectif facilité par l'immense système nerveux qui irrigue désormais la planète : celui de l'informatique et du Net, aptes à connecter en temps réel — c'est-à-dire à la vitesse de la lumière — les noyaux centraux que sont les grandes places financières. Ainsi sont exploités les gisements scientifiques et technologiques, gérés les lieux de production et de consommation les plus attractifs, stimulés les investissements les plus prometteurs et les plus rentables. Mais la mondialisation se désintéresse radicalement des pays aux maigres ressources et sans marché à valoriser — soit un bon tiers de la population humaine, et toute l'Afrique en particulier. Elle crée, comme on l'a dit, une économie d'archipels prospères coexistant avec d'immenses zones de misère. Certaines banlieues du village planétaire — le fameux « village global » cher à McLuhan — sont destinées à rester à jamais des quartiers sinistrés, des faubourgs insalubres ou des *favelas*.

La chute du mur de Berlin, laissant désormais sans rival un ultralibéralisme triomphant, a donné, dès le début des années 1990, le signal de départ au processus de mondialisation qui s'est formidablement accéléré depuis lors sous la double influence du progrès technologique — notamment l'avènement d'Internet — et des politiques conduites de concert par Ronald Reagan et Margaret Thatcher, lesquels réussirent en peu d'années à faire entrer dans les mœurs les pratiques de privatisation systématique, de dérégulation, de déréglementation, de délocalisation, laissant le jeu économique entièrement ouvert aux seules forces du marché.

Pourtant, dix ans après l'émergence du concept de « mondialisation », toute une série de questions se posent. Comment se peut-il que les « dragons » du Sud-Est asiatique aient pu connaître une grave crise économique et financière que nul n'avait prévue et qui n'est pas encore totalement résorbée ? Comment admettre la fragilité persistante du Brésil ? l'exclusion de fait de l'ensemble du continent africain ? l'extraordinaire chaos économique de la Russie ? le poids grandissant des réseaux mafieux ?... Questions posées, en ce début d'année 2000, à la grand-messe de Davos où fut à nouveau demandée la mise en place de mécanismes stabilisateurs, n'excluant pas l'intervention des principaux États, en vue de créer implicitement un « gouvernement mondial de l'économie ». N'est-ce pas là reconnaître déjà que l'ultralibéralisme porte en lui-même, précisément de par ses excès, les germes de sa propre destruction (en tout cas de sa limitation) ?

Si, en termes strictement économiques, le bilan de la mondialisation est « globalement positif », sur le terrain de l'écologie, c'est évidemment tout autre chose. De 1973 à 1993, le produit intérieur brut mondial a été multiplié par six, et la consommation par habitant a augmenté de 2,4 % annuellement ; mais la répartition de cet accroissement de richesses est restée très inégalitaire. Nombre d'indicateurs montrent à quel point les distorsions ne cessent de s'aggraver entre pays émergents, nouveaux pays industriels d'Amérique latine et d'Asie, et la cohorte des autres, en pleine stagnation, voire en régression, que ce soit en Afrique noire ou parmi ceux qui composaient l'ex-URSS, par exemple. Depuis 1960, 80 pays ont vu baisser leur revenu par tête. Entre les pays les plus riches et les plus pauvres, l'écart était de 1 à 30 en 1960 ; il est passé de 1 à 74 en 1998 ; 20 % de la population mondiale détient 86 % de la production, 82 % des marchés d'exportation, 68 % des investissements étrangers, alors que les 20 % les plus pauvres disposent de moins de 1 % de tous ces biens. En 1997, le PNB par habitant variait de 44 690 dollars au Luxembourg à 110 seulement en Éthiopie (États-Unis : 29 080 ; France : 26 300).

Le Rapport mondial sur le développement humain, établi par le Programme des Nations unies pour le développement, exprime ces inégalités par quelques chiffres saisissants : les 3 personnes les plus riches du monde ont une fortune supérieure au produit intérieur brut *total* des 48 pays les plus pauvres ! Le patrimoine des 15 individus les plus fortunés du monde dépasse le PIB total de toute l'Afrique subsaharienne. La fortune des 32 personnes les plus riches du monde dépasse le PIB total de l'Asie du Sud. Les avoirs des 84 personnes les plus riches surpassent le PIB de la Chine. Les 225 plus grosses fortunes du monde représentent l'équivalent du revenu annuel des 47 % d'individus les plus pauvres de la population mondiale, soit 2,5 milliards de personnes. Il suffirait de la richesse cumulée représentée par ces 225 plus grosses fortunes mondiales pour donner à *toute* la population du globe l'accès aux besoins de base et aux services sociaux élémentaires.

L'économie mondiale est dominée par la seule logique de l'argent. D'où cette fameuse « bulle financière », sorte d'univers autonome et virtuel qui, chaque jour, se détache davantage des modes de fonctionnement de l'économie classique. Chaque jour, il s'échange 2 000 milliards de dollars sur les marchés monétaires, soit cent fois plus que les échanges de biens et de services. Cet écart, qui était de 1 à 5 en

1980, est passé de 1 à 100 aujourd'hui. Comme l'écrit Paul Houée :

« Tout n'est plus que tourbillon spéculatif qui se déplace d'un continent à un autre au gré des avantages escomptés, des coups de bourse, des anticipations des experts. Les capitaux s'engagent et se désengagent, désarticulant les dynamiques économiques et sociales qui ont besoin de temps et de sécurité pour se réguler. Les États, les corps intermédiaires s'avèrent impuissants ou complices, les entreprises elles-mêmes connaissent la fièvre et le doute qui empêchent tout développement durable. L'insécurité du personnel, y compris des cadres, quant à l'emploi crée un climat de tension, de stress, de compétition et d'incertitude finalement préjudiciable à l'entreprise [1]. »

Ce casino mondial fonctionne en temps réel et continu entre les grandes places boursières de Tokyo, Singapour, Londres, Paris, New York, Chicago, par l'intermédiaire d'opérateurs spécialisés — les fameux *golden boys* — et de circuits totalement dématérialisés... Cette emprise est tellement massive qu'elle s'impose comme la pensée unique et contraignante que toutes les sociétés devront tôt ou tard adopter. On retrouve là les grands principes ultralibéraux de von Hayek : « Les sociétés humaines n'ont d'autre finalité que leur action efficace ; le marché n'est pas à corriger, mais à placer au-dessus de la justice. Il est la forme optimale de la régulation sociale et il n'existe pas de société hors de ce marché. »

Mais il arrive que les incendiaires se fassent pompiers : ainsi de Soros, le fameux spéculateur qui ébranlait les monnaies nationales et qui devient aujourd'hui le prophète d'un capitalisme à sauver de

---

1. Paul Houée, « La mondialisation dans tous ses états : un défi pour l'humanité », *Dossier de BRES,* n° 2, janvier 2000.

la catastrophe : « Je ne crois pas à la perfection des marchés ; il faut prendre des mesures pour les stabiliser, faute de quoi de graves incidents surviendront, d'autant plus que les déséquilibres sont communicatifs [1]. »

Comme un train qui déraille par excès de vitesse, ces graves incidents pourraient entraîner l'effondrement du libéralisme. Qui, hormis Hélène Carrère d'Encausse, aurait, il y a vingt ans, cru possible la chute du communisme ? Elle s'est pourtant produite en l'espace de quelques mois. Comment prévoir dès lors l'avenir du libéralisme qui se présente comme l'ultime étape de l'histoire de l'humanité ? Mais cette prétention est-elle si fondée ?

Comment expliquer d'abord cette rapide montée en puissance de ce que d'aucuns n'hésitent plus à appeler le « troisième totalitarisme du XXe siècle » ? Celui-ci, après s'être débarrassé du fascisme et du communisme, est entré dans une nouvelle phase qui puise ses racines dans la pensée libérale telle qu'elle s'est exprimée depuis le XVIIe siècle. Pour Locke comme pour Hobbes, la nature humaine est foncièrement mauvaise : « L'homme est un loup pour l'homme », véritable *predator economicus* prêt à tout pour satisfaire ses besoins. Plus seulement les besoins qu'il ressent, mais surtout les besoins nouveaux créés de toutes pièces par l'envie que suscite la publicité, ouvrant ainsi sans cesse de nouveaux marchés.

Telle est la force du libéralisme, fondée sur l'image d'un homme égoïste, individualiste, soucieux seulement de s'approprier des biens et des services indéfiniment suggérés à sa convoitise par un pilonnage publicitaire et médiatique aujourd'hui sans précédent. La *téléphonomania* serait-elle ce qu'elle est si la publicité de France Télécom ne nous avait pas assené

---

1. Cité par Paul Houée, *op. cit.*

des milliers de fois à la télévision ce slogan débile : « Nous allons vous faire aimer l'an 2000 » ? La montée en puissance d'Internet serait-elle ce qu'elle est si elle n'était orchestrée par une fantastique pression médiatique qui crée le besoin en exacerbant le désir ? Le libéralisme exige qu'à tout moment le consommateur, pressé par l'effet de mode et le mimétisme, se comporte comme un « militant du besoin incoercible de consommer ». L'aptitude à copier le comportement d'autrui est sans doute l'une des constantes les mieux enracinées dans la psyché de l'espèce humaine. Là où aucun besoin ne se fait sentir, des besoins nouveaux apparaissent sur le thème : « Ce que tu as, je le veux. » Tel est le fondement du conformisme social qui précipite le peuple sur les nouveaux produits proposés à sa convoitise.

Dans toute son œuvre et plus particulièrement la dernière [1], René Girard a insisté sur la puissance du mimétisme comme moteur fondamental des comportements. Il le voit notamment à l'œuvre dans le besoin qu'ont les foules d'adopter des comportements identiques à l'égard des boucs émissaires. Hier, c'était l'exposition des victimes au pilori. Aujourd'hui, la télévision relaie admirablement cette fonction par la « mise à l'écran » de la riche cohorte des « mis en examen » — ainsi ces hommes politiques auxquels on ne reproche le plus souvent que d'avoir recueilli des fonds pour financer leur parti et non point pour s'enrichir personnellement. Et les têtes tombent sous les hourras de la foule !

La création et la stimulation de besoins sans cesse nouveaux relèvent de la même logique. Chacun veut impérativement ce que possède son voisin. Point question ici de partage : ce concept-là ne fait pas par-

---

1. René Girard, *Je vois Satan tomber comme l'éclair,* Grasset, 1999.

tie du credo libéral. Comment l'homme, mauvais par nature, pourrait-il céder à l'altruisme que le libéralisme feint d'ignorer dans ses principes comme dans ses modalités ?... Dans la Bible déjà, Ève ne communiqua-t-elle pas à Adam le désir de croquer la pomme, ce qu'il fit avec toutes les conséquences que l'on sait ?...

Exacerbation effrénée des désirs par effet de mode, conformisme social et mimétisme stimulé des comportements : telles sont bien les deux mamelles de la prospérité économique. Retirons-les, et l'économie s'effondre comme un château de cartes.

L'effet de mode peut être paradoxal, voire contradictoire. Durant les années 1970-1990, la France a radicalement abandonné les vélos, les scooters et les tramways au profit du « tout-automobile ». Voici qu'aujourd'hui ces modes de déplacement reviennent en force, au point que la construction d'un tramway apparaît pour bon nombre de villes comme le grand projet mobilisateur des énergies et des électeurs. Pour ne point parler du retour de la trottinette, jadis jouet enfantin, promue au rang de mode de locomotion « branché » pour adultes urbanisés !

Mais la satisfaction des désirs suppose la médiation de l'argent nécessaire pour les satisfaire. Dans la psyché des individus, l'argent occupe désormais une place aussi énorme que la publicité qui génère les désirs. Dans les monastères, les moines se regroupent toutes les trois heures à la chapelle pour chanter les psaumes, ce qu'on appelait le « chant des heures » ; la nouvelle religion de la consommation et de l'argent chante à sa manière, d'heure en heure, les cotations boursières sur toutes les chaînes de télévision du monde. CNN débite les cotations dans chaque pays avec une minutie et une régularité qui montrent assez l'importance qu'ont pris ces indices dans la vie de nos contemporains. Le libéralisme a amené avec lui le culte triomphant du veau d'or. Ne nous étonnons pas qu'il ait, parmi ses maux, engendré celui de la « vache folle » !

Pour tempérer le libéralisme, l'humaniser, voire le dépasser, de nombreuses stratégies ont vu le jour. La plus classique est l'intéressement salarial, qui consiste à distribuer aux salariés des actions de leur entreprise. Au moins, lorsque celles-ci se délocaliseront ou mettront en œuvre un « plan social », ces derniers n'auront pas tout perdu et ne resteront pas « Grosjean comme devant ». Jadis baptisée « association capital-travail », cette idée traîne dans les discours depuis des décennies. Le général de Gaulle avait maintes fois défendu cette thèse, qu'il qualifiait de « participation ». Mais, à peu de chose près, rien ne fut fait en ce domaine. Le capitalisme entend toujours considérer, comme il le fait depuis ses origines, le salariat comme une simple force de travail qu'il loue sur le marché, sans plus. Mais, sauf dans quelques cas exemplaires, il se refuse à concéder aux travailleurs un droit sur le capital de leur entreprise : ce qu'on appelle l'« actionnariat salarié » demeure aujourd'hui un vague projet plutôt qu'une réalité communément admise.

Une autre initiative visant à tempérer les excès de l'ultralibéralisme consiste à rendre la bourse « vertueuse ». Une telle démarche se met d'ores et déjà en place avec la création des « fonds éthiques », d'après une idée partie des États-Unis sous l'influence des milieux protestants. Vous connaissez et déplorez les désastreuses conséquences du tabac sur la santé ? Vous exclurez donc les actions Philip Morris de votre portefeuille (ce qu'ont d'ailleurs fait aussi bon nombre de fonds d'investissement). Vous êtes catholiques militants ? Vous vous garderez soigneusement d'avoir en portefeuille des actions de toute entreprise liée à la fabrication d'armements. Et si vous êtes très respectueux de la nature, vous évacuerez pétrole et biotechnologies de votre portefeuille...

Ces « fonds éthiques » qui se mettent en place aux États-Unis y ont d'ores et déjà un poids qui est loin d'être négligeable. La plupart de ces fonds excluent les producteurs de tabac, les casinos, les fabricants d'armes, les vendeurs de boissons alcoolisées, etc. D'ici quelques années, ils devraient représenter 10 % du marché boursier mondial ; mais leur influence sera probablement très supérieure à ce pourcentage. Dans l'hexagone notamment, on dénombre présentement une trentaine de fonds de ce type, sous la bannière de la Caisse des dépôts, du Crédit coopératif, du Crédit Lyonnais et des Caisses d'épargne.

La logique de l'ultralibéralisme conduit aussi à se poser des questions sur la qualité éthique des entreprises et des produits. Tel article a-t-il été fabriqué par des enfants exploités et sous-payés ? N'a-t-on pas fait travailler dans des conditions inhumaines des prisonniers maltraités ? Ou, plus simplement, les ouvriers de telle entreprise sont-ils correctement payés et jouissent-ils d'un minimum de droits sociaux ? À partir de ces questions a émergé le concept de « commerce équitable » assurant aux producteurs du Sud des conditions de travail dignes et rémunératrices, ainsi que des débouchés à leurs produits dans les pays du Nord. Une ONG dynamique, Artisans du monde, s'est engagée dans cette voie il y a plus de vingt-cinq ans. Par le biais de sa centrale d'achat, elle importe et vend des produits alimentaires et artisanaux en provenance d'Afrique, d'Asie et d'Amérique latine, achetés à un prix équitable. De ce fait, des dizaines de milliers de paysans et d'artisans, assurés de leurs revenus et de leurs débouchés, peuvent vivre dignement de leur travail. Artisans du monde compte dans 13 pays d'Europe 2 500 magasins regroupés au sein du réseau européen desMagasins du monde. En France, 85 associations locales travaillent avec plus de 130 groupements de producteurs. Comme à Emmaüs ou dans l'agriculture biologique, on retrouve ici une forte motivation des acteurs de l'organisation dont les activités économiques se doublent d'une activité militante visant à étendre une véritable prise de conscience en faveur d'un commerce éthique et équitable.

Les productions commercialisées par Artisans du monde sont fort diverses : des pulls en alpaga, produits de l'Altiplano bolivien, aux pierres semi-précieuses du Brésil, des fruits confits et de l'artisanat de l'Équateur aux vêtements et sacs en tissu du Guatemala, des shampoings à base d'agave mexicain au café produit dans ce même pays par un réseau de 1 500 membres cultivant chacun entre un demi et quatre hectares, des calebasses gravées du Burkina Faso aux toiles peintes, aux tissages et aux poteries de Côte d'Ivoire, des olives et de l'huile d'olive de Palestine au papier recyclé égyptien, de l'artisanat du Bangladesh au textile de l'Inde, etc. — chacune de ces productions étant regroupée au sein d'une même association de producteurs.

D'autres initiatives visent à créer une sorte de microlibéralisme dans les pays délaissés par la mondialisation. Ainsi, au Pakistan, Muhamad Yunus crée en 1979 la Grameen Bank, laquelle pratique une sorte de capitalisme philanthropique en prêtant des sommes modestes qui permettent néanmoins à des populations totalement défavorisées de créer des micro-entreprises. Le succès de la Grameen a fait école. De nombreux organismes spécialisés dans le micro-financement ont fait leur apparition un peu partout sur la planète. D'ici à 2005, Muhamad Yunus voudrait porter à cent millions le nombre des humains bénéficiant de ces micro-crédits. Pour l'heure, la Grameen touche vingt millions de personnes dans une soixantaine de pays : essentiellement des femmes, puisque ce sont elles qui, d'Asie jusqu'en Afrique, sont les plus touchées par la grande pauvreté. Le prêt moyen tourne autour de 300 francs et la Grameen n'exige d'autre garantie de l'emprunteur que sa parole et la solidarité du groupe qui l'entoure. L'expérience prouve en effet que les pauvres sont plus fiables que les nantis. Il est vrai qu'on table ici implicitement sur une vision de l'homme qui n'était pas celle des théoriciens du libéralisme : ce serait plutôt en misant sur la part de bonté et de loyauté qui fait aussi partie de l'âme humaine que se développent de telles entreprises.

En remontant dans le temps, on trouverait d'innombrables exemples d'entreprises où la production de biens fut soustraite au pouvoir tyrannique de l'argent et du salariat loué. Lorsque, en 1587, les jésuites pénètrent au Paraguay, ils dénoncent d'emblée les relations désastreuses entre les colons espagnols et le peuple indien guarani. Cet épisode de la colonisation du Nouveau Monde a fait l'objet du beau et célèbre film *Mission,* rehaussé par la musique d'Ennio Morricone. Dans un premier temps, les riches colons espèrent pouvoir utiliser les jésuites pour neutraliser les Guaranis insoumis. Mais les choses prennent une tout autre tournure. C'est ainsi que voient le jour les fameuses « réductions », formant une république et occupant une superficie supérieure à la moitié de celle de la France. Les Guaranis y travaillent les métaux, fabriquent des armes, se livrent au tissage, à la poterie, à l'horlogerie. Le rythme de la vie collective s'inspire de celui d'un couvent. Ces « réductions » sont en fait des microsociétés où l'économie est prise en charge en dehors du pouvoir des grands colons, à l'instar de l'activité industrieuse d'un monastère. Entreprises originales, entièrement soustraites aux appétits des puissants. Mais, vers 1720, le mouvement s'essouffle : la trentaine de « réductions », trop dispersées, ne forment pas une entité politique cohérente. Sous la pression des grands colons, les cours du Portugal et d'Espagne désavouent les jésuites qui sont arrêtés, tandis qu'un flot de commerçants et de trafiquants se ruent sur les prétendus trésors de la république guaranie. L'expérience de socialisme chrétien conduite par les jésuites a échoué.

Plus proche de nous, l'expérience de l'abbé Pierre, créant les communautés d'Emmaüs, a connu un tout autre destin. Ce fut le génie de cet homme de comprendre que ces communautés — on disait alors les « chiffonniers d'Emmaüs » — devaient se prendre en charge comme des entreprises, sans solliciter de subventions, tout en mettant en commun les ressources de leur travail pour le bien de tous leurs membres. Ainsi se développa à travers le monde le riche réseau d'Emmaüs, lequel s'adapta par des innovations spécifiques aux situations propres à chaque pays, créant des activités liées à la protection de l'environnement et à la promotion de l'écologie en dehors de toute structure de type capitaliste.

On se souviendra aussi de l'importance des organisations coopératives ou mutualistes, notamment dans l'entre-deux-guerres, qui furent au cœur des préoccupations des socialistes de l'époque, auxquelles on revient timidement aujourd'hui avec la création d'un secrétariat d'État à l'« Économie solidaire », cette économie non marchande dont l'Italie, avec son génie inventif et prospectif, nous donne l'exemple. Les petites mutuelles peinent à se couler dans un moule européen impliquant d'importantes concentrations, et leur avenir paraît très menacé. Voilà un autre effet de cette « prime au gigantisme » que l'Europe encourage au détriment du principe de subsidiarité auquel elle ne cesse pourtant de se référer et qui veut que les affaires soient traitées au plus près possible des personnes concernées.

Dans toutes ces initiatives, le principe de base est

toujours le même : soustraire l'homme à l'omnipotence du capitalisme et mettre l'économie à son service. Oui, mettre l'économie au service de l'homme, et non pas l'inverse ! Théorie fortement affirmée par la tradition du christianisme social qui garde, en notre temps de frénésie ultralibérale, toute sa valeur prophétique, toute sa force utopique, tout son impact sur les initiatives qui verront le jour au cours du nouveau siècle.

Il convient en effet d'évoquer ici l'après-libéralisme et les nouvelles orientations d'une société de l'après-travail telle que l'évoque Jeremy Rifkin dans son remarquable ouvrage, *La Fin du travail* [1]. Que la machine soit promise à remplacer de plus en plus l'homme, nul n'en doute. Dans la préface fort documentée que Michel Rocard consacre à cet ouvrage, des solutions nouvelles sont évoquées, notamment l'importance du « tiers-secteur » dans lequel entrent toutes les activités qui ne relèvent ni du secteur privé, ni du secteur public. La place reconnue aux associations, au bénévolat, à toutes les formes de l'économie solidaire contribue à restaurer le lien social, si malmené par le libéralisme, ouvrant l'avenir sur un monde tout autre où, par exemple, l'impôt négatif procurerait aux plus démunis des ressources minimales, et où un revenu minimum social serait assuré à tous les habitants de la planète sous la forme d'une allocation universelle. Autre utopie, mais qui pourrait bien devenir demain réalité lorsque l'ultralibéralisme, tué par ses propres excès, aura révélé ses limites et exigera des mesures inédites pour riposter à une crise mondiale qui pourrait se révéler dramatique.

Les idées nouvelles, on le voit, ne manquent pas, même si la « pensée unique » tend à étouffer tout débat constructif sur l'avenir.

---

1. Jeremy Rifkin, *La Fin du travail,* La Découverte, 1998.

Parmi celles-ci, citons encore le « développement durable », né au tournant des années 1990 en même temps que les concepts de mondialisation et de globalisation. Ses objectifs, consistant à préserver et renouveler les ressources de la planète pour n'en point démunir les générations futures, vont à l'encontre de la loi du « tout, tout de suite » qui caractérise l'ultralibéralisme. Ainsi défini, le « développement durable » apparaît comme une fin encore hors de portée, mais qui, ici ou là, commence déjà à s'imposer. Ce sont les forestiers qui, depuis Colbert, ont inventé sans le savoir ce concept. En régénérant et replantant les forêts, ils ont assuré le maintien des ressources de génération en génération. Par contraste, les margoulins qui, à grands renforts de bulldozer, détruisent les forêts indo-malaises pour la récolte de bois d'œuvre font exactement l'inverse : ils ne songent qu'à exploiter ici et maintenant une ressource dont on sait qu'elle ne se régénérera pas de sitôt. D'où la courageuse campagne de Bruno Manzer contre l'utilisation des bois tropicaux. De fait, était-il vraiment nécessaire que la Très Grande — et fort laide — Bibliothèque utilise des bois d'ipé, bois tropical originaire d'Amérique latine, là où des bois d'origine européenne eussent parfaitement fait l'affaire ?

Pour l'instant, le concept de « développement durable » reste une notion relativement floue, mais riche et prometteuse, développée surtout par les instances internationales, les ONG et les mouvements écologistes. En intégrant la lutte contre les pollutions, le développement des technologies propres, la promotion des énergies renouvelables, le recyclage des déchets et, d'une façon générale, l'ensemble des concepts écologiques développés dans cet ouvrage, il finira par s'imposer comme l'une des très rares idées neuves du XXe siècle finissant. Car si le libéralisme, le marxisme, le communisme, le socialisme appartiennent tous au XIXᵉ siècle, l'écologie et son prolongement dans l'économie sous la forme du « développement durable » constituent un apport spécifique, à coup sûr le seul de quelque envergure à avoir vu le jour au cours de ces dernières décennies qui en ont laissé si peu : en témoignent les festivités qui marquèrent notre entrée dans l'an 2000, où les débats sur notre avenir se révélèrent inexistants, à l'image de ce « *no future* » si caractéristique des dévoiements idéologiques de notre temps.

14

Refonder la société : valeurs d'hier et de demain

« Merci pour votre bonté, merci pour votre charité... » C'est ce que disaient autrefois les enfants lorsqu'ils allaient d'une maison à l'autre quémander leurs œufs de Pâques. N'avaient-ils pas, deux jours durant, remplacé les sonneries des cloches, envolées à Rome le jeudi saint, par l'austère crépitement des crécelles ?

De bonté, de charité il n'est plus question aujourd'hui : ces deux mots se sont littéralement évanouis du vocabulaire. Pis encore : comme les monnaies faibles, ils se sont dévalués. D'un homme bon l'adage veut aujourd'hui qu'il soit c.... Quant à la charité, on entend bien qu'elle soit remplacée par la justice. Car faire l'aumône — autre mot banni du langage —, faire la charité, c'est presque témoigner du mépris à l'autre, mon égal. C'est en termes de droit que les échanges se contractent désormais, non en gestes de charité — même si le système n'en fonctionne pas mieux, comme on le voit chaque soir à la télévision où s'étalent la misère, l'exclusion avec, en sus, les images d'inondations au Bangladesh ou de famines en Éthiopie... Quelle justice et quels droits pour ces malheureux, sinon celui de mourir ?

D'autres mots ont subi pareille dévaluation. L'amour, par exemple, qui semble ne plus faire partie que du langage des églises et qui s'est discrètement éclipsé du vocabulaire commun, en tout cas quand il s'agit de l'amour du prochain. Il ne résiste que s'il se conjugue avec le verbe « faire », voire dans le « je t'aime » des relations intimes; jamais dans les relations sociales.

L'amitié n'a pas meilleure réputation : le XVIIIe siècle est loin où, dans leurs correspondances, les grands de ce monde exprimaient l'amour qu'ils se portaient et l'indéfectible amitié qui les liait. En témoignent par exemple les lettres de Rousseau à Linné. La Grèce aussi est loin qui célébrait l'amitié comme la valeur suprême, et le christianisme plus loin encore avec son message d'amour universel.

La morale a glissé dans les mêmes abîmes : c'est désormais l'éthique qui lui est substituée. Quant à la miséricorde dont Albert Schweitzer considérait qu'elle était la plus belle des qualités humaines, elle est purement et simplement tombée aux oubliettes. Peut-être faut-il voir dans la compassion, très cotée aujourd'hui, une valeur d'essence orientale qui lui serait équivalente ? Méditation et compassion ont remplacé prière et miséricorde : simple glissement sémantique ou effet de mode ?

Mais, tandis que la miséricorde s'estompait, le pardon, lui, disparaissait. Qui oserait solliciter aujourd'hui, face à l'orgueil affiché dans toutes les relations humaines, le pardon pour les torts causés ou les fautes commises ? Il semble qu'une telle démarche soit réservée au pape et à lui seul, qui invoque le pardon pour les dommages causés par l'Église romaine au cours de sa longue histoire; voire peut-être aussi à l'archevêque de Luxembourg [1] qui, dans un texte

---

1. *Cf.* « La demande de pardon de l'Église de Luxembourg dans le cadre de l'année jubilaire 2000 », archevêché de Luxembourg, BP 419, L-2014 Luxembourg, 12 février 2000.

émouvant, demandait récemment pardon aux chrétiens au nom d'une Église qui n'avait cessé de les brimer dans leur vie privée en évoquant une morale sexuelle étriquée, dans un domaine relevant d'abord, selon lui, de la liberté de conscience. Quel progrès !

En revanche, dans la même mouvance que le pardon, le « devoir de mémoire » s'inscrit au top niveau des valeurs de notre temps. Se souvenir, oui. Réanimer constamment la flamme du souvenir, oui encore ! Les multiples actes de barbarie qui ont marqué le XXe siècle doivent rester présents dans toutes les mémoires. Mais imaginer qu'un jour on en vienne, tout en continuant à perpétuer le souvenir, à oser le pardon... Cela, jamais ! Pas de pardon pour les crimes contre l'humanité ! Peut-être faut-il qu'il en soit ainsi ? Peut-être... Mais qu'il est donc regrettable qu'il n'y en ait point non plus pour les plus menus errements quotidiens. Dans les familles, entre voisins, à la moindre broutille, l'autre devient un ennemi, et le reste. Car chacun, enflé par le sentiment de son bon droit, entend bien camper sur son quant-à-soi. Si la broutille est un peu plus grave et relève de la justice, on lui fera rendre gorge sans pitié. Et la justice, omniprésente et envahissante, de se voir assaillie d'innombrables litiges pour des affaires on ne peut plus insignifiantes.

Devenue synonyme de faiblesse, quand ce n'est pas de dédain, la pitié a, elle aussi, quitté la bourse des valeurs. L'amour, disaient les Grecs, est pourtant fait tout entier d'estime et de pitié — de pitié au sens fort qu'ils donnaient à ce mot : la pitié exprimant la compréhension profonde de l'autre, jusque dans ses faiblesses, l'estime se fondant au contraire sur ses qualités et ses points forts.

La perte concomitante de toutes ces valeurs engendre une société où il est de jour en jour plus dur de vivre, tant les relations humaines sont marquées par l'indifférence, le mépris, l'incivilité, l'inattention à l'autre. Valeurs que le judéo-christianisme, ainsi que toutes les autres grandes religions, d'ailleurs, se promettaient bien de promouvoir, même si elles n'y sont jamais parvenues. Il nous reste aujourd'hui la compassion, valeur rallumée par le respect porté par beaucoup au Dalaï-Lama, mais aussi la solidarité, cette sorte de pendant de la fraternité républicaine, qui traverse dans le désert des valeurs l'esprit et le cœur d'innombrables militants engagés auprès des pauvres — pauvres en fortune, mais aussi de cœur ou de santé. L'espoir n'est donc point mort, et, caché sous les habits de la solidarité, c'est bien l'amour qui vit encore. Et l'adage reste vrai qui veut que pour ceux qui ont une âme de riche, tout est dû ; pour ceux qui ont une âme de pauvre, tout est don.

Notre civilisation est celle du désir. Son exacerbation n'est-elle pas le moteur de cette énorme machine à produire et à consommer ? En cela, quoique nous semblions séduits par le bouddhisme, nous lui tournons radicalement le dos ! Car la force du bouddhisme, c'est de tuer le désir, au terme d'une longue ascèse, pour tuer en même temps la souffrance de ne pouvoir le satisfaire et le sentiment de manque et de frustration qui en résulte. Une idée qu'il exprime mieux que les autres religions, bien que le christianisme comme l'islam appellent aussi en substance à l'acceptation sereine et paisible, sans révolte ni blasphème, de ce qui ne peut être ni obtenu ni changé. Certes, le renoncement volontaire aux désirs et aux plaisirs de ce monde n'a jamais été que la quête de quelques-uns, les moines ou les saints qui, dans le bouddhisme comme dans le christianisme, visent de plus nobles accomplissements. Et par trois fois [1] la Bible nous rappelle que le bonheur, pour un ancien

---

1. III Rois, IV, 25 ; Mich., IV, 4 ; Zach., III, 10.

Hébreu, c'était de pouvoir se reposer dans sa vigne, sous son figuier, symboles de prospérité et de sécurité ; qu'il était, au jardin, à des années-lumière des mille et une tentations de la modernité.

Face au dépérissement des formulations anciennes, la société contemporaine affiche des valeurs contradictoires : elle porte aux nues la compétition qui fait de chacun un rival pour l'autre, mais prêche en même temps la coopération en termes de solidarité. Elle oublie la notion de devoir qui traçait la voie à nos aïeux, mais ne cesse d'affirmer des droits tout en omettant la nécessaire réciprocité des uns et des autres.

En fait, à chaque étape de son histoire, émergeant d'un fonds commun immuable, l'humanité insiste plus particulièrement sur telle ou telle valeur représentative de l'époque. Le prophétisme juif avait brisé le carcan du temps cyclique, du mythe de l'éternel retour ; il avait ouvert l'avenir au progrès — au progrès de l'homme dans sa marche en avant — au nom d'une promesse et d'une transcendance. Le christianisme a affirmé l'éminente dignité de toute personne humaine : il a fondé ce concept de « personne » qui reconnaît à chacun une réalité irréductible et une dignité inaliénable. De son côté, la Grèce avait sacralisé le culte de la raison et de la sagesse, et nous a aussi offert l'ébauche de la démocratie.

Celle-ci illustre bien ce type de valeur dont on ne mesure le prix que du jour où on l'a perdue. Car la démocratie est fragile, surtout lorsqu'elle est vécue dans un contexte qui privilégie systématiquement le conflit. Certes, comme on le lisait récemment dans *Le Monde*, « la démocratie c'est le conflit, organisé et transparent, entre des projets concurrents, des avenirs différents, des intérêts divergents, des hommes et des femmes en compétition [1] ». Face à cette vision inspi-

---

1. *Le Monde*, 21 août 1998 (éditorial).

rée des principes du pur libéralisme, qui ne cessent d'opposer et de mettre en compétition les acteurs sociaux, on peut en proposer une autre, plus humaniste, fondée sur le respect de la diversité des partenaires et visant, à travers un dialogue ouvert et serein, la patiente recherche des consensus. C'est sans doute ce que souhaitent confusément les Français quand ils manifestent, d'un sondage à l'autre, leur attachement à une « cohabitation » qui, par nature, pousse précisément à cette recherche.

Depuis deux siècles, les valeurs démocratiques s'articulent autour de l'éthique des droits de l'homme, nés de la philosophie des Lumières et dont l'énoncé constitue le texte fondateur de la modernité. La Déclaration des droits de l'homme et du citoyen du 26 août 1789 a connu une solennelle réactualisation lorsque, le 20 décembre 1948, l'Assemblée générale des Nations unies a proclamé à Paris la Déclaration universelle des droits de l'homme, à l'initiative de René Cassin. En fait, ces « droits de l'homme » expriment l'état d'avancement de la réflexion et de la conscience de l'humanité à un moment donné de son histoire. Ils ont donc un amont et un aval.

En amont, les fameux Dix Commandements qui, durant trois millénaires, représentèrent le code moral de l'Occident. André Chouraqui vient de leur consacrer un ouvrage montrant comment ils n'ont en réalité jamais été appliqués. Aussi estime-t-il que ces dix paroles doivent à nouveau être révélées, mais dans un contexte contemporain. Car, selon lui, elles n'ont pris aucune ride, et l'éthique qui les fonde se doit d'être restituée dans son authenticité originelle. À l'inverse de la Déclaration des droits de l'homme, les Dix Commandements insistent sur la notion de devoir, notion sur laquelle la mentalité contemporaine exige de passer le plus discrètement possible. On est cependant en droit de s'interroger sur l'avenir d'une société qui — fort légitimement, d'ailleurs — défend partout des droits, mais sans oser reconnaître nulle part l'existence non moins légitime de devoirs.

André Chouraqui a relevé ce fait et souligné à propos de la Déclaration : « En ses 30 articles, le mot "droit" revient en 59 occurrences, alors que le mot "devoir" n'apparaît qu'une seule fois — dans l'article 29 qui souligne les devoirs de l'individu envers la communauté. Pourtant, si l'homme accomplissait ses *devoirs* élémentaires, dont les principes sont précisément contenus dans les Dix Commandements, une déclaration concernant ses droits ne serait pas nécessaire. Ceux-ci en résulteraient naturellement. En janvier 1969, à la question que lui posait Marc Agi [1] qui, lui consacrant sa thèse de doctorat [2], eut le privilège d'être l'un de ses premiers biographes — "Pourquoi est-ce qu'il y a une Déclaration des droits de l'homme et pas de Déclaration des devoirs de l'homme ?" —, René Cassin répondit : "Quand on vient d'un état de négation des droits, les gens qui arrivent au pouvoir veulent proclamer leurs droits, et non leurs devoirs. Mais, malgré tout, j'ai réussi à faire en sorte que la Déclaration contienne clairement le principe des devoirs envers la communauté, c'est-à-dire envers la collectivité. Elle contient aussi les devoirs envers les autres hommes : c'est le devoir de respecter leurs droits." [3] »

De fait, il n'existe nulle part de droits qui n'engendrent des devoirs envers ceux qui les exercent : le droit d'informer engendre le devoir de respecter la vie

---

1. Marc Agi, *René Cassin, fantassin des droits de l'homme,* Plon, 1979.
2. Marc Agi, *De l'idée d'universalité comme fondatrice du concept des droits de l'homme, d'après la vie et l'œuvre de René Cassin,* Alp'azur, 1980, pp. 349-357.
3. André Chouraqui, *Les Dix Commandements aujourd'hui,* Robert Laffont, 2000.

privée; le droit d'exprimer de libres opinions, le devoir de respecter celles des autres, fussent-elles toutes différentes. Et ainsi de tous les droits qui trouvent eux aussi leurs limites dans le respect d'autrui.

En aval des droits de l'homme, comment ne pas faire référence aux nouvelles valeurs qui ont émergé depuis deux cents ans ? Une majorité de parlementaires français [1] s'est engagée par écrit à déposer une proposition de loi visant à ajouter à la Déclaration universelle des droits de l'homme un « Titre Deux ». Ils rejoignent ainsi la motion d'un député de Provence, Mougins de Roquefort, qui, dès le 27 août 1789, avait prévu l'adjonction possible de nouveaux articles au texte adopté. Ainsi, ce « Titre Deux » prendrait en considération, dans ses dix-neuf articles, une nouvelle série de droits, notamment celui de vivre dans un environnement sain et dans le respect de l'intégrité génétique de chacun, le droit à l'aide humanitaire, celui de « participer aux décisions et aux bénéfices » de son entreprise, celui d'avoir libre accès à l'enseignement... L'adoption d'un tel texte marquerait une avancée significative ; la France s'honorerait en l'adoptant promptement puis en le proposant à la conscience universelle.

À la racine des droits de l'homme figure, nous l'avons dit, la grande conquête de la modernité : la démocratie. Mais, curieusement, celle-ci s'exerce aujourd'hui dans un pré carré de plus en plus restreint, étriqué, soigneusement balisé par la « pensée unique » et le « politiquement correct », dont il convient de ne s'écarter sous aucun prétexte sous peine d'être tenu en suspicion. Comme Mai 68 est loin, très loin ! La moindre remarque qui paraîtrait

---

[1]. « Nouveaux droits de l'homme », *Arc en ciel,* n° 48, 2e trimestre 1999.

s'opposer aux idées communément admises — surtout les idées à la mode — est par nature suspecte. L'encensement de la modernité, dans tous ses attributs, est devenu une ardente obligation. Car celle-ci, aux yeux de nos dirigeants, est un bien, ou, mieux encore, le Bien suprême. Toute référence à la sagesse des Anciens, à la valeur des traditions séculaires, est ringarde. Sur des questions d'une telle importance, point de débat : le changement, la réforme, la modernité sont les trois mamelles du progrès ! Le passé n'a rien à nous apprendre, et pas davantage les parents à leurs enfants. Où trouver, sinon dans cette faillite éducative, les causes évidentes de la violence à l'école et de celle qui sévit dans les zones de non-droit qui sont en fait des zones de non-devoirs ?

Certes, la modernité véhicule d'authentiques valeurs, en particulier ces droits de l'homme auxquels nous sommes tous attachés, même si l'heure est venue de les approfondir et de les élargir, ce qui suppose audace et courage. Car jamais, depuis 1968, la société n'a été aussi tristement conformiste, voire insidieusement répressive. À preuve l'omniprésence du juge suprême — le « 20 heures » à la télé — qui cloue chaque jour au pilori une foule de présumés innocents mis en examen, dont l'honneur et la respectabilité s'en trouvent démolis sur-le-champ ! La pression que la société exerce sur les médecins, suspectés de trop prescrire ou de mal prescrire, ou sur les élus, désormais à la merci du moindre incident survenu à l'un de leurs administrés qui les amènerait au civil, voire au pénal, s'apparente à un véritablement harcèlement moral. D'où une démission de plus en plus fréquente face aux risques que comporte tout engagement à un poste de responsabilité.

Et que penser de ces véritables « chasses aux sorcières » soudain déclenchées tantôt contre le dopage, tantôt contre les pédophiles, tantôt contre les sectes, lorsqu'on sait par exemple que, dans ce dernier cas, le droit pénal se suffit parfaitement à lui-même et permet l'interdiction pure et simple d'une association dont les agissements iraient à l'encontre des lois de la République ? La pseudo-Église de scientologie mériterait certes un tel sort. Mais non pas l'anthroposophie, scandaleusement assimilée à une secte, puis heureusement réhabilitée. Et que penser lorsqu'on apprend qu'une traque aux pédophiles déclenchée à Mâcon s'est soldée quelques jours plus tard par plusieurs suicides ? Ne serait-il pas nécessaire de mettre davantage de modération et de discernement dans ces brusques mises en accusation médiatiques qui sollicitent si bassement la curiosité vindicative de nos contemporains ? Et que dire des hommes politiques mis injustement dans le même sac au nom du trop fameux « Tous pourris ! » qui dévalue si gravement la noblesse de l'action publique dans ce pays ? On aimerait qu'une société qui se veut si moralisatrice aille en revanche jusqu'au bout de sa logique et exerce sa vigilante tutelle en maints domaines qui exigeraient un peu plus de rigueur : par exemple la chasse aux grands trafiquants de drogues toxicomanogènes ; la restriction — et non pas l'extension constante — des jeux d'argent, qui ruinent tant d'individus et de familles ; la moralisation, au moyen de taxes, du mouvement désordonné des capitaux qui génère des « bulles » financières incontrôlables et incontrôlées. En tous ces domaines, aucune valeur n'est affichée, si ce n'est le libre jeu de l'argent. L'argent qui, aujourd'hui, achète tout à des tarifs démentiels, qu'il s'agisse des sportifs, des gens du *show-biz,* ou tout simplement des PDG de grandes entreprises dont les salaires sont parfois cinquante fois supérieurs à ceux de leurs collègues issus des mêmes grandes écoles et de la même promotion, mais qui, eux, n'ont pas pantouflé. Est-il raisonnable que les premiers gagnent mensuellement ce qu'un ministre, par exemple, va gagner en deux ans ? Une sérieuse interrogation sur les valeurs pourrait utilement se développer sur ces questions où la société révèle qu'elle n'est qu'une jungle perpétuant en toute légalité les pires excès.

Mais, après tout, la Bible n'a-t-elle pas été remplacée dans les chambres d'hôtel par les programmes de Canal +... ce qui en dit long sur le déplacement de l'échelle des valeurs ! Canal +, ce sont les emblématiques marionnettes de l'info qui, chaque soir, tournent en dérision ceux à qui nous avons confié la charge et les responsabilités du pouvoir. Certes, de tout temps le roi a eu son fou, et l'on peut toujours se distraire légitimement, au cabaret ou à la télévision, à l'écoute d'inimitables imitateurs, as sympathiques de la parodie. Mais il s'agit ici de tout autre chose : chaque soir, on tourne en dérision devant des millions de personnes le cours ordinaire des affaires du pays. Pratiquer une corrosion systématique de toutes les valeurs tout en respectant si peu la dignité des personnes n'est pas un service rendu à la démocratie. Car celle-ci a aussi besoin de *modèles* auxquels les jeunes, surtout, puissent s'identifier. Où sont-ils ? Coluche est mort, et seul le très grand âge est désormais encore respecté : l'abbé Pierre, sœur Emmanuelle, Théodore Monod...

Pourtant, l'essence de la morale tient en peu de mots. Et même en une simple phrase que l'écologiste René Dubos [1] a retrouvée dans les textes sacrés de toutes les religions [2] et que le christianisme exprime

---

1. René Dubos, *Choisir d'être humain,* Denoël, 1974.
2. « Ce que tu tiens pour haïssable, ne le fais pas à ton prochain. C'est là toute la Loi : le reste n'est que commentaire », *Talmud,* Sabbat 31a (judaïsme).

« Telle est la somme du devoir : Ne fais pas aux autres ce qui, à toi, te ferait du mal », *Mahabharata,* 5, 1517 (brahmanisme).

en ces termes : « Ainsi tout ce que vous désirez que les autres fassent pour vous, faites-le vous-même pour eux [1]. » Une règle d'or qui mériterait bien de clore la Déclaration des droits de l'homme, puisqu'elle résume l'immémoriale sagesse de l'humanité. Excellent thème pour les cours d'instruction civique !

Trop religieux, peut-être ? De cela, il est maintenant temps de s'expliquer...

« Voici certainement la maxime d'amour : ne pas faire aux autres ce que l'on ne veut pas qu'ils nous fassent », *Analectes,* 15, 23 (confucianisme).

« Nul de vous n'est un croyant s'il ne désire pour son frère ce qu'il désire pour lui-même », *Sunna* (islam).

« Considère que ton voisin gagne son pain, et que ton voisin perd ce que tu perds », *T'ai Shang Kan Ying Pien* (taoïsme).

« La nature seule est bonne, qui se réprime pour ne point faire à autrui ce qui ne serait pas bon pour elle », *Dadistan-i-dinik,* 94, 5 (zoroastrisme).

1. Mt, VII, 12.

15

*Pour une Nouvelle Alliance :
l'homme et la nature réconciliés*

Arrivés au terme de ce périple qui nous a menés de la planète à la société et de la société à la personne, nous voici à présent à ce point mystérieux où, au fond de chacun, sourd et persiste comme un murmure intérieur. La vie nous brasse, nous emporte dans son tourbillon, nous gâte ou nous éprouve, et, soudain, mille questions surgissent sur le sens de tout cela. Car telle est la manière « ordinaire » dont l'Être nous saisit au détour d'une rencontre, d'une expérience, d'une épreuve, d'une maladie, voire d'une grande joie. Nous frôlons ici l'au-delà de nous, cette autre réalité, insaisissable et transcendante. Toutes les religions se sont efforcées d'ouvrir un chemin vers le « Tout-Autre », mais leur relatif déclin, surtout en Occident — on n'oserait plus écrire aujourd'hui « Occident chrétien » —, crée désormais plus qu'un manque : une béance qui serait le prix à payer pour une toute jeune liberté conquise sur les austères exigences des morales de jadis, aujourd'hui balayées par le grand vent de la modernité.

Ainsi, les questions majeures demeurent, tenaces, en nos cœurs : d'où venons-nous ? où allons-nous ? quel est le sens de la vie ? de ma vie ? qu'advient-il après la mort ?... À l'heure où les technologies de la communication nous relient sans discontinuer à la multitude, il ne reste plus le moindre fil pour nous relier à notre propre profondeur. Relier, *religare,* religion : ce qui nous reliait à plus grand que nous s'éloigne, ou plutôt s'est réfugié et se cache au fin fond des consciences. Le progrès, c'est le progrès des sciences et des techniques, ou encore le progrès économique et social, mais certes plus celui de la vie intérieure, là où se joue pourtant la grande aventure de l'hominisation, de la percée vers la conscience. Pourtant, le mot *méditer* — « aller vers le centre » —, hérité de l'Orient bouddhiste, fait fureur. Mais qui médite vraiment par ces temps où l'on prie si peu ?

Certes, beaucoup sont « en recherche ». Car dans l'assourdissant fracas d'une société fébrile qui fonce à toute vitesse pour aller on ne sait où, l'essentiel demeure, pour un grand nombre, ce questionnement intérieur dans le secret des consciences. Et chacun de chercher ses marques, ses repères, d'élaborer ses convictions et ses croyances en puisant dans le vaste supermarché des religions, empruntant ici ou là selon ses goûts, ses intuitions ou sa propre rationalité. Car, désormais, on « surfe » sur les messages religieux comme sur Internet. Ce phénomène n'est certes pas nouveau. Dans une lettre datée du 21 mai 1687, Bossuet le constatait déjà lorsqu'il écrivait, parlant de la religion : « Chacun se donne la liberté de dire : j'entends ceci et je n'entends pas cela, et sur ce seul fondement on approuve et on rejette tout ce qu'on veut... »

Mais les priorités du nouveau monde sont ailleurs. Les tours qui scintillent dans la nuit des mégalopoles écrasent les clochers qui se fondent et disparaissent dans le paysage urbain. Ils marquaient pourtant la ville médiévale, tout aspirée vers le haut dans l'élan de ses églises et de ses cathédrales. À la place, Babel, avec sa tour, expression du triomphe du veau d'or, mais aussi des langues confondues, de l'incompréhension entre les peuples, des conflits et des guerres, n'aurait-elle pas vaincu le grand rassemblement de l'humanité symbolisé par la Pentecôte ? Babel où l'on ne s'entend plus, ne se comprend plus, appelle à présent une Pentecôte salvatrice où tous communient dans le même amour indicible, quelles que soient leur langue et leur couleur. Universalité et solidarité dans la diversité : alors la société de communication deviendra espace de communion. Communion entre les hommes, mais aussi avec la nature.

Toutes les religions ont délivré un message cohérent sur la nature. Pour les trois grands monothéismes, elle est l'œuvre du Créateur, confiée aux hommes pour qu'ils la gèrent avec délicatesse et tendresse, comme fait un bon jardinier de son jardin. Mais la nature sait aussi se montrer redoutable : d'où, dans la Bible, des phrases sévères invitant l'homme à la dominer et à la soumettre. De là est née l'idée d'une parfaite incompatibilité entre les Écritures et l'écologie que tout, dans le message biblique, contredit cependant [1]. Certes, la Bible place l'homme au centre de la nature par une démarche beaucoup moins évidente dans les religions d'Orient où celle-ci, plus proche, est aussi plus enveloppante, plus englobante. Mais l'homme de la Bible se meut en fait dans un triangle harmonieux où Dieu, l'homme et la Création font alliance. C'est cette *alliance* qui nous paraît devoir être aujourd'hui « refondée », puisque le mot est à la mode. Tandis que Dieu pourvoit aux besoins de toutes Ses créatures, seul l'usufruit de la nature revient à l'homme. Plus question, dès lors, de la considérer, comme le voulait Descartes, à la manière d'un matériau inerte, d'une sorte de matière première taillable et corvéable à merci. C'est d'une tout autre

---

1. On se reportera, sur ce thème, à mon ouvrage *Au fond de mon jardin,* Fayard, 1993.

manière qu'il nous faut désormais considérer la nature, en la faisant notre partenaire et notre alliée.

Dans ce mouvement de refondation viennent à notre aide et nous éclairent de multiples traditions issues de tous les continents : des Aborigènes australiens aux Indiens de toutes les latitudes et des Hottentots des confins africains aux Tchouktches des marches de l'Asie. C'est en nous mettant à leur écoute que nous retrouverons en nous-mêmes le juste rapport qui nous lie à dame Nature et à son Créateur. Oren Lyons, un Indien iroquois, exprimait ce juste rapport en ces termes mesurés : « L'homme croit quelquefois qu'il a été créé pour dominer, pour diriger. Mais il se trompe. Il fait seulement partie du Tout. Sa fonction ne consiste pas à exploiter, mais à surveiller, à être un régisseur. L'homme n'a ni pouvoirs ni privilèges, seulement des responsabilités [1]. »

Une profession de foi que ne renierait aucun écologiste. Car la sensibilité indienne respecte la terre et le « Grand Esprit », son créateur. Rien de tel chez ces Blancs cupides qui déferlèrent sur les grandes plaines :

« Les Blancs se sont toujours moqués de la terre, du daim ou de l'ours. Quand nous, Indiens, tuons du gibier, nous le mangeons sans laisser de restes. Quand nous déterrons des racines, nous faisons de petits trous. Nous ne coupons pas les arbres ; nous n'utilisons que du bois mort. Mais les Blancs retournent le sol, abattent les arbres, massacrent tout. L'arbre dit : "Arrête, j'ai mal, ne me blesse pas." Mais ils l'abattent et le découpent en morceaux. Comment l'esprit de la Terre pourrait-il aimer l'homme blanc ? Partout où il la touche, elle est meurtrie [2]. »

---

1. Dans *Voix des sages indiens,* Éditions du Rocher, coll. « Nuage rouge », 1994.
2. Dans *Paroles indiennes,* Albin Michel, coll. « Carnets de sagesse », 1993.

Ainsi s'exprime une vieille femme wintu. Car la Terre, pour l'Indien, est un être vivant, la mère de toute créature. Smohalla, Indien Nez-Percé, le dit à sa manière en termes bouleversants :

« Vous me demandez de labourer la terre. Dois-je prendre un couteau et déchirer le sein de ma mère ? Alors, quand je mourrai, elle ne voudra pas me prendre dans son sein pour que j'y repose. Vous me demandez de creuser pour trouver de la pierre. Dois-je creuser sous sa peau pour m'emparer de ses os ? Alors, quand je mourrai, je ne pourrai plus entrer dans son corps pour renaître. Vous me demandez de couper l'herbe, d'en faire du foin, de le vendre pour être aussi riche que les hommes blancs. Mais comment oserais-je couper les cheveux de ma mère [1] ? »

Aussi doit-on rendre grâces pour la Terre, ainsi que l'exprime cette prière iroquoise :

« Nous rendons grâces à notre mère, la Terre, qui nous soutient. Nous rendons grâces aux rivières et aux ruisseaux qui nous donnent l'eau. Nous rendons grâces à toutes les plantes, qui nous donnent les remèdes contre nos maladies. Nous rendons grâces au maïs et à ses sœurs les fèves et les courges, qui nous donnent la vie. Nous rendons grâces aux haies et aux arbres qui nous donnent leurs fruits. Nous rendons grâces au vent qui remue l'air et chasse les maladies. Nous rendons grâces à la Lune et aux étoiles qui nous ont donné leur clarté après le départ du Soleil. Nous rendons grâces au Soleil qui a regardé la Terre d'un œil bienfaisant. Enfin nous rendons grâces au Grand Esprit en qui s'incarne toute bonté et qui mène toutes choses pour le bien de ses enfants [2]. »

Si, comme le pensait Teilhard de Chardin, « tout ce qui monte converge », comment ne pas retrouver dans

---

1. *Ibid.*
2. *Ibid.*

ce texte comme l'écho du « Cantique de frère Soleil » dans lequel se trouve immortalisée la sensibilité de François d'Assise [1] ? Au XIIIe siècle, il bouleverse les représentations que se faisait de la nature l'Occident chrétien et reste le meilleur représentant européen du réseau de traditions qui, d'un bout à l'autre de la planète et depuis des temps immémoriaux, ont chanté la beauté et la clémence de la nature et de son créateur — là le Grand Esprit, ici le Seigneur :

Loué sois-Tu, Seigneur, avec toutes Tes créatures,
Spécialement messire frère Soleil
Par qui Tu nous donnes le jour, la lumière.
Il est beau, rayonnant d'une grande splendeur,
Et de Toi, le Très-Haut, il nous offre le symbole.
Loué sois-tu, mon Seigneur, pour sœur Lune et les Étoiles
Dans le ciel. Tu les as formées claires, précieuses et belles.
Loué sois-Tu, mon Seigneur, pour frère Vent
Et pour l'air et pour les nuages,
Pour l'azur calme et tous les temps.
Grâce à eux Tu maintiens en vie toutes les créatures.
Loué sois-Tu, mon Seigneur, pour sœur Eau
Qui est très utile et très sage,
Précieuse et chaste.
Loué sois-Tu, mon Seigneur, pour frère Feu
Par qui Tu éclaires la nuit.
Il est beau et joyeux,
Indomptable et fort.
Loué sois-Tu, mon Seigneur, pour sœur notre mère la Terre
Qui nous porte et nous nourrit,

---

1. Jacques Le Goff, *Saint François d'Assise*, Gallimard, 1999.

Qui produit la diversité des fruits
Avec les fleurs diaprées et les herbes.
Loué sois-Tu, mon Seigneur, pour ceux
Qui pardonnent par amour pour Toi,
Qui supportent épreuves et maladies.
Heureux s'ils conservent la paix
Car, par Toi, le Très-Haut, ils seront couronnés.

Deux mille ans plus tôt, le prophète Isaïe, dans un des textes les plus émouvants de la Bible, voyait dans cette nature comme les prémices d'un monde nouveau : une nature enfin totalement réconciliée où « le loup vivra avec l'agneau. Le tigre gîtra près du chevreau. Le veau, le lionceau seront nourris ensemble, et un enfant les conduira. La vache et l'ours auront même pâture, leurs nouveau-nés étroitement mêlés. Le lion et le bœuf mangeront de la paille. Le nourrisson jouera près du repaire du cobra, et dans l'antre de la vipère il plongera la main. Sur toute la Montagne sainte, plus de méfaits et plus de violence, car le pays débordera de la connaissance du Seigneur comme la mer est gonflée par les eaux [1] ».

Rêve de prophète, parole d'Éternité...

Oui, bienheureux les doux, car ils auront la Terre en héritage.

Metz, juin 2000.

---

1. Is., XI, 6-9.

Bibliographie

BERCIS Pierre, *Libérer les droits de l'homme,* Éditions de l'Atelier, 2000.

CHOURAQUI André, *Les Dix Commandements aujourd'hui,* Robert Laffont, 2000.

CLÉMENT Gilles, *Le Jardin planétaire. Réconcilier l'homme et la nature,* ouvrage édité à l'occasion de l'exposition « Le Jardin planétaire », présentée à la Grande Halle de La Villette (septembre 1999-janvier 2000), Albin Michel, 1999.

COLBORN Theo, DUMANOSKI Dianne et PETERSON MYERS John, *L'Homme en voie de disparition?,* Terre vivante, 1997.

DURCKHEIM Karlfried Graf, *Le Maître intérieur,* Courrier du livre, 1980.

ERKMAN Suren, *Vers une écologie industrielle. Comment mettre en pratique le développement durable dans une société hyper-industrielle?,* Charles Léopold Mayer, 1998.

GAUDIN Thierry, *2100, Odyssée de l'Espèce,* Payot, 1993.

GERUMI André, *Vers quoi évoluons-nous? L'homme est-il en mutation à l'aube du XXIe siècle?,* édition par l'auteur (contact : agerumi@aol.com), 1999.

GHAI O.P., *Unité dans la diversité. Les religions au service de la vérité,* Tacor International, Paris, 1986.

GIRARD René, *Je vois Satan tomber comme l'éclair,* Grasset, 1999.

GRAFMEYER Yves et JOSEPH Isaac (traduction et présentation), *L'École de Chicago. Naissance de l'écologie urbaine,* Aubier, coll. « RES Champ urbain », 1990, nouvelle édition 1994.

KAKU Michio, *Visions. Comment la science va révolutionner le xxie siècle ?,* Albin Michel, 1999.

MESNAGE Colette, *Sagesses pour aujourd'hui* (entretiens), Calmann-Lévy, 1999.

Metz. Écologie urbaine et convivialité (ouvrage collectif), Autrement, série France, n° 5, 1991.

NICOLINO Fabrice, *Le Tour de France d'un écologiste,* Seuil, 1993.

RAMADE François, *Le Grand Massacre. L'avenir des espèces vivantes,* Hachette, 1999.

RIFKIN Jeremy, *La Fin du travail,* La Découverte, 1997.

RIFKIN Jeremy, *Le Siècle biotech. Le commerce des gènes dans le meilleur des mondes,* La Découverte, 1998.

SÉRALINI Gilles-Marie, *Le Sursis de l'espèce humaine,* Belfond, 1997.

SÉRALINI Gilles-Marie, *OGM, le vrai débat,* Flammarion.

SHELDRAKE Rupert, *Une nouvelle science de la vie,* Éditions du Rocher, coll. « L'esprit et la matière », 1985.

DE SILGUY Catherine, *L'Agriculture biologique,* PUF, coll. « Que sais-je ? », 1991.

SIMPÈRE Françoise, *L'Algue fatale,* La Table Ronde, 1999.

SOLANA Pascale, *La Bio. De la terre à l'assiette,* Sang de la Terre et Bornemann, 1999.

Publications diverses

É-Changeons le monde! Échangeons équitablement!, ouvrage édité à l'occasion des 25 ans d'Artisans du monde, Fédération Artisans du monde, Paris, 1999.
L'AMI (Accord multilatéral sur l'investissement) cloné à l'OMC (Organisation mondiale du commerce), brochure rédigée par la Coordination contre les clones de l'AMI, Observatoire de la Mondialisation (40, rue de Malte, 75011 Paris), mars 1999.

Revues

ARC EN CIEL, « Nouveaux droits de l'homme », n° 48, 2e trimestre 1999, *Loi sur les nouveaux droits de l'homme.*

DOSSIERS DE BRES (BREtagne Espérance et Solidarité, Antenne du Centre Lebret, 35260 Cancale), n° 2, janvier 2000, *La mondialisation dans tous ses états : un défi pour l'humanité,* de Paul Houée.

THE ECOLOGIST, vol. 29, n° 2, mars-avril 1999, *Climate crisis.*

LE NOUVEL OBSERVATEUR, n° 1834, 30 décembre 1999-5 janvier 2000, *21 utopies réalistes pour le XXIe siècle.*

PNUD (Programme des Nations unies pour le développement), *Rapport mondial sur le développement humain,* 1999.

LE POINT, n° 1348, 18 juillet 1998, numéro spécial, *Le Check-up de la Terre.*

SCIENCES & AVENIR, n° 615, mai 1998, *L'État de la planète.*

Table

2048, un après-midi d'automne 11

1 —	*Vers une grave révolution climatique ?*	15
2 —	*La Terre : une planète qui souffre*	37
3 —	*La pollution de l'air : oser respirer à Bangkok...*	57
4 —	*Vers des guerres de l'eau ?*	70
5 —	*L'industrie nucléaire : fin du feu plutonien ?*	86
6 —	*L'écologie urbaine*	100
7 —	*Quand l'industrie s'inspire de la nature*	117
8 —	*L'agriculture en mutation*	133
9 —	*Les effets pervers de la chimie : goélands homosexuels et tortues transsexuelles*	146
10 —	*Les dérives du génie génétique*	161
11 —	*Du bon usage des technologies*	181
12 —	*L'évolution biologique de l'homme... et de la femme*	196
13 —	*Au-delà du libéralisme : une économie au service de l'homme*	207

14 — *Refonder la société : valeurs d'hier et de demain* 228
15 — *Pour une Nouvelle Alliance : l'homme et la nature réconciliés* 240
Bibliographie 247

Du même auteur :

Les Médicaments, coll. « Microcosme », Seuil, 1969 (épuisé).

Évolution et sexualité des plantes, Horizons de France, 2ᵉ éd., 1975 (épuisé).

L'Homme renaturé, Seuil, 1977 (Grand prix des lectrices de *Elle*. Prix européen d'Écologie. Prix de l'académie de Grammont) (réédition 1991).

Les Plantes : amours et civilisations végétales, Fayard, 1980 (nouvelle édition revue et remise à jour, 1986).

La Médecine par les plantes, Fayard, 1981 (nouvelle édition revue et augmentée, 1986).

Drogues et plantes magiques, Fayard, 1983 (nouvelle édition).

La Prodigieuse Aventure des plantes (avec J.-P. Cuny), Fayard, 1981.

La Vie sociale des plantes, Fayard, 1984 (réédition 1985).

Mes Plus Belles Histoires de plantes, Fayard, 1986.

Le Piéton de Metz (avec Christian Legay), Serpenoise, Presses universitaires de Nancy, Dominique Balland, 1988.

Fleurs, Fêtes et Saisons, Fayard, 1988.

Le Tour du monde d'un écologiste, Fayard, 1990.

Au fond de mon jardin (la Bible et l'écologie), Fayard, 1992.

Le Monde des plantes, coll. « Petit Point », Seuil, 1993.

Une leçon de nature, L'Esprit du temps, diffusion PUF, 1993.

Des légumes, Fayard, 1993.
Des fruits, Fayard, 1994.
Dieu de l'univers, science et foi, Fayard, 1995.
Paroles de nature, coll. « Carnets de sagesse », Albin Michel, 1995.
De l'univers à l'être, réflexions sur l'évolution, Fayard, 1996.
Les Langages secrets de la nature, Fayard, 1996.
Plantes en péril, Fayard, 1997.
Le Jardin de l'âme, Fayard, 1998.
Plantes et aliments transgéniques, Fayard, 1998.
La Plus Belle Histoire des plantes (avec M. Mazoyer, T. Monod et J. Girardon), Seuil, 1999.
La Cannelle et le Panda, Fayard, 1999.
Les Nouveaux Remèdes naturels, 2001.

Composition réalisée par EURONUMÉRIQUE

IMPRIMÉ EN ALLEMAGNE PAR ELSNERDRUCK
Dépôt légal Édit. : 25549-09/2002
Librairie Générale Française - 43, quai de Grenelle - 75015 Paris.
ISBN : 2-253-15360-5 ◆ 31/5360/8